JULIAN SEDGWICK

GAROTA TSUNAMI

CHIE KUTSUWADA

TRADUÇÃO: Raquel Nakasone

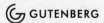

Copyright do texto © 2021 Julian Sedgwick
Copyright das ilustrações © 2021 Chie Kutsuwada
Copyright desta edição © 2024 Editora Gutenberg

Título original: *Tsunami Girl*

Todos os direitos reservados pela Editora Gutenberg. Nenhuma parte desta publicação poderá ser reproduzida, seja por meios mecânicos, eletrônicos, seja via cópia xerográfica, sem a autorização prévia da Editora.

EDITORA RESPONSÁVEL
Flavia Lago

EDITORAS ASSISTENTES
Natália Chagas Máximo
Samira Vilela

PREPARAÇÃO DE TEXTO
Natália Chagas Máximo

REVISÃO
Cristina Yamazaki

CAPA
Ness Wood

ADAPTAÇÃO DE CAPA
Diogo Droschi

DIAGRAMAÇÃO
Waldênia Alvarenga

Dados Internacionais de Catalogação na Publicação (CIP)
Câmara Brasileira do Livro, SP, Brasil

Sedgwick, Julian
 Garota Tsunami / Julian Sedgwick ; tradução Raquel Nakasone ; ilustrações Chie Kutsuwada . -- 1. ed. -- São Paulo : Gutenberg, 2024.

 Título original: Tsunami Girl
 ISBN 978-85-8235-741-5

 1. Ficção juvenil I. Kutsuwada, Chie. II. Título.

24-199486   CDD-028.5

Índices para catálogo sistemático:
1. Ficção : Literatura juvenil 028.5

Cibele Maria Dias - Bibliotecária - CRB-8/9427

A **GUTENBERG** É UMA EDITORA DO **GRUPO AUTÊNTICA**

São Paulo
Av. Paulista, 2.073 . Conjunto Nacional
Horsa I . Sala 309 . Bela Vista
01311-940 . São Paulo . SP
Tel.: (55 11) 3034 4468

Belo Horizonte
Rua Carlos Turner, 420
Silveira . 31140-520
Belo Horizonte . MG
Tel.: (55 31) 3465 4500

www.editoragutenberg.com.br
SAC: atendimentoleitor@grupoautentica.com.br

小高（福島県南相馬市）の方々に心から敬意を表します。この物語の小(お)相馬 (Osōma) は小高ではなく、2011年3月11日とそれ以降の地震、津波、放射線の三つの災害に見舞われた様々な町や村が混ざり合った場所です。『津波少女』は、これらの町の人々と、彼らの思い出や語りに触発された上で書かれました。しかし、全ての登場人物、物語の設定、出来事は著者の想像によるものです。

Dedicado respeitosamente às pessoas de Odaka,
Minamisōma, no Japão.

A cidade de Osōma desta história *não* é Odaka, mas uma
mescla de várias cidades e vilarejos que sofreram com o
desastre triplo de terremoto, tsunami e
radiação em 11 de março de 2011 – e depois.

Garota Tsunami foi inspirado nas pessoas
dessas cidades e em suas memórias e histórias.

Mas todos os personagens, tempos e
eventos são obra da imaginação.

Esta é a história de uma garota chamada Yūki. 勇希

A sílaba "Yū" (com um "u" prolongado) pode ser escrita com vários *kanjis* diferentes.
O nome Yūki é escrito com 勇 – que significa "coragem".

Mas Yū também pode ser escrito com 幽 – assim como o que aparece no primeiro ideograma de "yūrei": 幽霊.

Que significa "fantasma".

Parte um

A onda

波

Era uma vez, bem lá no fundo do oceano,
um garoto aquático.

Seu cabelo era azul feito o mar de Matsushima
num dia de verão, e suas roupas pareciam
ter sido recortadas do céu...

1
Eternidade

Uma hora antes de a onda chegar, só dez minutos antes de o terremoto reduzir seu mundo a pó, Yūki sorri.

No início, o sorriso é discreto demais para que alguém o perceba. Mas ele é real, e é lindo – e o avô logo nota, de lá do outro lado da mesa. Então o rosto dele imita o da neta, e as rugas fundas de sua têmpora relaxam.

Ahhhhh, ele pensa, *talvez fique tudo bem, talvez eu seja a pessoa que te trará de volta à vida, Yūki-chan, e que vai salvar você de seus problemas – e você vai voltar a ser aquela garota que queria empinar as maiores pipas de carpa do litoral norte japonês, por mais forte que o vento sopre do mar; você fazia questão de acender fogos de artifício quando lançávamos foguetes no morro, nas noites quentes de verão.*

O pesadelo da noite anterior se dissolve no sorriso dela. Yūki está tentando manter a preciosa pose de adolescente descolada – o avô sabe –, mas ela não aguenta, e o sorriso está meio descontrolado agora, fazendo sua boca se curvar para cima, se espalhando e iluminando os olhos feito o sol invernal. Vovô Jiro fica observando, esperando paciente enquanto a neta corre a mão pelo cabelo comprido e não tão preto, com os olhos fixos nos desenhos à frente.

O relógio da cozinha anuncia sonoramente que se passou um minuto, e o aquecedor ronrona debaixo da mesa.

Por fim, o avô limpa a garganta:

– E aí, Yū-chan? O que me diz?

Yūki inclina a cabeça, pensativa. Do lado de fora da velha casa da família, ela ouve os pinheiros suspirando com o vento frio de março e alguns corvos cantando de modo sombrio, como sempre. Mas ali, embaixo da colcha da mesa *kotatsu*,* está quentinho e confortável, e é muito bom estar de volta.

---

* No Glossário da p. 294, os leitores podem encontrar as explicações para os termos em japonês mencionados ao longo do livro. (N. E.)

Ela ergue os olhos dos cadernos e depara com seu avô a encarando com as esparsas sobrancelhas brancas arqueadas.

– Yū-chan, você está mesmo sorrindo, *caramba*! É a primeira vez que vejo você sorrir desde que chegou.

– Eu sorri pelo menos duas vezes ontem, vovô...

– Hmmm. Quando?

– No restaurante. E na estação?!

– Bem, pode ser. – Ele dá batidinhas na mesa com o dedo pesado. – Enfim, a questão é que suas produções antigas são *muito* boas, Yūki!

Ela faz uma careta.

– Mas todo mundo faz desenhos assim.

– Não. Você está errada, têm energia de verdade nesses desenhos. E foco. Sei do que estou falando. Olhe só como você *despejou* tudo isso no papel!

– Eu meio que achava que eles eram maiores.

Ele dá risada.

– De vez em quando, você desenhava paisagens marítimas *tão grandes* que gritava "Vovô, mais papel!", e eu tinha que grudar mais folhas nas laterais. *Yū-chan no kaita umi ga afureteta*!

– Meus mares... o quê?

Devagar, ele repete em japonês:

– Eu disse: os-mares-que-você-desenhava-costumavam-transbordar! Quanto mais papel eu grudava, mais ondas você desenhava.

– Desculpe, meu japonês está enferrujado... Mamãe vive corrigindo meus verbos.

– Sua fluência pouco me importa, contanto que converse comigo. E você sempre pega rápido quando está aqui... Não tem nada de errado com o seu japonês.

Ele aponta para os cadernos de desenho dentro da lata preta de biscoito; as capas de tecido japonês colorido reluzem: laranja-queimado, índigo e verde-musgo.

– A gente devia estar conversando sobre seus desenhos antigos, como são bons. A maioria das crianças não desenha tanto como você, e com certeza não são tão boas. Lembre-se de que está falando com o vencedor de um prêmio Tezuka! – Ele estufa o peito, forçando os cantos da boca para baixo feito um ogro feroz.

– O maioral!

– Isso mesmo! – Ele ri. – Só você sabe como me tratar, Yūki. Senti falta disso.

– Você devia exibir esse prêmio numa estante ou algo assim.

– Nah. – O avô abana a mão. – Eu tinha esquecido do velho Meia Onda. Você só falava dele... ele era meio que parte da família...

A voz dele falha e ele limpa a garganta ruidosamente, mais uma vez.

– Você trabalhou feito uma verdadeira profissional, Yūki! Olhe!

A neta observa o avô virar as páginas sanfonadas do caderno azul-escuro em frente dela. A folha grossa amarelou um pouco, mas o lápis de cor ainda está vibrante. O traço é tão seguro – tão infantil – que até parece de outra pessoa. O estranho é que ela se lembra de *cada um* desses desenhos:

...um monstro *kappa* afundado até os ombros em uma lagoa no meio de juncos verdes e altos, equilibrando um pepino enorme na cabeça de disco, sorrindo para o observador com dentes tão afiados que poderiam estar mordendo o papel...

...um morro arredondado com um céu escuro ao fundo e lanternas de fogo flutuando acima de uma lua sorridente, e as palavras "Bem-vindos ao Lar Mortos, pofavor aproveitem a estada" escritas em um balão de fala.

...um pequeno santuário de telhado curvo – com telas de papel vivas na porta, exibindo um olho em cada painel e mais uns trinta encarando o observador, e ao redor uns ideogramas japoneses trêmulos: "Mukashi mukashi", e abaixo as palavras espremidas: "Era uma vez em um lugar muito muito longe, uma casa muito assombrada...".

Em cada página, há um desenho simples, mas firme, de um menino de cabelos brilhantes, ondulados e azuis: correndo pelo telhado do santuário, mergulhando entre nuvens de peixes em busca de um navio afundando, deslizando por fragmentos emaranhados de ideogramas japoneses, palavras erradas em inglês e efeitos sonoros.

"Meia Onda ao resgate..."

"Em um só salto, ele pulou sobre o vulcão. Vuuuuushh!"

"O kappa sorriu e foi dormir e o vilarejo foi salve. Fim!!!" おわり

O avô se recosta, e Yūki instintivamente se inclina para a frente e vira a próxima página, revelando uma onda do tamanho de uma montanha, colorida com todos os tons de azul possíveis – ou pelo menos com todos os tons de azul dos enormes conjuntos de lápis de cor com os quais Jiro costumava presenteá-la nos aniversários.

Ali está ele surfando descalço na crista da onda: trajando roupas tradicionais de verão, o garoto com cabelo brilhante todo para cima e um sorriso maior do que tudo. Saindo da boca, um balão de fala: "*Han Nami desu*!!! Sou Meia Onda!!! Farei o melhor que puder".

– Quando sorri desse jeito – seu avô diz baixinho –, você conseguiria apagar qualquer sombra em qualquer canto de qualquer lugar do mundo. Mesmo as mais escuras.

Os olhos de Yūki ainda estão fixos no Meia Onda.

– Quantos anos eu tinha... quando desenhei isso?

– Seis? Talvez sete. Lembra que sempre queria usar minha caneta Rotring especial? Você vivia dizendo: "Quero ser igualzinha ao vovô!".

– Eu estraguei a ponta, não é? E você brigou comigo, vovô!

– Duvido! Eu sempre incentivei você. – Ele começa a se levantar rigidamente do *kotatsu*. – Habilidades costumam pular uma geração. Espero que você ainda desenhe um pouco.

– Não muito.

– Não muito?

– Só faço umas coisas ruins.

– Todo mundo pensa isso. Você só tem que encontrar seu estilo. Vá copiando os outros e brincando até descobrir o seu jeito de desenhar. Divirta-se, e quem sabe – ele se aproxima dela –, quem sabe isso te ajude a seguir em frente, sabe. Quem sabe te ajude a se livrar de alguns problemas. E faça você acordar, tipo água fria no ouvido. Quem sabe?

– Vovô... – Yūki resmunga. – Você não.

Jiro vacila, abanando a mão mais uma vez para dispensar as próprias palavras.

– Desculpe. Me ignore. Não vou ficar pegando no seu pé como os outros, Yū-chan. Prometo.

– Só preciso de um tempo.

– Eu sei. Prometo que te darei esse tempo.

Ela faz que sim e desvia o olhar para a janela alta. De onde está, dá para ver apenas a ponta da falésia atrás da casa, coberta de árvores – o morro íngreme que chamavam de Pequena Montanha quando ela era criança. Os corvos estão ocupados nos galhos, e outros se aproximam, grasnando alto.

– Estou me esforçando, vovô. Mamãe e papai acham que não, mas *estou*.

– Sei que sim, Yūki. Você vai ficar bem. Tenho certeza.

Nesse momento, os corvos silenciam de repente e, como se fossem um só pássaro, levantam-se dos pinheiros, disparando pelo céu branco além da moldura da janela. Yūki fica observando o último se afastar, então seu olhar é atraído de volta para a onda, para o garoto surfando na crista arqueada, e para o azul-pavão do cabelo dele.

De alguma forma, em algum lugar, Yūki ainda consegue sentir os dedos apertando o lápis de cor com força, o cheiro do grafite enquanto ela desenhava, tentando imitar as linhas que seu avô criava com tanta facilidade – devia ter insistido mais.

Vovô, desenhe um guarda-chuva karakasa *assombrado de verdade!*

Quantos olhos precisa ter na tela de papel para fazer um mokumokuren?

Quanto mais olhos, melhor para a casa assombrada, Jiro costumava responder. *Mas quero a sua versão.*

Ele solta um suspiro.

– Tenho mais uma caixa cheia desses cadernos, sabe. Guardei tudo. Guardei até uma ou duas dessas paisagens marítimas enroladas no estúdio. Sempre senti um pouco de pena dele, para ser sincero.

– De quem?

– Do Meia Onda, claro. Ele precisava de companhia... sabe, alguém especial, para não lutar sempre sozinho. Não é divertido cantar solitário o tempo todo, não é? Quer ver mais coisas?

– Talvez mais tarde. Quero ver uns desenhos originais seus. Você me prometeu que desta vez ia mostrar.

Em Cambridge, ela ficou se gabando para seu quase-amigo Joel, e falou dos mangás adultos feitos pelo avô, então agora quer tirar fotos e levar para casa como prova. É uma desculpa para falar com Joel de novo.

– Só se sua mãe não souber. Até eu fico chocado com as coisas que desenhei naquela época, todo aquele sexo, violência e morte... Ainda mais quando eu estava em Tóquio. – Ele coça a nuca. – Eu bebia muito e me empolgava demais, como se essas coisas importassem!

– Tenho quase dezesseis anos, vovô – Yūki diz. – Já sei dessas coisas.

– Ela estica o braço para empurrar o caderno azul-escuro para longe.

Mas, assim que o toca – talvez seja só sua memória lhe pregando peças quando, mais tarde, ela relembra esses preciosos minutos com Jiro –, é como se uma descarga elétrica corresse pelo corpo, e Yūki afasta a mão, dando um suspiro forte de susto. *Jet lag*? De vez em quando, ela ficava um pouco extasiada no primeiro dia no Japão. Ou seria outra coisa?

– Está tudo bem?

Ela confirma.

– Só estou feliz de estar aqui, vovô.

– Nós somos um time, eu e você. O que me lembra... – Jiro começa a falar – que tenho um presente de aniversário atrasado. – E, ao contrário daquele jeito japonês de fingir que o presente não é nada de mais, "Não é nada, desculpe incomodar", ele diz: – É algo meio que especial e eu queria que *você* recebesse isso.

– Nossa, está bem atrasado mesmo, tipo uns oito meses!

– Ou bem adiantado. Feliz dezesseis anos!

– Ah, sim, espere! – Ela volta a abrir um sorriso. – Também tenho uma coisa para você. Está no meu quarto, espere um pouco.

Seu avô a observa subir as escadas polidas, rascunhando um e-mail para a mãe de Yūki na cabeça: "Querida Kaori, sua maravilhosa filha está me parecendo ótima... Algumas pessoas só demoram um pouquinho para se encontrar, não é? Quem sabe não seja melhor pegar mais leve com ela? É só minha opinião, mas...".

Era uma vez, *mukashi mukashi*, um garoto aquático que podia surfar as ondas descalço e que adorava cantar – sua canção controlava as águas do mundo. Ele veio do mar, mas amava a terra e as pessoas que ali viviam. Tinha um coração enorme e olhos que a tudo viam, claramente. Ele acalmava os bagres, salvava marinheiros em perigo e lidava com qualquer problema: fantasmas vingativos, monstros *kappa* maldosos, espíritos de raposa *kitsune* e vulcões.

Quem sabe até tsunami*s*.

A canção de Meia Onda flutuava sob as estrelas enquanto ele surfava, e estava tudo bem, muito bem. Era uma invenção da jovem Yūki, que o arrancava lá de onde vinham os heróis, e ele, por sua vez, a criava. Mas, no fim, o pequeno herói acabou se dissipando dentro da água, esquecido no meio da habitual confusão que é crescer, assim como uma onda que se quebra e se funde novamente ao oceano.

Jiro observa a neta enquanto ela volta, um pouco ofegante, segurando um embrulho com uma caixa de biscoitos chiques.

– É de tia Kazuko e mamãe. Do tipo que você gosta.

– Seria bom se elas me entregassem pessoalmente. – Ele olha para a sequência de letras pretas e *kanjis* escritos no dorso da mão de Yūki enquanto pega o presente impessoal. – Sabe, perguntei para sua avó hoje de manhã o que poderia te ajudar. Ainda falo com ela todos os dias. E sua avó me disse o que fazer.

Yūki faz um aceno, se esforçando para não mostrar incredulidade, mas o avô percebe. Como sempre.

– É uma vergonha ser tão cética assim na sua idade – Jiro diz, balançando a cabeça. – É culpa do seu pai. Ele não é daqui. Temos fantasmas e altares em cada esquina. Cada árvore e pedra tem seu *kami-sama*, certo? E também os guerreiros, as ondas e o vento. Dá para *sentir!* Sua avó entendia, e ela era da Inglaterra, então não deve ser só isso.

– Ela era do País de Gales, vovô.

– Ela sempre ficava brava por causa disso. – Ele faz uma pequena reverência, trocando a chavinha do idioma para falar duas palavras em um inglês desajeitado: – *Desculpe, Anna*. Enfim, quer saber? Não acredito em você. Ainda sente aquela coisa. Você-não-me-engana!

Yūki olha fixamente para o sol na velha lata preta de biscoitos da qual Jiro sacou os cadernos de desenho.

– Ouça, Yū-chan. Por favor. – A voz de Jiro agora é séria, e quando ela o encara, vê aquela sombra que de vez em quando cruza o rosto dele e logo desaparece.

– Você está bem, vovô?

– Estou ótimo. Estamos falando de você, minha menina. Você é daqui. Pelo menos, um quarto de você, fisicamente, é daqui, e ainda tem muito, muito mais aqui! – Ele bate no próprio coração. – Disse para todos nós que viu nosso *zashiki warashi* uma vez, nosso fantasminha que ajudava a cuidar da casa...

Yūki balança a cabeça.

– Era só uma brincadeira, só imaginação...

Jiro bate o punho de leve na mesa.

– Caramba! Nunca, nunca diga a palavra "só" antes de "imaginação". Nunca. A imaginação te dá poder e vida. Se as pessoas nunca tivessem imaginado que um dia poderiam voar, nunca teríamos inventado aviões, não é? E a gente nunca teria um Astro Boy nem um Godzilla nem Laputa. Eu não ia gostar de viver nesse mundo! Nunca esqueça do poder da imaginação. Agora mesmo, posso me imaginar voando sobre a nossa casa e olhando tudo em volta...

Ele olha para cima.

– Imagine ser uma super-heroína que pode pular e alcançar o céu! Imagine estar apaixonada, e você pode se apaixonar. Só a imaginação pode capturar a eternidade, está entendendo? Sempre foi a *melhor* pessoa para celebrar o Festival Obon, Yūki, porque você e eu éramos os únicos que *realmente* imaginávamos os mortos vindo para casa. Os outros só faziam movimentos mecânicos, mas nós fazíamos isso direito. Para honrar os mortos. Ponto-final.

– Sim, era *bom* – ela murmura.

Ela segue o olhar dele, ante a lembrança das cigarras e dos sapos cantarolando enquanto subiam a Pequena Montanha durante a longa noite de verão, acendendo lanternas no topo e esperando no escuro para dar as boas-vindas aos mortos. Aquelas noites pareciam durar para sempre.

– Era muito bom.

E ao leste?

14h45.

O avô sai batendo os pés para pegar seja lá o que está tentando pegar, assobiando a melodia de sempre, sete notas repetidas, e cantando o próximo verso da música. A voz falha ao atingir as notas mais altas.

— "Impossível esquecer como as lágrimas borraram meus olhos, impossível esquecer a felicidade sob o céu estrelado..."

Yūki sente o sorriso voltando. Fora aquele pequeno deslize de quando o avô mencionou os problemas dela — e aquele momento em que deu uma leve surtada na noite anterior —, *ele está ótimo*, pensa. Não está pegando no pé dela como seus pais, e não é como a frenética tia Kazuko, que não para de falar dos namorados *desesperados* e das leituras de tarô. Ele é apenas o vovô Jiro: com os pés no chão, meio grosso de vez em quando, mas sempre o mesmo. Sempre aqui, assim como a casa dele.

Ela puxa o caderno azul-escuro com o dedo indicador, se perguntando vagamente se por acaso um caderno pode provocar estática.

Então ela nota que seu dedo começou a tremer feito doido.

E tudo em volta passa a tremer também: sua mão, seu braço, os livros na mesa, a lata preta com o sol amarelo, a própria mesa e as paredes. Um barulho percussivo e constante de louças, talheres, portas e janelas em seus caixilhos — *tatá tatatá tatá tatatá* — vai crescendo e crescendo até que a própria casa começa a se mover e, com um estremecimento retumbante, a estante ao lado cai no chão, derramando todo o enorme peso de mangás ali na entrada, numa avalanche de papel, tinta e cartão.

Ela olha para o avô, assustada, e o barulho vai ficando cada vez mais alto

...e o mundo todo treme,
sacode e
se despedaça...

2
Check-in samurai

Não fazia muito tempo, só uns três dias, que os pais de Yūki tinham se despedido dela no portão de segurança do aeroporto de Heathrow, em Londres. Os olhos do pai haviam se enchido de lágrimas (mas ele fingiu que não) e a mãe tinha aquela expressão superanimada que sempre fazia antes de correr uma de suas meias maratonas. A garota viu essa cena muitas vezes nos últimos dois anos: seus pais esperançosos – desesperados – para que ela ficasse bem e começasse a ter o que chamavam de "vida normal" outra vez, ter "amigos de verdade". Às vezes, ela achava que era como olhar em uma espécie de espelho esquisito e ver sua ansiedade refletida nas feições orientais da mãe e nas feições inglesas do pai. Ela meio que perdia a noção de quem sentia o que primeiro, e tudo virava confusão ou briga enquanto eles tentavam desembaraçar os fios irremediavelmente emaranhados, que acabavam frustrando a todos.

– Se cuida, querida. *Ki o tsukete*. Não deixe seu avô nervoso – sua mãe aconselhou, misturando japonês com inglês e ajeitando a alça da mochila de Yūki.

A filha deu de ombros, dispensando a advertência.

– Mãe, foi ideia sua.

– Bem, acho que não, Yū-chan. Você que sugeriu primeiro. Mas não importa. Vocês podem ser unha e carne. Parece que ele está planejando levar você para algum tipo de protesto no fim de semana. Contra a terceira usina nuclear ou algo assim. Ele não fica feliz se não tiver algo para se engajar.

O pai respirou fundo.

– Ele seria capaz de protestar contra a própria mãe… Quem sabe você não manda um cartão-postal para aquele seu amigo, Joel?

– Pai, eu nem *conheço* ele direito nem tenho o endereço dele.

Ainda assim, a imagem de Joel se formou na mente dela: da última vez que o viu, na biblioteca da escola, quando ela torceu para que o chão a engolisse. Enquanto os outros a olhavam boquiabertos, curvada em posição fetal no chão, só ele parecia se importar, observando-a por baixo da franja loira – e então foi buscar ajuda antes que a levassem para a diretoria.

– Bem, aposto que a gente consegue descobrir. É importante que você tenha amigos, não é?

A mãe deu um tapa nas costas do pai.

– Ai, eu só estou tentando ajudar.

E se virou para Yūki, segurando o braço dela uns segundos além do necessário.

– Se divirta *muito*. Estamos torcendo para que isso, sabe, se resolva um pouco...

– Agora é você! – lançou o pai. – Só vá e aproveite, Yūki. Lembre-se que a gente te ama, mas você precisa de um tempo longe dos pais, certo?

– *Ki o tsukete* – repetiu a mãe.

– Mãe, Osōma deve ser o lugar mais seguro do mundo.

– Eu sei. Mas já aconteceu um *crime* lá! Tchau, querida, lembre-se do que fazer se você, sabe, sentir um ataque chegando...

– Eu sei, eu lembro. Tchau... *mata*.

– Tchau. Te amo – disse o pai, se virando e passando a mão pelas entradas do cabelo, como ele sempre fazia quando estava emocionado e não queria demonstrar.

– Vou ficar bem. *Mata ne...*

Yūki respirou fundo enquanto a funcionária da companhia aérea a conduzia pelo piso espelhado do Terminal 5, que parecia água parada ondulando sob seus pés e refletindo sua imagem e também as nuvens que estavam além das enormes janelas do aeroporto. Um aperto de ansiedade bem familiar subia pela garganta, mas ela se esforçou para parecer tranquila.

– Então, Yuuki... com "u" prolongado... estou falando certo?

– Sim, está certo.

– São férias escolares? Ainda não é Páscoa.

– Eu estudo em casa.

O rosto da mulher, coberto de maquiagem, não escondeu a desaprovação:

– Ah, é?

Yūki lhe deu a resposta usual:

— Assim posso fazer aulas em japonês e em inglês.

O que era quase verdade, mas não de todo. Angela, sua terapeuta, vivia dizendo que talvez fosse mais fácil se abrir com as pessoas sobre os sentimentos, mas o que é que ela poderia dizer? *Oi, sou Yūki, sou meio que contra a escola, acho, não tenho amigos de verdade e não consigo lidar com o Ensino Médio, que me provocou, tipo, uns ataques de pânico bizarros e agora mal consigo sair do quarto nos dias ruins, enfim, é tudo uma chatice, então, por favor, não ligue pra mim, mas sim, sou meio japonesa, embora mais inglesa. Acho. Cresci aqui, mas gosto mais de lá. Só que quando estou lá as pessoas acham que não sou japonesa de verdade. E tem umas coisas que não posso nem começar a falar, sério, porque são idiotas demais. Desculpe. Desculpe.* Gomen ne.

— Mas e seus amigos? — a mulher continuou tagarelando, encarando Yūki com *aquela* expressão: a de quem está tentando desvendar quem ela é.

— Tudo certo — Yūki respondeu, olhando para o portão.

Sua mãe estava se abraçando e seu pai estava com a mão levantada, como alguém esperando receber uma bola, sem saber se ela seria lançada. Yūki acenou discretamente, com a mão próxima ao quadril.

A mulher a olhou por baixo dos cílios longos demais.

— Pais! Eles vão ficar bem. Não é sua primeira vez no Japão, não é?

— O Japão é tipo minha segunda casa.

— Mas é sua primeira vez sozinha?

Yūki fez que sim.

— Bem, não fique nervosa.

Yūki sentiu uma onda de irritação: *Os Hara não ficam nervosos! Nós somos os pregos que se recusam a ser martelados, meu avô enfrentou criminosos da direita nos anos 1960, ele até sai para nadar no Obon...* NINGUÉM *vai nadar no Obon, certo?*

Em vez disso, ela balbuciou:

— Tivemos um samurai na nossa família!

— Nossa, melhor eu tomar cuidado então. — A mulher deu batidinhas no braço dela. — Vamos, deixe a mala nessa esteira e o casaco naquela. As espadas também. Sua mãe disse que você costuma ficar um pouco preocupada?

— Eu gosto de voar, estou bem.

Mas não era verdade: ela *estava, sim,* ansiosa. Depois de meses e meses enfiada dentro de casa, só o barulho e a agitação do aeroporto já eram demais e torcia para que a sra. Maquiada não percebesse que seu coração estava batendo tão forte que era até visível, ele pulsava e fazia *toc-toc* contra o moletom azul-escuro. Olhou para trás e vislumbrou a mãe sendo esmagada no abraço do pai.

Sentiu uma pontada de culpa, mas a engoliu junto com a tensão crescente. Atravessou a segurança, passou pelas infindáveis lojas de perfumes e chocolates – aquela habitual porcaria consumista, como diria seu avô – e alcançou a área de espera do portão magicamente identificada como Tóquio, se esforçando para parecer que fazia isso todos os dias, que o sangue Hara estava realmente correndo em suas veias meio samurai.

Enquanto o avião manobrava para pousar na pista de Narita, Yūki pegou uma caneta com ponta porosa dentro da bolsa e reforçou devagarinho a tinta da sequência de letras e ideogramas japoneses na parte de trás do polegar esquerdo. Y de "Yūki"; *kanji* de "mãe" e "pai"; J de "Jiro" e o ideograma de "Hara", o sobrenome que prefere usar; o símbolo do infinito, significando vida longa e saúde e a palavra japonesa para "sorriso". Todo mundo vivia lhe perguntando o que tinha acontecido com o sorriso radiante que ela costumava distribuir para todos e para tudo, mas ele ainda está lá, em tinta preta na ponta do amuleto da sorte que a própria garota criou. A única fenda em sua armadura racional demais.

Y J原母父∞笑

A mulher sentada ao lado de Yūki ficou a observando enquanto as rodas batiam e reverberavam pelo avião durante o pouso. Uma luz ofuscante atravessou a cabine e revelou a fórmula mágica em sua mão.

— Você está bem, mocinha?

— *Hai, zenzen daijōbu*. Estou ótima — Yūki respondeu, e logo em seguida se corrigiu, oferecendo à mulher uma resposta mais educada: — *Daijōbu desu*.

Ela ficou surpresa.

— Ah, você é japonesa! Desculpe.

— Sou meio japonesa.

— Bem, tente não se preocupar muito. Nada muda nunca, na minha experiência.

— Desculpe. Vou dar o meu melhor. *Ganbarimasu*.

Mas, quase sempre, era muito difícil dar o seu melhor, e o coração de Yūki batia freneticamente enquanto se aproximava do chão, os pneus do avião deixando marcas pretas na pista.

3
Fantasma no táxi

Uma luz brilhante inundou as janelas do trem expresso do aeroporto enquanto tia Kazuko olhava para o celular pela enésima vez e passava a mão pelo relâmpago descolorido que era sua franja. Seu iPhone novinho em folha estava no silencioso, mas vibrava feito uma cigarra de verão recém-nascida. Yūki sorriu, banhada pelo calor do sol, e apontou para o celular.

– Tudo bem, tia, pode responder. Vai que é o homem dos seus sonhos!

– Estou vendo que manteve o senso de humor, hein?! – Kazuko riu. – Que bom. Pelo que minha irmã contou, pensei que TUDO se resumisse a pessimismo e tristeza.

– Ela diz que eu sempre fui séria, mesmo quando nasci.

– Bem, você *sempre* me fez rir. – Ela olhou para a tela do celular e fez uma careta.

– Algum problema, tia?

– Definitivamente não é o Homem Certo, só um idiota da agência! Ele nunca trabalhou com uma mulher Hara antes, coitado! – Ela digitou algo na velocidade da luz e enviou a mensagem.

– O que você escreveu?

– Não importa!

Ela enfiou o celular de volta na bolsa e mediu Yūki da cabeça aos pés, observando-lhe o cabelo comprido – entre preto e castanho-escuro –, o rosto oval, os óculos redondos, o moletom macio e a legging preta.

– Você está crescendo, Yū-chan.

– Mamãe não acha.

– Bem, ela vê você todos os dias. Mas eu te vejo tipo numa espécie de filme em *time-lapse*, no máximo a cada seis meses, não é? Estou vendo que você cresceu mesmo... está se tornando uma mulher! – Ela pegou o rosto da menina entre as mãos na frente do peito, com as sobrancelhas na metade da testa. – A-ma-du-re-cen-do!

— Tiaaaaaa... — Kazuko tinha mania de ser exagerada *demais* em público. E escandalosa.

— Então, quer ir de novo naquele lugar de mangá? Ou conhecer meus amigos descolados, uns caras de uma banda barulhenta e esquisita? Um deles usa vestido! A gente teve um encontro e ele foi assim, mas não deu certo... A gente também pode fazer compras, procurar alguma coisa bacana pra você.

— Não adianta, eu sempre estou ridícula.

— Você está sempre maravilhosa. Que tal se a gente jantar fora?

— Podemos só ficar em casa mesmo?

Kazuko franziu as sobrancelhas.

— Tudo bem. Mas vamos fazer *algo divertido*! Não quer experimentar umas maquiagens? Você poderia enlouquecer os garotos, sabia?

— Eu... não estou muito a fim.

Kazuko deu uma batidinha leve no joelho de Yūki.

— Sei que a escola é uma merda, mas você não está se tornando uma daquelas *hikikomori*, não é? Trancada no quarto sem nunca sair...

— Se é disso que precisam, por que é que as pessoas não deixam elas em paz?

— Justo, eu só não acho que é disso que você precisa. Você precisa, sei lá, *mergulhar* na vida.

— Eu só não estou curtindo lugares barulhentos agora, com muita gente, agitação e tal. Sabe, é gatilho para as crises.

— Bem, então Osōma é o lugar certo. Parada feito um cemitério! Foi por isso que dei o fora...

— Eu gosto de lá.

— Que bom. — O celular de Kazuko vibra de novo dentro da bolsa. — É melhor eu mandar a real pra esse cara ali do saguão. Vou chamar ele de algo biologicamente complicado e não quero que você ouça.

— *Dōzo* — Yūki disse, fazendo um gesto exagerado que comunicava "fique à vontade". — Divirta-se.

— Pode deixar... Ah, sim, *moshi moshi*, Tanaka-san, posso só pedir pra você me ouvir por um minuto, por gentileza? Talvez precise de uma caneta para anotar... e também de algum conhecimento prático de anatomia. Desculpe tomar seu tempo, mas...

Yūki sorriu quando Kazuko lhe lançou uma piscadela conspiratória, e a voz da tia foi sumindo enquanto se retirava para o espaço entre os vagões e a porta se fechava.

Yūki se acomodou sob o sol, tentando não ligar para o comentário de Kazuko. Da janela do trem, via, passando a toda velocidade: casas de azulejos azuis e campos amarronzados pelo inverno. Uma garça batendo as asas devagar, subindo para o céu com vagar. Uma estátua moderna e enorme de Buda que logo sumiu – aquela que tem uma expressão engraçada no rosto, mais travessa do que sábia. Como se ele soubesse de um grande segredo que você ainda não descobriu, mas talvez estivesse prestes a ficar sabendo.

Em Nippori, o concreto de Tóquio se espalha, mas ainda não há sinal da tia. Três garotas de uniforme entraram, entretidas em conversas e risadas, lançando um olhar esquisito na direção de Yūki, o que faz sua pulsação acelerar. Era como na escola: ela estava sempre na fronteira da piada, querendo descobrir o que era e ao mesmo tempo não querendo, porque podia ser sobre ela.

Yūki olhou para o celular, fingindo que mandava uma mensagem para alguém, se perguntando como seria *ser* uma delas, ser parte de um grupo e não estar sempre de fora só olhando. Era mais fácil imaginar como seria ser aquele Buda.

No saguão de entrada do condomínio de Kazuko, Yūki pensou ter sentido um breve tremor subindo do chão para os pés e as pernas. Mais uma pitada de pânico borbulhou no peito. Angela tinha repassado com a garota os exercícios de respiração – que Yūki se esforçou para fazer no espaço constrito e oscilante do elevador, sem ouvir direito a tia, que não parava de falar, mas desviando de tópicos que a mãe da menina obviamente a alertara para não mencionar: amigos, escola e ansiedade.

Ainda assim, esbarrou em um ou dois deles, ao estilo Kazuko.

– Então, sabe, não precisa ter pressa para arranjar um namorado! Mas você está interessada em alguém?

– Na verdade, não.

– Você não me engana.

Yūki tirou o cabelo da frente dos olhos. Às vezes, o único jeito de lidar com a tia Kazuko era combatendo fogo com mais fogo:

– Sim, tia, estou tipo transando o tempo todo.

– Nossa. Só estou tentando ajudar, Yū-chan. Bem, se quiser conversar sobre essas coisas, sobre aquela época do mês e tal, eu estou sempre pronta para um papo!

– Não precisa – Yūki disse com firmeza. – Tia? Isso foi um terremoto? Será que a gente fez bem em usar o elevador?

– *Bah*. Este lugar tem certificado sísmico de primeira, não se preocupe! Não foi nada.

– Não estou preocupada.

No mês anterior, seu pai – limpando os óculos, como ele costumava fazer quando ia dar uma "aula" – tinha lhe explicado sobre as placas tectônicas debaixo de Tóquio: três placas montadas uma na outra, com um pedaço quebrado de uma entre as outras duas, feito comida presa na garganta de um gigante.

– Um dia, ele vai cuspir – seu pai disse –, e eu não gostaria de estar em Tóquio. Nem por um trilhão de ienes. Sabe qual é o título do terceiro capítulo do *Manual de preparação para desastres* de Tóquio? Aceitando a morte! Sério, tenho que concordar com eles.

– Obrigada, Steve – sua mãe falou. – Ajudou muito.

Enquanto esperava a comida chegar, Yūki ficou observando o mar de arranha-céus na direção de Shinjuku, para as luzes-piloto vermelhas que piscavam no topo dos prédios, enviando mensagens tanto para as nuvens lá no alto como para o neon abaixo, a reluzir e pulsar. De repente, do nada, outra onda de ansiedade apertou seu peito, enquanto a cidade oscila em seus olhos.

Respire. Respire. Respire.

Respiiiire.

– Você está bem, Yū-chan? Está pálida.

– Ah, sim, tô bem – Yūki conseguiu responder. – Como está o vovô?

– Como sempre!

– Tipo... da última vez, ele passou a maior parte do tempo de mau humor. Sabe, daquele jeito que ele fica de vez em quando.

– Não com você. – Kazuko deu risada. – Ele só acha as filhas meio irritantes! E às vezes o mundo todo... Só Deus sabe por que parou de trabalhar. Hoje em dia as pessoas compram exemplares antigos da revista *Garo* com desenhos dele por uma fortuna. Uma grana mesmo. Ele passa os dias remoendo coisas, cercado pelo passado, todo melancólico e tal. Precisa espairecer, mas...

— Melancólico? — Yūki não entendeu a palavra em japonês, e Kazuko a digitou no celular para que o aparelho traduzisse para o inglês.

— Imaginação demais. É coisa de família, não é? Quero dizer, vocês sempre foram... — Kazuko parou de falar bruscamente.

— O quê?

— Você ainda gosta de histórias de fantasmas?

— Não muito. Não acredito em fantasmas.

Kazuko apertou os olhos de um jeito exagerado e cômico.

— Séérrio?

— Sei lá, as coisas sempre têm uma explicação.

— Hum! — Ela se serviu de outra taça de vinho. — Sabe aquele velho cemitério aqui perto? Aoyama?

Yūki confirma, lembrando dos túmulos debaixo dos pinheiros e dos ginkgos, e dos corvos tumultuando o céu.

— Certo, então, desde que abriram o túnel do metrô de Chiyoda, que passa embaixo do cemitério, passageiros noturnos contam que à noite deparam com pessoas vestidas com roupas esfarrapadas e antiquadas sentadas na frente deles. Roupas do período Edo, sabe? E depois elas somem do nada! — Kazuko dá um gole, com os olhos brilhando. — É como se os mortos não soubessem que morreram e acabassem entrando no metrô por engano. Daí precisam encontrar o caminho para "casa", para o cemitério. Motoristas de táxi são parados tarde da noite por pessoas pedindo para ir pra algum lugar perto do cemitério, e quando chegam lá e o taxista se vira para cobrar o banco do passageiro está vazio!

Yūki se mexe, desconfortável.

— Mas...

— Mas essa é a melhor — Kazuko continua apressada, gesticulando com a mão livre. — O baterista de uma das bandas que produzimos que me contou. Sempre confio em bateristas, e ele ouviu essa direto do taxista. Então deve ser verdade! Uma noite, em março, esse taxista estava perto do Aoyama e viu uma mulher se abrigando da chuva, cobrindo a cabeça com o casaco. Ela não tinha guarda-chuva e estava ensopada.

Então ele parou, e a garota, que era ainda adolescente, entregou um endereço anotado num papel todo desgastado, era um lugar que ficava a poucos quilômetros dali. Ele não estranhou nada, e quando chegaram ao prédio a garota disse: "Podemos esperar aqui uns minutinhos?", e o homem respondeu: "Tudo bem, mas vou ter que manter o taxímetro ligado". Ela concordou e ficou ali sentada, olhando para a janela do segundo andar. A silhueta visível pela janela era de um jovem que olhava para o carro sem se mover. Eles só ficaram se olhando e se olhando e ninguém se mexeu.

De repente, Yūki estremeceu. Kazuko acena com a cabeça, e o relâmpago em sua franja dançou.

— Esquisito, certo?

— Só estou cansada.

— Mas ouça! O motorista falou: "Então, para onde você quer ir agora?", e ela respondeu: "Me leve pra casa", e deu um endereço chique em Shibuya. "Tudo bem", ele concordou e eles atravessaram a tempestade até a casa dela. Quando o taxista para e se vira para cobrar a corrida, adivinha?

— Não tinha ninguém no carro.

— Isso. E melhor ainda, tem uma mancha de água no banco. Então o taxista sai do carro completamente assustado e vai até a porta da casa. Apesar de ser *muito* tarde, uma senhora atende quase imediatamente, e sem que ele conte o que aconteceu, ela entrega o VALOR EXATO da corrida, incluindo a parada. O valor *exato*.

Um calafrio desce pela coluna de Yūki.

— É, mas...

— E quando o taxista fica perplexo, a senhora diz: "Minha filha foi morta por um carro a toda velocidade na chuva. Ela estava atravessando a rua para encontrar o namorado e morreu no mesmo instante. Agora, sempre que chove, ela pega um táxi em Aoyama e vai até a casa dele para ficar esperando lá fora uns minutos antes de voltar pra cá. Ela vem para *casa*. Todos temos que ir pra casa, não?". Uau! — Kazuko faz uma pausa e bebe mais um gole de vinho. — E esse detalhe? O valor *exato*.

Yūki ainda estava sentindo o calafrio subindo e descendo pela coluna.

— As pessoas exageram, se confundem e tal. Eu acho.

— Bem, essas histórias são *bem* reais, se quer saber minha opinião. É só ver como o aluguel de uma casa abaixa se alguém morreu ali. Se um ricaço de Tóquio está disposto a sofrer um prejuízo desses no valor de sua propriedade, é por um motivo, certo? Vamos lá! O que aconteceu com aquela garota de antes? Aquela que...

Yūki balançou a cabeça. Não de novo!

— Queria que vocês parassem de falar disso! Eu era sempre engraçada ou sempre séria ou sempre acreditei em fantasmas. Ou o vovô está sempre falando daquele totem estúpido...

Kazuko estufou as bochechas.

— Desculpe, desculpe. A gente só quer aquela garota de volta.

— Vocês *só* falam disso.

Kazuko abriu um sorriso e baixou a voz:

— Bem, você não pode nos culpar por querer isso... Pense na sua mãe. Você deve saber que ela demorou muito para engravidar, e que teve muita dificuldade para lidar com a morte da *nossa* mãe, e daí *finalmente* você chegou...

Yūki fez um gesto de confirmação, enquanto a velha história pesava em seus ombros. *Você é tão preciosa para nós*, sua mãe sempre lhe dizia. Uma vez, sem perceber, ela acrescentou: *Muitos não sobreviveram antes de termos você*.

— Como é que você e mamãe são tão diferentes?

— Como assim?

— Você é tão... tão...

Kazuko deu risada.

— Doida?

— Acho que sim.

— Até sua avó morrer, a maluquinha era a sua mãe. Tipo, ela era um dos cavalos mais selvagens! Sei lá, talvez esteja frustrada consigo mesma. Ela foi domesticada. — A tia se inclinou para a frente. — Ei, não conte para ela que eu falei isso pra você!

Yūki arregala os olhos.

— Minha mãe? Um cavalo selvagem?

— Os garotos da cidade costumavam nos provocar dizendo que a gente era *hāfu*, sabia? "Vocês não são japonesas de verdade, são mestiças", esse tipo de merda. Eles ficavam repetindo e repetindo isso, até que um dia ela deu um soco na fuça de um deles! Ela fazia *karate*, então o golpe foi forte, até sangrou! Era uma verdadeira ninja!

– Minha mãe deu um *soco* num cara?
– Ela acabou com ele! – Kazuko riu. – Nunca liguei muito para esse lance de *hāfu*, eu só dava uns amassos nesses caras. Vamos, descanse um pouco. Todo dia é uma oportunidade para virar a página, certo? Então vamos virar mais uma. O horóscopo disse que é lua crescente em gêmeos. Isso significa que é tempo de espontaneidade e mudança!
– Papai diz que astrologia é perda de tempo.
– Bem, ainda bem que existe espaço suficiente nesse mundo para as pessoas serem diferentes e encontrarem seu próprio caminho.

Apesar do *jet lag*, Yūki ficou acordada por cerca de uma hora, pensando em sua mãe e em tia Kazuko crescendo na Tōhoku rural, brigando e beijando... Sua mãe ficou tão diferente da versão jovem, e Kazuko de alguma forma ainda permanece a mesma, ao que parece. Como isso aconteceu? Como você sabe que direção está seguindo? Um dia, quem sabe, você está simplesmente atravessando a rua, pensando no futuro, e *bam*! Fim. Está morta.

Ela apagou a luz e se enrolou no edredom, se obrigando a dormir, mas, quando fechou os olhos, *viu* aquela pobre garota ensopada na chuva, a mancha de água no assento do táxi e a silhueta do garoto na janela. A tristeza dessa história infiltrou seus pensamentos feito tempestade na estação chuvosa, saturando tudo.

Um trem passou zumbindo na linha Yamanote, e ela ficou escutando seu ir e vir, tentando se concentrar e contar os vagões enquanto o próximo trem chacoalhava pela estação, fazendo o mesmo com mais seis ou talvez sete enquanto os trens atravessavam a cidade inquieta, até que finalmente sua respiração se tornou mais profunda e se acalmou.

E ali – bem na fronteira do sono –, ela ouviu o som distante de ondas quebrando.

4
Sr. Kickboxer

O dia 10 de março amanheceu brilhante, e Yūki sentiu seu ânimo melhorar conforme piscava sonolenta, afastando os sonhos já meio esquecidos – algo com mar ou chuva... e muita água. E talvez algo com um garoto. Beijos? Não era Joel... Enfim, *foi bom*, ela pensou, corando.

Kazuko a guiou em segurança pela linha Yamanote no horário de pico até a estação de Ueno e então para o trem, armada com um bentô e o presente de seu avô. E uma enxurrada de planos para o seu retorno a Tóquio.

Ela afastou a franja-relâmpago e lhe deu um abraço apertado.

– Aproveite aquele velho malandro. Respire a brisa do mar pelos pulmões! E faça ele se livrar de pelo menos uma ou duas coisas! Lembre-se de que você é uma mulher Hara. Não importa o que digam. Somos guerreiras, certo?

– Não me sinto assim.

– Ainda não. Acho que a lagarta não imagina que vai virar borboleta um dia. Ou... talvez imagine.

Yūki espremeu os olhos, se concentrando no telhado da estação.

– Então eu seria uma borboleta guerreira ou algo assim?

– Insolente. Se cuida, Yū-chan. Vejo você no fim da semana que vem.

As emaranhadas linhas ferroviárias de concreto de Tóquio passavam velozmente, aos poucos dando lugar para os rios canalizados, campos que pareciam quebra-cabeças, borrões de montanhas distantes e pálidas. Até que chegou aquele momento depois da estação Mito que deixava sua versão mais jovem emocionada: o primeiro vislumbre do vasto Pacífico, sempre maior do que ela se lembrava, com seu azul-prateado cintilando entre as árvores – a coisa toda era revelada como um truque de mágica.

E, ao se aproximar dele, a garota observou as ondas quebrando no horizonte e sentiu a brisa indo e vindo, liberando algo lá no fundo de si, só um pouquinho. Ela se recostou no assento. Sem expectativas, sem pressão, apenas o espaço e o tempo se abrindo enquanto seguia para o norte em um vagão meio vazio. Tudo certo. Yūki abriu a caixa de sushi, espremeu na primeira peça o molho shoyu na embalagem de plástico em forma de peixe e virou-se para olhar o mar reluzente mais uma vez, brilhando ao sol *kira kira* até o horizonte, sentindo o sabor de vinagre na língua.

Em Iwaki, enquanto estava limpando os dedos com o lenço umedecido que veio na caixa de bentô, dois garotos entraram no trem e se acomodaram no assento do outro lado do vagão, na sua diagonal, de frente para ela.

Deviam ter uns dezesseis anos ou um pouco mais, um deles era gordinho, de rosto quadrado e corte militar, o outro era alto e magro, e o cabelo cacheado formava uma nuvem bagunçada sobre o rosto oval. Enormes fones de ouvido cor de laranja amassavam seu cabelo e uma mala esportiva estava enfiada entre as pernas estendidas, com tênis sujos nos pés. *Bem bonito*, pensou Yūki, dando uma olhada, *mas se acha*. Tipo aqueles garotos da escola que falavam alto demais, loucos para dizer como eram incríveis. Ao contrário de Joel, que ficava na dele.

De vez em quando, ela sentia aquela sensação incômoda de quando a gente sabe que alguém está observando, e claro que, quando reuniu coragem para erguer a cabeça, o garoto de cabelo cacheado a encarava com um sorriso nos lábios. Então ele se virou para o amigo corpulento e os dois riram.

Luzes de emergência se acenderam na cabeça de Yūki.

Ela tentou reprimir o sangue quente correndo pelo rosto, se obrigando a focar nas ondas, mas continuou sentindo o olhar do garoto alto sobre si. De forma mais ardente e perturbadora, a pressão em seu peito começou a crescer. Então pegou seu Nintendo DS e se esforçou para se concentrar no *Dragon Quest*, mas seus dedos pareciam desajeitados e seus olhos ficavam desviando da tela. A pressão aumentava e agora chegava aos ombros. Se mantivesse esse ritmo, logo estaria na garganta, e daí ela estaria perdida, sem conseguir respirar. Passaria a tremer – no pior cenário, desabaria no chão do trem na frente de todo mundo, assim como no último dia da escola, quando Joel a encontrou e foi buscar ajuda.

Que merda, me deixem em paz!

Ela enfiou o DS de volta na bolsa, pensando em mudar de vagão. Ergueu a cabeça mais uma vez, tentando fazer o que Angela aconselhara – manter os pés no chão, retardando a expiração até que ela ficasse mais longa que a inspiração –, e viu com horror que o magrelo estava em pé, vindo direto para o assento vazio ao seu lado, enquanto o outro meio que o incentivava.

E agora? Seria aquela mesma ladainha de sempre: "Ah, então você não é japonesa de verdade? *Hāfu*? Você come comida japonesa? Seu japonês é tãããão bom".

Sem falar nada, o garoto se jogou no lugar vago, se virou e sorriu, encarando Yūki. Ele se aproximou dela, invadindo seu espaço – e então estalou os dedos.

– Ahhh! Sabia! Eu reconheci você! – ele disse, em um japonês rústico. – É a neta daquele cara dos mangás, né? Dos arredores de Osōma?

Talvez ele fosse meio familiar. Com dificuldade, ela se recompôs e fez uma pequena reverência, balbuciando um cumprimento formal:

– Sim, prazer em conhecê-lo. Meu nome é Hara Yūki. Por favor, seja gentil comigo.

O garoto fez uma expressão cômica.

– Eitaaa! Que educada! Não precisa disso. Eu sou o Taka, se lembra? O velho e bobo Taka! Filho do Jimi, taxista?

Ele fez mímica de um motorista com as mãos no volante.

Sei o que é "taxista", ela pensou.

– Sim, eu me lembro de você... acho.

– Rá! Você não pareceu animada! – ele exclamou. – Da última vez que a gente se viu, você devia ter...?! Sei lá, uns sete anos?

– Deve ser. Eu me lembro de você na praia, em Kitaizumi.

– Isso! Eu provavelmente fui uma peste. Desculpe! *Gomen ne.*

– Você ficou atirando nas pessoas com uma arminha de água enorme.

– Parece algo que eu faria!

Então ela se lembrou de verdade – naquela época, ele já tinha cabelos furiosamente cacheados, e vivia correndo pela praia. Ele chegou a gritar "*Hāfu, hāfu*" para Yūki, e seu avô o repreendeu com uma ou duas palavras duras... E o pior é que ela estava se sentindo muito constrangida de maiô, com a pele bem mais branca do que os outros, porque sua mãe tinha exagerado no protetor solar.

– Bem, de qualquer forma, me desculpe por isso – Taka continuou.
– Então... veio visitar seu avô?

– Sim, e você?

– Estava num torneio com Iwaki.

– De quê?

Ele deu uma olhada ao redor e deu uns breves golpes no ar com a mão esquerda, como se fosse um treinador.

– Kickboxing. – Ele chegou ainda mais perto e sussurrou: – Estou num treinamento secreto, não conte para ninguém.

Típico, Yūki pensou, não devia rolar nada debaixo daquele cabelo selvagem. Mas, quando reuniu coragem para encará-lo, viu outra coisa: seus olhos estavam brilhantes e meio que espertos.

Ele estendeu a mão para ela ao estilo ocidental e disse:

– Prazer em conhecê-la. – Seu sotaque era forte, e ela não fazia ideia se ele estava brincando.

Mas a mão dele era grande e quente.

– Então, você tem dois nomes? Tipo um inglês e outro japonês? E dois sobrenomes?

Ela fez que sim.

– Não uso o inglês aqui, é Jones.

– Ah, isso mesmo. *Jo-on-zu*. Então você é Yūki Hara Jo-on-zu? Foi mal, meu inglês é uma porcaria, vou ficar com Hara. Vai ficar por aqui bastante tempo?

– Uma semana, mais ou menos.

– Quer sair?

Nesse momento, ela ficou confusa.

– E... fazer o quê? Por quê?

Taka deu de ombros.

– Sei lá, qualquer coisa. Sempre achei você gatinha, se quer saber a verdade. Desculpe.

Yūki desviou o olhar depressa.

– Eu... acho que meu avô fez planos pra gente.

O amigo ainda estava espiando, com as pernas esticadas no corredor, e ela sentiu o peito apertar de novo.

– Então como é que você não está na escola, Hara-san?

Ela escolheu responder no modo Kazuko:

— Fui expulsa.

— Duvido. — Ele sorriu. — A gente foi no festival dos cavalos num verão em Odaka uns sete ou oito anos atrás, sei lá, se lembra? No último dia, quando eles tentam pegar os mais selvagens. Você não parava de desenhar. Seu avô tinha levado você e a apresentou para todo mundo. Contam que ele tinha uma raposa, o que é um pouco doido...

— Ele não é doido — Yūki o interrompeu. — Ele é um... — *Droga, como era a palavra para "gênio"?*

— Ei, relaxa — Taka disse, inclinando a cabeça para o lado. — Meu pai fala que seu avô é um bom homem. E se ele diz que alguém é ok, eu acredito. Ele é bom em julgar as pessoas, e deve estar interessado no trabalho dele. Então seu avô é desenhista de mangá ou algo assim? De que tipo?

— *Gekiga*.

Ela esperava que ele fosse ficar sem resposta e encerrar a conversa, mas Taka só ficou pensativo, sugando o ar através dos dentes.

— Ah, aquelas coisas alternativas! Ceeerto. Nada de animais e histórias de amor bobas, né? Tipo Tatsumi, do Shirato Sanpei?

— É — Yūki respondeu, surpresa. Parecia haver um pouco mais de ar no vagão e ela respirou fundo. — Exatamente. Ele conhecia Tatsumi-san, e já ganhou um prêmio Tezuka.

— Uau!

— Ele curtia política e protesto. Sempre diz que dá com as imagens dá para falar de coisas que precisariam de páginas e páginas num romance.

— Acho que sim. Tipo, se a gente estivesse num mangá, era só nos desenhar lado a lado para mostrar como somos totalmente diferentes, mas muito bonitos?

— Está me tirando?

Taka esticou os braços, como se fosse um jogador de futebol alegando inocência.

— Só estou tentando ser legal, sério.

Yūki o encarou.

— Mesmo?

— Juro, Hara-san. Então, Hara-san... Qual é a desses escritos na sua mão? Tem um símbolo do infinito aí, né? — Ele tocou suavemente na fileira de letras e caracteres.

Yūki a cobriu com a manga.

— Só estou tentando me lembrar de uma coisa.

— Eu também. — Ele mostrou o dorso da mão direita, onde dava para ver os números 2.38. — É o trem que preciso pegar amanhã. Para a missão secreta.

Yūki respondeu com a cabeça. Houve um silêncio desconfortável.

— Então... — Taka hesitou, coçando a orelha. — E aí?

— E aí o quê?

— Não vai querer sair comigo?

— Eu... você vai voltar para o seu amigo?

Taka olhou para o garoto corpulento do outro lado e inclinou a cabeça para ela, sussurrando:

— Ele? Shuto? Ele é legal, mas é meio devagar. Olha... — ele acrescentou: — Eu cresci. Um pouco. Você pode me achar pelo táxi do Jimi. Quero dizer, se quiser. — Ele sorriu de novo.

E depois — ainda bem, até que enfim — voltou devagar para o assento ao lado do amigo.

Aos poucos, ela sentiu os batimentos desacelerando e o aperto em seu peito foi diminuindo, diminuindo, diminuindo.

E conforme as últimas estações se aproximavam e ficavam para trás, os garotos aparentemente foram perdendo o interesse nela, grunhindo frases curtas e bruscas um para o outro, o barulho do trem abafou as palavras deles, até que o mais baixo fixou o olhar em seu Gameboy e Taka colocou os fones de ouvido sobre o cabelo cacheado e se recostou no assento, mexendo a cabeça regularmente ao ritmo de algo que só ele podia ouvir.

Yūki tentou se concentrar no seu jogo, mas se pegou observando-o quando tinha certeza de que ele não estava olhando. Uma vez, ela se enganou e, sem perceber, o olhou direto nos olhos. Ele arqueou as sobrancelhas, e mais uma vez foi difícil saber se estava tirando com a cara dela quando Yūki desviou o olhar, com as bochechas quentes.

Mas que legal que ele conhece *gekiga*.

Só que devia ser uma cilada. E o que ele quis dizer com "sair"?

Então o mar ficou visível de novo: ondas capturadas pelo sol do início da primavera, caindo entre nuvens azuladas e cinzentas.

5
Tênis prateados

Em Osōma, Taka fez toda uma cena segurando seu amigo para que deixasse Yūki descer primeiro.

— Depois de você, srta. Hara — ele falou. — Vê se não some.

Por um instante, ela sentiu aquele calor subindo pelo pescoço outra vez, mas então avistou o avô e os garotos desapareceram. Ele caminhou na direção da neta, batendo energicamente no asfalto com a bengala de ponta prateada com uma mão e a outra erguida para cumprimentá-la, chamando-a ao longe.

— Yūki! Linda flor entre as ervas daninhas!

Por baixo do gorro de lã preto, o rosto dele estava iluminado com aquela energia da qual ela se lembrava tão bem. O sol se infiltrava por entre as nuvens de março e a garota reparou nos sapatos: tênis prateados da Nike novinhos em folha! Ela apontou para eles e o avô fez uma mímica engraçada, imitando um corredor.

A alguns passos de distância, ele parou e fez uma reverência.

— Por favor, seja gentil comigo, assim como eu serei gentil com você.

Yūki devolveu a reverência, sentindo Taka e o outro garoto sussurrando. Quando acabou o cumprimento, viu que seu avô ainda estava curvado. Então ele ergueu um pouco a cabeça e piscou para ela.

— Ok. A gente tem que pôr ordem no mundo!

— Seus tênis são tão descolados!

Ela se largou no abraço dele, inalando o aroma familiar de seu pós-barba com um toque amadeirado.

— Acho que não sou mais descolado desde os anos 1960! Quero te mostrar uma coisa. Uma recordação do passado.

— Como assim?

— Você vai ver! Aluguei uma limusine para levar a gente para casa. Não podia confiar no motor do meu carro para chegar aqui na hora.

Do lado de fora da estação, Taka estava parado ao lado da "limusine" – o velho táxi marrom de Jimi, é claro. O outro garoto estava seguindo para o suporte de bicicletas, falando:

– Vejo você amanhã, Taka, seu imbecil!

Taka acenou vagamente, mais interessado em falar com o pai.

Jiro insistiu em carregar a mala de Yūki e ela não quis discutir.

– Como você está, vovô?

– Bem, muito bem. Tirando os idiotas governando o país e o cachorro da sra. Takeda comendo minhas plantas. Quem é que ainda chama o cachorro de Pochi hoje em dia, pelo amor de Deus?!

Ele franziu as sobrancelhas ao se aproximar do táxi, com os olhos em Taka.

– Esse rapazinho te causou algum problema? Fiquei sabendo que ele se envolveu em umas confusões no ano passado.

– Tipo o quê?

– Deixa pra lá, depois eu conto – ele sussurrou, tampando a boca com a mão.

Taka deu um tapa no teto do carro, lançou mais um sorriso para Yūki e saiu caminhado pela avenida com a mala por cima do ombro. Jimi já estava descendo para abrir o porta-malas para Yūki – era uma versão idêntica, só que trinta e três anos mais velha de Taka, com o cabelo mais curto e com mechas brancas e grisalhas, tão cacheado quanto o do filho.

– Hara-sensei! Srta. Yūki! Posso levá-los para casa?

– Sim, por favor, Jimi-san.

– Tênis legal!

– Vou correr a maratona!

Jimi riu e se virou para Yūki.

– Há quanto tempo não vejo você, mocinha. Minha nossa, como cresceu – ele disse. – Na minha cabeça, você tem essa altura e vive desenhando sem parar. Ainda desenha?

– Não muito – Yūki respondeu, sorrindo em agradecimento.

Seu avô se acomodou ao seu lado com cuidado, suspirando. Ele deu um tapinha no ombro da neta e a olhou direto nos olhos.

– Yūki, *daijōbu ka*?

Ela fez que sim.

– *Daijōbu*. Agora estou bem.

– Certo. Que bom. – Ele sorriu, a olhando por um longo tempo, então se virou para o motorista. – E o seu menino, Jimi?

– Tudo bem, por quê?
– Parece que Yūki e ele estavam conversando no trem.
– Ah, fico feliz – Jimi falou por cima do ombro, guiando o carro na direção da zona portuária e para a estrada costeira além. – Ele brigou feio com os amigos no ano passado. Bem, eu digo amigos, mas eram uns sacanas desonestos. Agora meu menino anda um pouco sozinho, só na companhia de seu velho. Ele comentou como foi o torneio? Eu me esqueci de perguntar!
– Torneio?
– Kickboxing – Yūki respondeu, feliz de poder contar a seu avô algo sobre Taka.
Jimi deu risada.
– Kickboxing? Seria a *última* coisa que ele faria. Não, Taka estava num torneio de xadrez. Ele falou que era de kickboxing?! Rá!
O carro passou por um buraco, fazendo dançar um rosário de madeira polida pendurado no retrovisor.
– Hum, sim – Yūki respondeu, se sentindo boba.
– Por que será que ele disse uma coisa dessas?! – Jimi comentou, os guiando pelo emaranhado de casinhas em direção ao mar.
Seu avô tossiu.
– Devia estar tentando impressionar uma linda jovem, claro!
Yūki reclamou:
– Vovôôôô!
– Não, mas ele é muito bom – Jimi continuou. – Tem uma ótima classificação no ranking da cidade. Deus sabe que não puxou esse cérebro de mim. O meu é tipo missô! Quando saio do trabalho a única coisa que faço é me sentar no *pachinko* para ficar olhando aquelas bolinhas prateadas pularem por horas!
– Esses jogos de azar são uma perda de tempo – seu avô resmungou.
– Eu sei bem, uma vez perdi uma grana na corrida de bicicletas.
– Provavelmente. Mas também acho relaxante, Hara-san, ficar olhando aquelas bolinhas voarem. É meditativo. *Pachinko Zen*! Só é preciso *aceitar* o que quer que aconteça, certo?
Jimi se virou, sorrindo com alegria. Seu rosto era a verdadeira face do norte: arredondado e castigado pelo tempo.
– E aquele tremor de ontem? – ele continuou, passando pelo aglomerado de edifícios no porto. – Disseram que foi 7,3 na escala Richter. Eu estava em Minamisōma e pareceu 5 ou mais na escola Shindo.

– Aliviou um pouco a pressão – disse seu avô. – Mas derrubou uma das minhas lanternas de pedra no jardim.

– Pois é – o taxista reagiu entusiasticamente.

– A agência portuária disse que teve um tsunami de quinze centímetros! – Ele ergueu as mãos, fingindo horror. – Ah! Todos seremos arrastados, não é?!

– Acho que é melhor não brincar com esse tipo de coisa.

Jimi olhou para o retrovisor, e as bolsas debaixo de seus olhos faziam seu sorriso parecer preocupado.

– É mesmo. Desculpe, Hara-sensei. Já escreveu histórias sobre tsunamis?

Jiro fez uma careta.

– Acho… que… não. Escrevi sobre um tufão. E sobre o bombardeamento de Tóquio. Revoltas de estudantes. A batalha de Narita. Rebeliões dos Ainu… – Ele olhou para Yūki. – Vi um peixe-remo morto na praia ontem. Dizem que só aparecem antes de grandes terremotos. Pobrezinho. Vou te mostrar se ele ainda estiver lá, Yū-chan. Se quiser.

A garota concordou com um gesto vago, mas aquela lista de histórias que o avô criou despertou nela uma lembrança: o dia que pegou uma pilha de revistas *Garo* – sentindo uma onda de excitação por saber que estava quebrando uma regra da casa – e a levou para seu esconderijo atrás da casa, na Pequena Montanha. Ela se agachou na grama alta do verão, concentrada em virar uma página depois da outra, que mostrava gângsteres tatuados, *kappas* devassos, mulheres peladas e monstros mutantes bizarros. Não entendeu muita coisa, mas soube que, o que quer que fossem, eram bons. Que o homem que desenhou tudo isso sabia o que estava fazendo.

– Quer ver? O peixe-remo?

– Desculpe, estava pensando em uma das suas histórias.

– Pelo menos alguém ainda está!

– Naquela sobre o piloto *kamikaze* que decidiu que não queria matar ninguém na manhã da missão e levou o avião para cima das nuvens.

– Ah, sim. Ele foi citando Shakespeare e uns haikus enquanto subia. Ele renunciou ao Japão, jogou a bandeira fora e conheceu uma anja bondosa nas nuvens. Uma anja bem sexy! – ele deu risada.

Yūki concordou, olhando para a janela. A história a deixara super, supertriste e constrangida e intrigada, tudo ao mesmo tempo, ao ver o piloto e a jovem meio que se derretendo um no outro. Depois, ela foi descoberta. Sua mãe ficou furiosa, e seu pai e seu avô começaram uma discussão feia, antes de tia Kazuko e seu namorado da época a levarem para o canto para tentar lhe contar tudo sobre "bebês e cegonhas", no estilo Kazuko.

Jimi riu, trocando a marcha.

— Anja sexy, legal!

— Um golpe baixo, talvez – seu avô suspirou, seguindo o olhar de Yūki para o mar. – Mas fiquei orgulhoso com o último painel da história, aquele grandão. Passei séculos experimentando várias coisas. Lembra-se, Yū-chan?

— Hum. Era todo branco, né?

— Branco. Oco. Vazio! Você não faz ideia do tanto que tive que lutar por aquilo!

O táxi saiu da zona portuária, passando por uns pescadores que caminhavam para o porto com capa de chuva, e depois ao longo da estreita estrada costeira que abraçava os morros, cruzando o pequeno santuário Inari na beira da estrada, em cima de uma rocha, com os portais *torii* vermelhos contrastando com o oceano e as nuvens amontoadas. Uma brisa agitou os babadores vermelhos e desbotados pendurados ao redor das estátuas de raposas ameaçadoras que guardavam a entrada.

— Tem neve chegando... – Jiro resmungou, observando a janela. – Trouxe roupas quentes?

— Sim, estou bem.

A estrada era sinuosa, adentrava pinheiros e camélias silvestres e depois voltava para acompanhar a borda dos morros, bem acima do oceano. O táxi de Jimi desceu pela estrada do penhasco, fazendo a longa curva ao redor da falésia rochosa que escondia a casa da família Hara do resto do mundo. Além disso, não havia mais terra, apenas campos planos correndo até o paredão, o oceano e o céu. Uma casa que não pertencia totalmente nem à água nem à terra.

Na encosta, os pinheiros, abetos e *hinokis* suspiravam e se balançavam ao vento quando Jimi buzinou e seu velho Mazda partiu em direção ao mar.

— *Okaeri* – seu avô disse, destravando o portão, que fez um ruído familiar. – Bem-vinda.

Com uma mão apoiada na grande pedra ornamental ao lado da trilha, Yūki sussurrou:

— *Tadaima*.

Voltei.

6
Camarão nadador, raposas silenciosas

Ela estava em casa.

E sentiu a tensão deixando seus ombros enquanto o avô preparava macarrão instantâneo e Yūki seguia de sala em sala pela imensa casa, correndo os dedos por superfícies e objetos familiares. Ela seguiu à esquerda do *genkan*, o saguão de entrada, passando pela parte japonesa da casa, antiga, vazia e coberta por tatames, com biombos empoeirados e pergaminhos na escuridão, até o santuário *butsudan* da família, exibindo a foto emoldurada de sua avó. Acima dela e de seu sorriso suave, havia uma fileira de fotos formais em branco e preto das gerações antecedentes, com olhares austeros que não piscavam. Os olhos de Yūki se desviaram novamente para o rosto de vovó Anna – um rosto que nunca vira na vida real. Havia a sombra de um sorriso no canto de seu olho, capturado para sempre. Era a única europeia no meio de todos os Hara.

Quando Yūki era pequena, ela e seu avô subiam a falésia atrás da casa no Obon, as noites de agosto deixavam o ar úmido e quente e as cigarras ciciavam *gri gri gri* ao redor, e a garota sempre torcia para que fosse o espírito de sua avó que ela veria voltando da escuridão do *anoyo* – o "outro lugar".

– Ela está aqui, né, vovô? – sussurrava.

E Jiro apertava sua mão, soltando um grunhido que poderia ser sim ou não, ou poderia ser apenas ele limpando a garganta – e as lanternas resplandeciam enquanto uma brisa quente e repentina corria pelo morro, provocando um delicioso calafrio em seu corpo.

– Ela está aqui?

– Só espere. Vamos ficar calmos e esperar.

Hoje, ficar parada no escuro daquela maneira a deixaria apavorada.

Yūki ficou olhando por um tempo para a foto da avó, depois tocou de leve o sino pousado numa almofada vermelha, deliberadamente segurando as mãos juntas em oração enquanto a vibração ressoava e morria no silêncio.

Em seguida, ela continuou, atravessando a passarela de vidro para o anexo moderno no estilo ocidental, à direita no *genkan*, adentrando um mundo de *coisas*: estantes gemendo com a coleção de livros de arte de seu avô, papéis e revistas transbordando de pastas velhas e fileiras e mais fileiras de *gekigas* que ele escreveu e ilustrou nos anos 1970 e 1980. Acima disso tudo, álbuns de fotos, uma miniatura da Torre Eiffel, lembranças de viagens para a Europa e a América, uma miniatura de teatro *kabuki*, uma velha gaiola de rato, uma máquina de escrever. Na ponta da prateleira de cima estava o alaúde *biwa* de sua bisavó, em formato de gota, com suas luas crescentes gravadas, suas cravelhas e suas cordas silenciosas e imóveis cobertas de teias de aranha.

Ela passou o dedo pelo pó nas prateleiras antes de pegar um livro aleatório, olhando para o nome de seu avô ao folhear as páginas: uma mulher de quimono em cima de uma moto rasgando o céu negro, e o título: *Fuga de Shinjuku*; uma nuvem de cogumelo se derramando em um litoral que poderia ser Osōma, e uma legenda: "Noite nuclear".

– Quer comer sushi hoje à noite, Yū-chan? – seu avô perguntou, fazendo com que ela saltasse assustada.

– Ah, seria bom.

– O que está fazendo?

– Nada.

– Ei, não fique aí procurando obscenidades! – Ele riu, entrando na sala. – Ei, ouça, amanhã quero conversar sobre algo importante.

Yūki fez uma careta.

–O quê?

– Seu futuro.

Talvez fosse uma armadilha – seu avô também se tornava mais um a forçá-la a se recompor, a fazer amigos e viver sua vida. Ele abriu um sorriso tranquilizador.

– Confie em mim.

Ele se aproximou dela na janela e ficou olhando para as coisas que foi juntando ao longo dos anos: dois manequins, um masculino e um feminino, com o corpo pálido aos poucos ficando esverdeado de líquen; um pequeno Buda; uma velha caixa postal japonesa pintada de branco. Até o jardim estava abarrotado.

– Lembra quando eu te disse que você poderia escrever para as raposas se postasse a carta na minha caixa especial de raposas?

Ela sorriu.
— E você recebeu respostas, né?
— De *você*, vovô!
— Você acreditou. Por um tempo.

Ela guardou aquelas cartas por séculos. A caligrafia estranha e trêmula e os desenhos eram iguaizinhos ao que uma raposa faria.

Querida Yūki,
Nosso esconderijo é muito gostoso. A gente gosta de vê-la brincando no morro e estamos sempre de olho em você com nossa magia de raposa. Cuide de nós e nós cuidaremos de você.
Assinado: Raposas

Acima da caixa postal, um sino de bronze pendia de um galho baixo de um dos pinheiros, à espera de que um vento forte o fizesse ressoar.

Seu avô seguiu seu olhar.

— Esse sino de urso é uma das melhores coisas que já comprei! Eu comprei no ano que conheci sua avó. Numa trilha em Nagano, em um dia de verão, há mais de cinquenta anos.

— Mas nunca tem ursos aqui embaixo, vovô.

— O que mostra como ele é eficiente!

— Você sempre faz essa piada.

— Bem, é que me faz dar risada!

Seus olhos pousaram no pequeno cata-vento desbotado, preso na borda do jardinzinho de pedras.

— Por que você ainda tem isso? Não sou mais criança.

Jiro bufou.

— Nem tudo é sobre você, Yū-chan!

— Talvez devesse se livrar de umas coisas, vovô. Você tem coisa demais!

— Ah, estou vendo. Elas estão fazendo você me encher o saco, como sempre...

— Não, só estou dizendo que talvez você pudesse se livrar de algumas coisas, como esse velho cata-vento...

— Que droga! — Seu avô falou num tom abrupto, afiado. — O problema dos jovens é que acham que são especialistas em tudo, incluindo a velhice! E por "jovens" quero dizer qualquer um com menos de setenta anos.

— Desculpe.
— Não, não. Não quis dizer você. Estou falando das minhas filhas. Venha, bora comer *noodles*.

De tarde, eles caminharam pela extensa praia do outro lado do paredão. O vento soprava enquanto procuravam peixes-remo mortos.
Mas não havia sinal deles, e depois de meia hora Jiro coçou a cabeça.
— Como é que pode algo tão grande simplesmente desaparecer? Talvez não estivessem mortos... Sabe o Katsumata-san, aquele cara dos mangás que eu conhecia? Ele escreveu um monte de histórias sobre a usina nuclear. — Seu avô apontou a bengala para as torres do Fukushima Daiichi. — Ele ficou comigo por um tempo. E escreveu uma história ótima sobre um polvo gigante que ficava preso no canal de resfriamento do reator. Talvez nosso peixe-remo tenha finalmente ido sabotar aquele lugar. — Ele sorriu. — Imagine só!

Mais tarde, os dois foram ao restaurante de sushi no centro. O cheiro quente de arroz cozido deixou Yūki sonolenta enquanto observava um enorme camarão nadando em preguiçosos círculos cor-de-rosa em sua sopa de missô. Ela bocejou.
Jiro deu risada.
— Estou te entediando!
— É só o *jet lag* — Yūki respondeu.
— Você não sorriu muito.
— Sorri sim! Na plataforma.
— Hum, mais ou menos. Deve estar sendo difícil. Com a escola e seus pais enchendo o seu saco.
Ela cutucou o camarão com um palitinho.
— Não quero falar sobre isso.
O *sushiman* se aproximou e depositou uma grande travessa de arroz e peixe entre eles.
— Eu me lembro de você desse tamaninho, senhorita Yūki! — o homem disse, esticando a mão com a palma voltada para baixo; seu dedinho era só um toco.
Ele piscou para Jiro.

– Como está, Hara-sensei?

– Bem... – Seu avô inclinou a cabeça, pensativo. – Um amigo meu virou sacerdote zen quando se cansou de administrar o clube. Ele sempre dizia que qualquer problema que você tiver agora vai parecer muito atraente quando estiver deitado no seu caixão!

O *sushiman* deu risada.

– Bom apetite.

Jiro o observou voltando para o balcão de madeira pálida.

– Ele era um mafioso da *yakuza*. É o tipo de gente que complicava minha vida. Mas faz um ótimo sushi.

Yūki seguiu o olhar do avô até o homem, já ocupado de novo moldando o arroz. Ele murmurou algo para uma garota bonita ao lado, que saiu apressada pela porta dos fundos. Quando a porta se abriu, uma figura esguia dobrada sobre a pia ficou visível, era alguém lavando panelas sob uma nuvem de vapor. Seria Taka? Sim, definitivamente, apesar da maior parte de seu cabelo cacheado estar presa debaixo de um lenço apertado. Como se pressentisse o olhar de Yūki, ele ergueu a cabeça e se virou para o restaurante bem quando a porta se fechou. Será que ele a viu?

– Está me ouvindo?

– Há?

Jiro estava encarando a neta.

– Ela ainda está lá, sabe.

– O quê? Quem?

– A jovem Yūki.

– Faço dezesseis em outubro.

– Quis dizer aquela que tem o espírito Hara! A que é louca por desenho. A garota que escalou o totem...

Yūki revirou os olhos.

– *Você* me fez fazer aquilo. E todo mundo *exagera*!

– Foi o único dia que me deixaram responsável por você!

Ele bebeu um gole de cerveja, saboreando a memória.

– Eu só sugeri que seria divertido escalar o totem e, quando vi, você já estava escalando a corda. Passando pela asa de águia e pela pata do urso e tudo mais. Nossa, você escalava as coisas feito um macaquinho naqueles tempos. O guarda gritou para que descesse, ele gritou comigo também, mas eu só ignorei e disse que não falava inglês, e você também gritou com ele lá do topo.

— Não subi até o topo. E não me lembro.

Mas ela se lembrava. Yūki se lembrava exatamente da sensação de estar empoleirada em cima de uma asa de águia esculpida, bem acima do chão do museu de Cambridge, enquanto as outras crianças a olhavam boquiabertas e maravilhadas.

Ela se sentiu viva.

— Você, eu e Kazuko, a gente faz as coisas do nosso jeito — Jiro disse, bebendo sua cerveja. — Até sua mãe.

— É verdade que ela socou um cara?

— Quem contou isso para você? — seu avô resmungou. — Mas sim, era o irmão de Jimi! É por isso que ele ainda me dá descontos!

— A vovó também era assim?

— Anna? — Jiro inclinou a cabeça. — Não. Mas ela era... a pessoa mais forte que já conheci. E muito elegante. Veio pra cá *sozinha* nos anos 1960 para estudar com Hamada-sensei. Era preciso ser durona para fazer isso, sabe, sendo mulher e estrangeira. O que eu mais gostava era como ela pegava esse barro velho e sujo, que é basicamente lama, certo? E moldava, envernizava, transformando em algo tão perfeito e luminoso quanto uma flor. Era tipo o lótus, sabe, que tem os pés na lama, mas na superfície é só luz. — Ele se virou, como se estivesse observando algo à distância, e balançou a cabeça. — E logo antes de sua mãe e Kazuko nascerem, a gente se mudou pra cá, para a casa da família. No começo, algumas pessoas a desdenharam, mas ela tinha um sorriso parecido com o seu e até aprendeu um pouquinho do dialeto. Sua avó continuou fazendo seus vasos, e se alguém viesse com aquele papo nada a ver de *gaijin*, Anna acabava o encantando mais ainda.

— Vovô?

— Hum?

— Você parou porque ela morreu?

Jiro soltou o ar e olhou para a neta.

— Em parte. Eu... não tinha mais nada pra dizer. Não tinha mais nenhum peixe para pegar...

— Você não quer mais desenhar?

— Ah, hoje em dia esse é um jogo para os jovens. Sete páginas por semana pelo menos é razoável quando você tem vinte anos. Mas... — Jiro virou o resto da cerveja e bateu o copo na mesa.

— Mas o quê?
Ele pediu a conta.
— Mas, bem, *estou* mexendo com uma coisa.
Os olhos de Yūki se arregalaram.
— Sério? O quê?
— Mostro para você amanhã. Fiz alguns trabalhos no estúdio. Deu um vazamento e tivemos que substituir umas tábuas do assoalho, mas está tudo em ordem agora. O cara está acabando. Encontrei um monte de coisas!
— Tipo o quê?
— Coisas que me fizeram pensar e que precisam ser discutidas durante o dia, não à noite — Jiro respondeu.

Do lado de fora, a rua estava silenciosa, e depois do bafo quente do restaurante, a noite fria enviou um calafrio pelo corpo de Yūki. Alguns passos depois, Jiro parou de repente, batendo a mão na testa.
— Droga, esqueci o gorro. Já volto.
A escassa iluminação da rua produzia algumas poças de luz: cerejeiras com suas flores ainda encolhidas no final do inverno, um carro parado em frente à hospedagem *ryokan* chamado Pavão, o vapor de suas banheiras quentes mudando de forma na noite sobre duas máquinas de venda automática.
Um barulho fez Yūki se assustar e ela olhou em volta, notando uma figura saindo da porta lateral do restaurante, libertando o cabelo enquanto tirava o lenço apressadamente.
— Ah, que bom que te encontrei! — Taka sorriu. — A comida estava boa?
— Sim, obrigada, muito boa. *Gochisōsama deshita*.
— Você é tão educada!
— Minha mãe sempre exigiu isso de mim.
Ele ficou ali parado com as mãos nos bolsos e um sorriso torto no rosto.
— Quanto tempo!
Ela fez um gesto com a cabeça diante da piadinha barata.
— Estamos indo, então...
— E aí, você pensou?
— Há?
— Vai sair com o velho e bobo Taka?

Ela mordeu o lábio.

– Seu pai disse que você se meteu em algum tipo de confusão?!

Taka desviou o olhar, mas ela percebeu seu rosto corando.

– Você está ficando vermelho.

Ele a encarou.

– É, acontece às vezes quando estou falando com garotas.

– Isso não aconteceu no trem.

– Acho que porque não tive tempo de pensar sobre isso. Fiquei meia hora me preparando para falar com você!

A porta do restaurante fez barulho e a silhueta de Jiro preencheu o batente.

Taka pegou um pequeno cartão em seu bolso.

– Meu celular. Caso queira! Até mais. – Sem esperar resposta, ele o enfiou na mão de Yūki, se virou e desapareceu na cozinha.

– Interrompi algo?

– Não, não.

Yūki olhou para o cartão. De um lado, havia o endereço e telefone do restaurante, e do outro, uma sequência de números rabiscados. No canto, um grande ponto de interrogação.

– Ele estava flertando com você?

– A gente só estava conversando.

– Ele é um bom garoto. Acho.

Como sempre, foi preciso duas ou três tentativas para fazer o velho Nissan de seu avô ganhar vida.

– Você devia comprar um carro novo, vovô – Yūki disse, enfiando o cartão no fundo do bolso do jeans.

– Eu mal preciso de carro hoje em dia... além disso, vou arranjar um novo motor na semana que vem.

O carro deu uma guinada para a frente, então dobrou a esquina da estação, raspando no meio-fio.

– Você não podia estar dirigindo, não é? Você bebeu.

– Só uma cerveja. E ninguém vai nos parar numa noite como essa.

Os faróis de Jiro iluminavam a cidade adormecida, o amontoado de casas na parte mais alta, acima da zona portuária. Ele acelerou pela larga faixa de asfalto, passou pelo centro comunitário, o motor e seus reflexos se estabilizando, e seguiu para a estrada costeira menor, começando a cantarolar para si mesmo aquele mesmo trecho de música.

– Por que você vive repetindo essa parte, vovô?

– Eu fico repetindo, é?

– Fica.

Ele fez uma pausa.

– É irritante?

– Não. O que é?

– Algo que é de *muito* antes do seu tempo...

No topo da encosta, o pequeno santuário Inari e seus dois pequenos *torii* empoleiravam-se contra a claridade do oceano. Ao passarem por ele, Jiro desviou repentinamente para o meio-fio, puxando o freio de mão, os olhos brilhando enquanto se espremiam na escuridão.

Yūki olhou para ele.

– Vovô?

– Me dê um minuto.

Ele desligou o motor e ficou sentado, olhando para o santuário escuro.

– O que foi? – Yūki perguntou, sentindo frio.

O santuário sempre lhe pareceu um pouco assustador – aqueles focinhos angulares das raposas mudavam de forma e os olhos esculpidos pareciam segui-la –, e naquele instante, na escuridão invernal, o poder daquilo tudo lhe pareceu bastante real.

Seu avô estava abrindo a porta, então de repente mudou de ideia.

– Você está bem?

– Claro – ele respondeu. – Sabe, o deus Inari normalmente cuida do arroz. Mas o nosso é diferente: ele cuida dos pescadores e das tempestades e esse tipo de coisa. Sempre rezei aqui, depois que voltei de Tóquio, quando estávamos começando nossa vida de novo. Contadores de histórias são como pescadores, era o que eu costumava dizer aos meus assistentes.

– Não entendi.

– Às vezes, a pesca é boa. Outras vezes, não pegamos nada. E de vez em quando, vamos longe demais.

Seu avô ficou em silêncio por um longo tempo, até que respirou fundo com os dentes cerrados.

– A gente vai pra casa agora, vovô?

– Daqui a pouco. Mas a gente vai voltar amanhã para trazer tofu frito para as raposas. Quero fazer uma homenagem especial.

Sob o beiral, os papéis rituais torcidos agitavam-se na brisa noturna.

De volta ao seu quarto no andar de cima do anexo, Yūki trocou de roupa para se deitar, com a mente ainda naquele momento do santuário e no rosto sombrio do avô. Olhando por entre as persianas, ela se demorou observando a noite: as janelas acesas das casas destacadas na planície, uma ou duas unidades de processamento de peixe ainda funcionando e além, no mar invisível, as luzes das traineiras locais partindo.

Ela ouviu o avô assobiando enquanto se movia no andar de baixo... pelas pilhas de bagunça espalhadas por todo lugar, pela máquina de escrever silenciosa, pelas cerâmicas delicadas da avó, pelas teias de aranha no alaúde *biwa* – e de repente, ela sentiu a solidão de todo o tempo que ele deve ter passado sem companhia, nos últimos vinte anos ou mais.

Serei mais animada amanhã, ela pensou.

Na manhã de sexta-feira, 11 de março, o relógio da cozinha marca o ritmo do tempo. Jiro deixa a neta dormir até mais tarde enquanto cantarola baixinho e prepara o café, tentando afastar o sonho estranho que o despertou na madrugada. *Bem, deixe para lá. É só um sonho.* Em vez de ficar pensando na conversa da noite passada, ele se recorda das vezes em que o sorriso de Yūki ameaçou aparecer, afastando as nuvens e a confusão, mas desvanecendo uma vez após a outra.

Pobrezinha, ele pensa, *aposto que foi arrastada de um lado para outro. Ela precisa de uma folga. Bem, vamos tentar a cura através do mangá...*

Com cuidado, Jiro prepara os cadernos, empilhando o azul-escuro no laranja e no verde-musgo, deixando o melhor em cima. Ele folheia as páginas e vê Meia Onda sorrindo sobre sua onda celeste.

Vai ficar tudo bem.

O café preto borbulha na máquina e os corvos se aproximam das árvores acima da casa, está tudo bem.

Por volta do meio-dia, ele ouve Yūki descendo as escadas de madeira polida, e ali está ela, bocejando e se espreguiçando.

– Bom dia, dorminhoca! Está tudo certo?

– Tudo certo, vovô.

– Que bom. Então mande um e-mail para a sua mãe, ali do meu laptop, e vamos nos divertir um pouco. Tenho uma surpresa pra você...

– Podemos comer panqueca no café da manhã?

– Já é hora do almoço! Mas pode tomar café-almoço, se quiser! Vamos inventar nossas próprias regras.

Então Jiro prepara seu café da manhã-almoço e depois lhe mostra o primeiro caderno do Meia Onda...

...e Yūki sorri, e Jiro pensa: *Ah! Aí está! O bom e velho Meia Onda ao resgate!*

Então ele nota que o sorriso da neta desaparece e que a boca dela está se abrindo, o rosto revelando algo parecido com horror enquanto uma cacofonia de estrondos e vibrações explode ao redor deles. E Jiro percebe que algo muito ruim está acontecendo.

7
11 de março, 14h46

Yūki observa o dedo tremendo, as letras e o *kanji* no dorso de sua mão vibrando junto, cada vez mais rápido, virando um borrão. Seria algum tipo estranho de ataque de pânico? Não, é seu braço todo, seu ombro, seus pés e o caderno à sua frente, até Meia Onda olhando para ela no topo da sua onda, a mesa *kotatsu*, tudo – *tudo* – está tremendo de um jeito insano. Da sala de estar, ouvem-se um estrondo e um baque estranho, e então a estante cede e derruba toda a sua carga com um rugido. O estremecimento piora, o barulho da louça na cozinha fica cada vez mais alto e Jiro cai de joelhos. Um segundo depois, a cristaleira – com as melhores cerâmicas de sua avó – se desprende da parede da sala de jantar, fica pairando por um momento em um ângulo impossível até se espatifar e explodir feito uma bomba, atirando lascas brilhantes de vidro pelo chão.

– Vovô!
– Terremoto! – ele grita. – Pra baixo da mesa, Yūki. Agora!
Ela sabe como funciona.
É um tremor enorme e feroz, sacudindo tudo de um lado para o outro, e vai ficando cada vez mais rápido – e muito mais forte do que qualquer um que ela já tenha visto antes...
A luminária da sala de jantar está balançando descontrolada no fio, as gavetas e armários estão abrindo e fechando, como se estivessem sendo puxados por mãos invisíveis. Algo grande quebra nos azulejos da cozinha, e a luz oscila enquanto ela se arrasta para de baixo da mesa, batendo o joelho. É difícil se mover com o chão tremendo tanto, e seus membros parecem não querer lhe obedecer.
– Vovô!
– Estou... chegando.
Ela se agacha na escuridão lá embaixo do *kotatsu*, abraçando as pernas e levando-as ao peito, contando os segundos enquanto o mundo se agita e

se debate ao redor. Já deve estar acabando... mas, quando seu avô se abaixa para se juntar a ela, o terremoto fica pior, tinha ganhado força, meio que irrompendo das profundezas como se um monstro querendo se libertar. O som é terrível: um rugido que parece emanar de todos os lugares ao mesmo tempo, ressaltado pelo barulho de coisas quebrando e caindo, talheres se espatifando nos ladrilhos da cozinha, vidros estilhaçando no andar de cima, toda a estrutura de madeira do anexo rangendo e gemendo.

— Vovô! A gente precisa sair!

— Fique parada! — Jiro diz entre dentes. — A casa vai aguentar.

O terremoto piora. Ela tenta olhar para o relógio para ver há quanto tempo está acontecendo, mas só enxerga um borrão sombrio. Sem dúvida já se passaram pelo menos dois minutos. Uma espécie de claustrofobia se agita dentro da garota, e algo nela urge para se mover, sair.

— Fique aí — seu avô grita. — Ainda não acabou.

Ela sente o calor seco da mão do avô na dela e a aperta de volta, lutando contra o medo que corre pelo seu corpo. Então há uma trégua e as coisas silenciam por alguns segundos, até que outro espasmo se apodera da casa e dá para ouvir um ruído do corredor, algo enorme caindo enquanto o movimento muda mais uma vez, lançando tudo de um lado para o outro. Suas pernas e estômago parecem geleia, e Yūki está começando a achar que vai vomitar quando outro forte estampido a atravessa, e de repente está um breu debaixo da mesa.

— Vamos acabar presos! — ela grita, tentando sair dali debaixo.

Mas seu avô a segura firme no lugar.

— Fique parada até terminar.

Um minuto de tremor se passa, mais um, e cada segundo se alonga – e então há uma enorme guinada de um lado para o outro e o movimento furioso para – e para além do alarme do carro de Jiro e alguns estrondos ao longe, faz-se um silêncio total e absoluto.

Yūki leva bastante tempo para perceber que o som retumbante que está ouvindo é o próprio coração batendo contra a caixa torácica. A sala tem um cheiro estranho – de poeira, fumaça ou algo assim – e é difícil respirar.

Seu avô resmunga.

— Nossa. Você está bem, Yū-chan?

– Será que acabou? Esse foi dos grandes, não?
– Muito.
– O que vamos fazer?
– Vamos pegar a mala de emergência e subir o morro.
– Por quê?
– Só para garantir.
– Garantir o quê?
Seu avô abaixa o tom e pronuncia apenas uma palavra bem baixinho:
– Tsunami.
– Oh?! Sério?
– Pode acontecer.

O coração de Yūki bate descompassado e a garota teme que um ataque de pânico esteja a caminho, seu estômago se agita sem parar como se fosse macarrão instantâneo. Ela precisa de ar, precisa sair, e começa a se arrastar para fora do *kotatsu*.

– Cuidado para não cortar o pé.

As preciosas tigelas e xícaras de sua avó jazem espatifadas por todo o chão, há cacos de porcelana por todo lado e um conjunto de tigelas de laca de missô se quebrou em meias-luas brilhantes, vermelhas e pretas.

Yūki dispara para o corredor, escolhendo cuidadosamente onde pisar com suas meias. O enorme armário que abriga todos os sapatos e casacos caiu pelo *genkan*, arrancando um pedaço de gesso da parede, mas ela encontra um par de sandálias do lado de fora e sai pisando nos cacos até a porta da frente. Só que a coisa não se mexe mesmo estando destrancada, está presa no batente.

A urgência para sair é quase opressora, e ela empurra a porta com o ombro com toda a sua força, uma vez, duas vezes, prendendo a respiração. Na terceira tentativa desesperada, a porta se abre com tudo, e Yūki sai pisando duro na passarela *engawa* sobre o jardim, respirando fundo com olhos fechados. E de novo e de novo. Então ela abre os olhos. A segunda enorme lanterna de pedra caiu e se quebrou contra uma das grandes rochas e seu pedestal se partiu em dois. No entanto, além dos galhos e das centenas de pinhas espalhadas sob as árvores, não há tantos danos visíveis. O alarme do carro de seu avô parou de tocar, e no silêncio eletrizante que se segue, Yūki ouve as batidas rápidas do seu coração nos ouvidos e o zumbido do pequeno cata-vento enfiado na extremidade do jardim de pedras. A lanterna o poupou por um triz.

Atrás dela, seu avô aperta o interruptor do corredor várias e várias vezes, com a chave do carro na outra mão.

— Estamos sem energia. Droga! Deve ter sido pelo menos um 6 inferior na escala Shindo.

— Mas acabou, né?

— Hum. Com certeza vão ter tremores secundários. Mas nada vai cair em cima da gente agora. — Jiro suspira. — A sala de estar está uma bagunça completa, o *biwa* de mamãe está quebrado. Ela ia ficar muito brava. Sempre quis que alguém da família um dia tocasse.

— Vovô! E o tsunami?

— Vamos ficar bem. — Jiro olha para o celular. — Sem sinal. Vamos levar o rádio.

— Você acha que vai ter tsunami?

— Depende da profundidade do terremoto, onde foi o epicentro, essas coisas.

A mente de Yūki evoca imagens de Tóquio em ruínas fumegantes.

— Você acha que tia Kazuko está bem?

Seu avô retorce o rosto, pensativo.

— Acho que a gente deve estar mais perto, pelo que sentimos. A não ser que seja o fim do mundo. E eu duvido. Os postes de telefone devem ter caído. Calce sapatos adequados e não tire. Que saco! Vamos ter que limpar isso tudo! Sua mãe e sua tia vão ficar muito satisfeitas!

Yūki pega os tênis no *genkan* e começa a amarrá-los enquanto o avô escolhe umas botas de trabalho pesadas no armário caído.

— Eu devia ter falado para você ficar quieta em Tóquio.

— Como assim?

— Não importa.

Agora é possível distinguir alarmes longínquos das casas na direção do mar — porém, para além disso, o silêncio se estende e se aprofunda, como se um espaço gigantesco estivesse se abrindo no mundo.

Yūki olha para o avô. Não há pânico no rosto dele, apenas o fantasma daquela sombra que ela notou na noite passada.

— Então o que vamos fazer?

— Pegue um casaco e o celular, depressa. E seu passaporte. Vou pegar a mala de terremoto.

— Será que a Pequena Montanha é alta o suficiente?

Seu avô concorda, tentando parecer descontraído.

— Se o tsunami chegasse tão alto, seria maior do que qualquer coisa no mundo.

Mais uma vez, ela percebe que ele pronuncia as sílabas *tsu-na-mi* bem baixinho, e corre o dedo direito pelas letras mágicas já desbotadas de sua mão esquerda. Tinha esquecido de reforçá-las de manhã, entregue ao descanso de rainha.

— Mas vamos nos mexer, só para garantir — seu avô diz, voltando à ação. — Sua mãe vai me matar se alguma coisa acontecer com você! E seu pai também. E Kazuko provavelmente também.

Yūki sobe as escadas correndo. É estranho estar de tênis dentro de casa, e suas pernas ainda estão molengas; conforme ela corre, seu corpo se balança como se tivesse acabado de desembarcar de um navio em meio a uma tempestade.

Olhando pela janela do corredor, ela vê uma névoa amarela pairando sobre a falésia atrás da casa, como se os pinheiros estivessem queimando. Seus tênis trituram o vidro sob os pés e Yūki olha para baixo — o porta-retratos exibe uma foto de seu avô jovem. Ele está sorrindo para a câmera com um monte de outros artistas do mangá, com Anna ao lado, os rostos achatados pelo flash, que cria um halo de fumaça e luz.

O quarto está uma bagunça, as gavetas estão abertas, a persiana da janela está atravessada na diagonal, bloqueando a vista para o mar. Uma borboleta ganhou vida em algum lugar e está batendo as asas brancas contra o vidro. Yūki se apressa para abrir a janela, afastando a borboleta com mãos trêmulas enquanto o inseto bate as asas contra as palmas de suas mãos. Depois, ela dança na direção do mar e Yūki a segue, meio que esperando ver uma parede de água digna de filme de desastre desabando sobre eles todos.

Mas o mar parece calmo, e Yūki vê até alguns barcos de pesca tão imóveis que parecem pinturas em águas cinzentas.

Talvez fique tudo bem.

É até meio que excitante, ela pensa, *pois algo está acontecendo*. Algo real. Algo que vai poder narrar quando voltar para casa, quem sabe contar para Joel.

Um baque repentino vindo do chão a assusta — é seu avô batendo no teto com a bengala. A voz sai abafada, mas alta:

— Yūki! Vamos!

Ela pega um suéter, veste-o desajeitadamente por cima da cabeça e decide trocar as leggings finas pelo jeans preto da noite anterior. Seus dedos ainda estão tremendo, o que faz tudo demorar séculos, e o coração está acelerando de novo. O que mais ela deve fazer? Uma palavra japonesa surge em sua mente, martelada no treinamento para desastres durante seus dois curtos semestres na escola primária dali: Okashimo. O para *osanai*, não empurre. Ka para *kakenai*, não grite. Sh para *shaberanai*, não converse. Mo para *modoranai*, não volte. Não se pode voltar até que o desastre tenha acabado...

Pode ser que fiquem fora por bastante tempo. Para garantir, ela pega o moletom da cadeira, enfia na mochila e verifica se o passaporte ainda está no bolso interno com seu dinheiro.

— Yūki!

O grito de Jiro tem uma urgência real agora, e ela olha para a janela mais uma vez. Ainda não há nada além de nuvens espiraladas e barcos imóveis, e a garota sai pelo corredor, batendo os pés pela escada de madeira polida. Abrindo caminho em meio ao caos da sala de jantar, ela vê o caderno azul aberto, com Meia Onda surfa sua onda com determinação, olhando para ela. Por um instante, pensa em pegar o caderno, mas desiste — em uma emergência, só se deve levar o essencial, certo? Então ela se apressa e encontra o avô no degrau do *genkan* com um rádio crepitando ao lado.

— Precisamos ir. Tem um alerta de tsunami para *toda* a costa de Tōhoku.

É difícil não ficar olhando para o mar. Do outro lado da planície, parece ser a típica hora do almoço de sexta-feira, mas, a cerca de cem metros, um carro corre pela estrada costeira muito mais rápido do que o normal. Em algum lugar à direita, Yūki ouve uma mulher gritando algo e, ao longe — na direção do Porto de Osōma —, uma voz ressoa de um alto-falante, as sílabas abafadas pelo vento.

Na extremidade do jardim de pedras, o pequeno cata-vento está girando feito louco, *zzzzzzzumbindo* enquanto a brisa endurece. A voz da mulher se aproxima.

— Ei, Hara-san? Está aí?

— Ah, Takeda-san. Está tudo bem?

É a vizinha zangada de Jiro, pedalando de cabeça baixa como um corredor de *keirin* vindo para a casa dos Hara; sua boina é um flash vermelho na escuridão.

— *Daijōbu*. E o senhor, Hara-san?

— Estamos bem — seu avô responde. — Mas pode vir um tsunami. Suba o morro com a gente.

— Ah, o senhor acha? — ela indaga, parando e apoiando um pé no asfalto, ofegante. Seu rosto se contorce de preocupação.

— Tem um aviso de que será grande — Jiro alerta.

— Preciso pegar meu sobrinho na escola e estou tentando encontrar Pochi — ela fala. — Você viu ele? Fugiu durante o terremoto.

— Animais são espertos. Ele deve ter encontrado algum lugar seguro. Melhor ir para algum lugar elevado, Takeda-san.

— Não, é melhor eu ir até a escola. Cuide da sua neta, senhor Hara!

— Não se preocupe — Jiro coloca a mão no ombro de Yūki e acena a bengala na direção da trilha que passa na lateral da casa. — Alguns animais são mais espertos que as pessoas, se quiser saber minha opinião! — ele acrescenta baixinho. — Vamos subir.

Eles contornam a lateral da casa tentando se encolher em posição fetal enquanto passam pelas lanternas caídas e pelos manequins no chão.

— Vamos logo! — Jiro resmunga.

Yūki olha para trás e tropeça.

— Por quê? Está chegando?

— Não. Mas se chegar vai ser rápido. Provavelmente será… pequeno, como Jimi disse — ele ofega. — Droga, devia ter colocado meus tênis novos.

O mato está alto no jardim dos fundos, mas há uma trilha pelo estúdio comprido e baixo, e entre uma pilha de pranchetas velhas e pedaços de madeira encostados em uma bancada de trabalho do lado de fora. Em seguida, os dois passam pelas coisas antigas de sua avó, como o torno, silencioso e escurecido.

— Pensei que você estava precisando de um pouco de… emoção — Jiro solta. — Mas… talvez não precisasse ser tanto assim!

O inverno deixou a grama alta e seca desbotada, e ela roça nas pernas de Yūki enquanto a garota segue o avô até o pé da falésia. Eles sobem apressados a escada rústica de madeira até alcançar uns seis metros, onde o avô instalou comedouros de passarinhos com estacas de ferro. Está tudo no chão agora, as sementes espalhadas.

— Aqui já não está bom?
— É melhor a gente subir até o topo, Yūki. Dali a gente consegue ver o que está acontecendo. Só preciso recuperar o fôlego.

Dali, uma trilha meio apagada sobe ziguezagueando os arbustos, os abetos e os pinheiros raquíticos. O caminho é familiar, mas, de alguma forma, parece mais íngreme do que Yūki se lembra. Seus pés escorregam, mas o avô a segura com mãos firmes. A cada dez passos, ele para, apoiando a bengala no chão, inclinando a cabeça e ouvindo por um instante, antes de gesticular para que a neta se apresse. Então ela continua através dos arbustos que arranham seu rosto, e agora também está ofegante, subindo na frente. Ela faz uma pausa para recuperar o fôlego, olha para trás e vê Jiro plantado no mesmo lugar lá embaixo.

— O que foi, vovô?
— Ouça!

O vento sussurra algo pelas folhas mortas do inverno, palavras abafadas chegam do alto-falante ao longe, um carro passa na estrada. Nada mais.

— O que foi? — ela repete.
— Não tem passarinho cantando. Nenhum.

É verdade: não se ouve nem um corvo. Sempre há ao menos um corvo sombrio grasnando no Japão — ali, em Tóquio e em todos os lugares. Ou pardais piando feito relógios de cuco escondidos entre a vegetação. Ou cisnes migrantes chiando por cima da cabeça. Mas agora não tem um único barulho de passarinho.

Ao parar, Yūki percebe que a boca está seca e que a pele está grudenta debaixo da camiseta.

— Estou me sentindo estranha, vovô.
— Provavelmente é o choque. Vamos nos aquecer lá em cima. Trouxe um cobertor de emergência na mala. — Ele sobe e se junta a ela. — Você está bem?
— Sim.
— Quero dizer... com relação ao ataque de pânico e tal?

Ela arranca um meio-sorriso de algum lugar.

— Com relação ao pânico, eu estou surpreendentemente bem, obrigada por perguntar.

Seu avô sorri de volta.

— Então vamos. Você praticamente morava aqui! Mostre o caminho para mim.

A trilha dá num paredão inclinado de pedra com degraus bem irregulares. Agarrando-se em uns troncos para se equilibrar, Yūki avança os últimos metros, subindo cada vez mais, com os pés se lembrando dos movimentos e, de repente, ela está no topo, pisando na grama e na terra espinhenta e nas pedrinhas soltas sob os pinheiros – a área toda tem mais ou menos o tamanho de uma quadra de tênis. Ali no meio, nas noites quentes de verão avô e neta costumavam acender uma fogueira para enviar os espíritos para casa.

Mas agora o topo da falésia está gelado – e aquela estranha névoa amarela está preenchendo todo o ar e o corpo da garota está trêmulo.

Seu avô se aproxima, ofegante.

– Meu Deus, faz anos que não venho aqui. Algum sinal?

Ela olha o mar por entre as árvores, mas aqueles barcos ainda parecem pregados nas ondas.

– Nada. O que fazemos agora?

– Vamos descobrir o que está acontecendo – seu avô responde, pegando um radinho na mala de emergências e se agachando para ajustá-lo. Seus dedos rígidos fazem surgir uma sequência de chiados, e então se ouve a voz de um homem falando um japonês formal e apressado, e tudo o que a garota consegue entender é a palavra "tsunami" e nomes de lugares mais ao norte: Ishinomaki, Sendai e Miyako.

– Está chegando?

– Não, é só um aviso.

Yūki estremece outra vez, olhando em volta. As inclinações do morro seguem em três direções. Na quarta, às suas costas, na direção do continente, um penhasco íngreme dá na estrada secundária.

– Vovô, acho que parte da terra desmoronou.

– Hum, provavelmente foi um deslizamento.

– O que é essa coisa amarela?

– Deve ser pólen.

O chão estremece de leve mais uma vez, e Yūki se prepara para os tremores secundários. Seu avô ergue a cabeça, mas nada acontece, então ele volta a mexer no rádio, tentando um sinal mais claro.

– Se estiver com frio, pegue o cobertor de emergência.

– Trouxe meu moletom.

– Esperta.

Abaixo deles, um carro solitário passa na estrada e, ao longe, ouve-se o som ondulante de uma sirene de polícia ou ambulância, e a voz ecoando ao longe. Ela tenta se concentrar no rádio.

– Eles estão dizendo que há chances de um grande tsunami, certo?

– Uhum. – Jiro abaixa um pouco o volume. – Talvez de uns seis metros. Também estão falando de muitos estragos causados pelo terremoto, que deve ter sido um dos grandes. Parece que o epicentro não foi na ilha, mas ao longe. Se a gente tivesse sentido o tremor tão forte assim, era para o tsunami já ter chegado. Eles avançam bem rápido. Eu me lembro de um que veio lá do Chile, atravessando o Pacífico mais depressa do que um avião, pegando várias pessoas de surpresa. Nossa, eu era só um pouco mais velho que você! Tinha vinte anos. A gente ficou bem, mas muitas pessoas não tiveram tanta sorte... – Ele ergue cabeça de novo. – Não sei...

A buzina de um carro ressoa em algum lugar à esquerda, e Yūki se vira para olhar para a estrada que leva ao penhasco, ao Porto de Osōma e à cidade abaixo. Dois carros – um preto e um bege – pararam de frente um para o outro, e então o que estava indo embora faz um retorno e ambos voltam na direção da casa dos Hara. Em algum lugar além do penhasco, uma nuvem de fumaça preta se ergue.

– Tem um incêndio ali.

– Era de se esperar.

– Vovô?

– Sim?

– Ontem no santuário você disse que precisava fazer uma homenagem. Não era sobre isso, né?

Ele a olhou com seriedade.

– Como assim?

– Tipo, você sabia que isso ia acontecer?

– Achei que você fosse cética hoje em dia.

– Eu sou, não sou?

– Caramba, você sempre conseguia me ler. – Ele bufa. – Não, era outra coisa. Mas *ontem* mesmo eu tive um sonho bobo. – O tom de voz é pesado. Nem um pouco "Jiro".

– Sobre o quê? Conta.

– Eu estava caminhando na praia, perto de onde encontrei o peixe-remo outro dia. Dava para ouvir alguém cantando, e de repente vi um garoto caminhando na minha direção. Quando se aproximou, notei que os pés dele estavam deixando pegadas enormes na areia, que logo se enchiam de água, formando uma grande trilha de poças azuis. Era até bonito, mas ele parecia arrasado e ensopado. Então eu falei: "Ei, garoto, o que está fazendo aí?". Ele disse: "Só quero ir pra casa, tem um pequenino tsunami chegando e ele vai me matar". Eu respondi: "Se ele é pequeno, qual é o problema?", mas ele só me olhou muito triste.

Seu avô para de falar.

— E aí?

— Mais nada. Acordei e bebi umas! Deve ter sido porque Jimi falou sobre aquela onda de quinze centímetros ontem, né?

Yūki o encara, depois olha para o mar, e então para o avô de novo, sentindo calafrios por todo o corpo.

— Talvez fosse um... sabe, aqueles sonhos sobre o futuro? — Ela não consegue se lembrar da palavra japonesa para "premonição".

O avô balança a cabeça.

— Esqueça. Eu devia estar falando de algum assunto leve e engraçado para manter a gente animado. Sou um péssimo avô.

— Não é, não.

Ele diz entre dentes:

— Obrigado. Ainda está feliz por ter vindo?

— Sim, cem por cento.

— Quando você veio no ano passado, disse que eu estava um pouco resmungão. Me desculpe, hein?

— Meio que pareceu que estava decepcionado comigo.

— Não! Talvez eu só estivesse de saco cheio de tudo. Mas não de você. Você é especial, Yūki. Sempre achei isso. Sua avó concordaria comigo... ela me disse isso uma vez.

— Tipo... em um sonho?

— Mais ou menos.

Eles ficaram em silêncio, ouvindo as sirenes, o chiado da estática na voz do apresentador do rádio e os galhos balançando com o vento acima deles. Mais cinco minutos se passam com eles de olhos grudados ao mar. E então mais cinco.

— Você acha que está chegando, vovô?

— Provavelmente não agora.

Mas, quando ela se vira para ele, Jiro parece... triste, meio que derrotado, e Yūki tenta pensar em algo para animá-lo.

– Obrigada por achar aquelas coisas do Meia Onda. Eu tinha me esquecido de tudo até ver os cadernos.

– Bem, pensei que seria bom se você se lembrasse. Eu me pergunto por onde ele andou esse tempo todo!

– Você disse que fez um desenho?

– Hum? – Jiro murmura, como se não estivesse prestando muita atenção. – Mais ou menos. Só pensei em tentar uma coisa, mostro para você depois. Tive que limpar todas as minhas canetas, especialmente aquela adorável Rotring. Mas foi bom! Canetas e lápis sempre querem desenhar, sabe, não gostam de ficar parados secando. Pedi desculpas para eles. – Ele junta as mãos em *gassho* e faz uma reverência. – Não tem como desculpar o que eu fiz.

– Queria ter visto você criando todas aquelas coisas, sabe, quando era famoso. O prêmio Tezuka e tal.

– Ah, bem... as coisas mudam... – Seu rosto se ilumina. – Estava pensando que *eu* poderia desenhar uma companhia para o seu Meia Onda. – Seu avô olha para ela. – Continuo pensando no quanto ele é solitário. Não é divertido viver assim.

– Você poderia fazer uma versão melhor dele, vovô.

– É a sua história, Yūki. Só vou ser seu assistente! Prometa uma coisa para mim.

– O quê?

– Tente aprender a confiar nos seus instintos. Mesmo se eles parecerem bobos... ouça!

– Certo.

O vento sopra gelado ali em cima.

De repente, Jiro enfia a bengala no chão com um baque.

– Ouça, Yūki, preciso fazer uma coisa. Vou voltar para casa, mas quero que você fique aqui. Fique sentada, ouça o rádio e veja o que consegue descobrir.

Yūki segura o braço dele.

– Não! Eu vou, sou mais rápida. Só me fala o que...

– Está fora de questão. Vai ficar aqui até que nos liberem *oficialmente*.

– Mas e o *okashimo*? "Mo" não significa *modoranai*? Não volte.

Jiro afasta o braço dela com gentileza.
— Era até o terremoto acabar. E acabou. Foi tão perto que, se fosse ter um tsunami, a essa altura ele já teria chegado. As autoridades gostam de agir do modo mais seguro.
— Mas o que é tão importante assim?
— Preciso fazer uma coisa, buscar um negócio.
— O quê?
— Meus tênis novos, claro!
— Não seja bobo...
— É uma piada! Você está de vigia. — Ele lhe entrega um apito, que pegou na mala de emergências. — Se vir ou ouvir algo, assopre o apito com toda a força. Vou ter tempo suficiente para subir até aqui.
— Mas...
— Vou voltar, prometo.

Jiro dá uma última olhada para o mar e então começa a descer a encosta íngreme. As botas escorregam e ele estica a mão para se segurar no tronco de uma árvore, com a bengala na outra, se movendo surpreendentemente rápido. Em segundos, o avô já está fora de vista e Yūki o ouve descendo através da vegetação, assobiando aquela melodia familiar, até que o som se dissipa, some e tudo se silencia. Por um instante, ela quase o segue. Mas se controla.

Não há como discutir com Jiro quando ele decide algo.

E Yūki recebeu a missão de ficar de vigia, então ela aumenta o som do rádio e fixa os olhos no mar. O sinal melhorou: terremotos são reportados, uma ponte caiu, uma escola foi danificada e o aviso de tsunami é repetido a cada minuto. Ainda parece sério, mas não há notícia de nada além do terremoto. Ela verifica o mar outra vez, com os ouvidos atentos ao retorno do avô, enquanto os segundos se alongam e se transformam em longos minutos.

Volte, vovô, volte logo.

Suas mãos estão geladas e Yūki as enfia nos bolsos do jeans apertado, sentindo algo ali, que ela pega: é o cartão do restaurante com o celular de Taka rascunhado no verso. A garota torce para que o terremoto não o tenha machucado ou ferido o pai dele — o rapaz não tinha que pegar um trem de tarde? Ela pensa em ligar, até tira o celular da mochila, mas então se lembra de que os postes caíram e enfia o cartão e o celular de volta no bolso, voltando mais uma vez a atenção para o horizonte à sua frente. Alguns carros estão avançando pelas estradinhas entre as casas e o paredão, e é possível distinguir o concreto pálido dos prédios da escola do porto de Osōma, meio escondidos atrás de uma fileira de pinheiros raquíticos. Um caminhão está seguindo para lá, pelas estradas estreitas e retilíneas que cruzam o velho pântano, e vai diminuindo a velocidade até parar a uns cem metros depois da escola. Ele parece terrivelmente exposto se alguma coisa acontecer...

Seus olhos se movem para o paredão além, para as ondas se estendendo no horizonte.

Volte, vovô.

Mesmo que Jiro tenha certeza de que o perigo do tsunami passou, é a cara do avô ignorar o aviso. Ela se lembra de Kazuko o repreendendo por nadar no mar durante o Obon: "Eu estava fazendo um treinamento samurai!", ele anunciou, voltando com um sorriso e o peito estufado.

Yūki fixa os olhos no mar.

Em meio ao oceano gelado, ao vento e às sirenes distantes, sente o coração bater, bater e bater.

O caminhão azul-escuro está se movendo de novo, cuspindo fumaça pelo escapamento e seguindo para Osōma, junto com algumas pequenas vans brancas, todos correndo pelas estradas baixas. Uma explosão súbita de chiados sobrepõe-se à voz do rádio e Yūki se agacha para ajustar a frequência, tentando encontrar de novo a estação – e, nesse momento, algo importante lhe escapa. Lentamente – porém ganhando velocidade a cada segundo –, o oceano inteiro se retrai na direção do horizonte, como se um enorme tapete azul-cinzento estivesse sendo puxado para as nuvens apinhadas ao longe.

Sem conseguir recuperar o sinal, Yūki olha para a casa, descendo um pouco a parede íngreme de pedra. Ela envolve a boca com as mãos e grita:

– Vovô! Perdi o sinal do rádio! Volte!

Sua voz soa inútil e insignificante, e a garota sabe que não será ouvida lá na casa.

Por que o avô ainda não voltou? Yūki estica o pescoço para ouvir o que vem lá de baixo. Seria o som do motor do Nissan sendo ligado no estacionamento? Uma tosse longa e seca...

– Vovô! Será que eu deveria descer?

O chão dá um solavanco violento e então começa a tremer com força sob seus pés – ela cai sentada com tudo, se agarrando nas raízes de uma árvore para se manter firme enquanto um forte tremor secundário sacode a falésia, fazendo seus ossos e dentes vibrarem.

Mais forte e mais forte... será tão forte quanto o último? Talvez o morro todo vá ceder...

A falésia oscila violentamente debaixo dela, e Yūki se ouve fazendo um som estranho, um "*ahhh ahhhhhhh aaaaaaaahhhh*", feito o gemido de um animal. Não parece sua própria voz.

Ela se segura firme no chão, se mantendo presa à terra e às folhas dos pinheiros – e após alguns segundos, o tremor para de forma abrupta. O ar cheira terra e uma poeira fina paira sobre tudo, o aroma acentuado de pinheiro no nariz dela. *É melhor eu descer para encontrar o vovô*, Yūki pensa, olhando para o mar mais uma vez.

Ela leva um tempo para entender o que está vendo, para compreender por que é que tudo parece tão estranho ali.

O Pacífico tinha desaparecido.

Ou não está onde deveria, muito mais longe do que o normal, se retraindo da costa sem parar enquanto ela o encara horrorizada, expondo uma longa faixa de pedras, algas e lama preta – *hedoro*.

Ah, meu Deus! Está chegando.

Ela se levanta de um salto, gritando:

– Vovô! Vovô!!!

Nada de resposta, nem um único som – até o alarme do carro parou –, mas então o rádio volta, anunciando em alto e bom som:

– Tsunami à vista no porto de Sendai! Tsunami de dez metros! Por favor, evacuem imediatamente todo o litoral leste de Tōhoku. Evacuem para as áreas elevadas. O tsunami está chegando!!!

8
A onda milenar

Yūki tenta chamar seu avô mais uma vez, mas o ar de seus pulmões se esvaiu. Ela tenta obrigar as pernas a se moverem, mas é como se estivessem presas ao chão. E, por mais que ela queira, é impossível afastar os olhos do oceano.

O fundo do mar exposto assim parece tão estranho, tão de outro mundo e tão impossível. Além dele, um dos barcos ainda está visível, imóvel na água a três ou quatro quilômetros de distância agora. Mas então ele sobe, sobe de um jeito horrível, fica parado ali no alto no que segundos atrás era apenas ar, flutuando de uma forma impossível, e desaparece como se tivesse virado pó.

Está chegando.

Não é uma onda gigante como as de filme de catástrofe. O que está se aproximando é um vasto poço de mar feito uma montanha escura – com cerca de dezenas de metros de altura. O tsunami está chegando.

Yūki leva o apito à boca, toma fôlego e assopra o mais forte que consegue. Não sai nada. Só uma vibração suave e breve. Ela o sacode e tenta de novo, o apertando nos lábios secos com dedos trêmulos enquanto seus batimentos pulsam nos ouvidos.

Não sai um pio, aquela porcaria devia estar quebrada.

Depois de mais um sopro mudo, a garota dispara correndo, descendo pela trilha íngreme e gritando "Vovô! Vovô!" sem parar com toda a força de seus pulmões. Ela tropeça na terra macia e um galho arranha seu rosto, deixando uma marca quente na bochecha e derrubando seus óculos. Yūki se agarra em um tronco para impedir a queda livre e fica parada por uns segundos, põe os óculos de volta no lugar e olha para o mar para ver até onde a onda tinha chegado.

Há uma grande névoa branca que a princípio pensa ser fumaça explodindo ao longo da fileira de casas mais distantes e dos pinheiros que delimitam o litoral. Mas não é fumaça, é uma extensa confusão de água e espuma atingindo a terra, detonando o paredão, as dunas e as árvores, esmagando tudo no caminho, derrubando tudo. Um minuto depois, o barulho se segue: baixo e sinistro feito uma parede de trovões preenchendo o ar enquanto a água atinge a costa e começa a engolir a planície, avançando sobre as casas, a espuma se elevando agitada com seu corpo pesado e escuro, cobrindo a escola de Ensino Fundamental com tudo, subindo em segundos até a altura do telhado. Yūki vê um pequeno carro branco ser pego pela onda, e então nota algo mais, quadrado, parecido com uma caixa. Um abrigo? Não, é algo maior: uma casinha – uma casa! – sendo espatifada no instante em que ela reconhece o que é, e tudo, toda a água escura e a onda branca feito tempestade ganham velocidade conforme o som fica cada vez mais alto.

Ela se esforça para chamar o avô outra vez o mais alto que consegue, olhando para a casa abaixo, se inclinando para frente e se esticando toda para tentar ver algo através das árvores. Só que não há sinal dele – nem movimento algum. E à sua esquerda, no canto da sua visão, algo se mexe perto da estrada. Estreitando os olhos, por entre os galhos, ela vê uma massa silenciosa e furtiva de água: a onda está invadindo a pista, avançando rapidamente, crescendo e tomando o asfalto. Um carro está indo na direção daquele ponto da estrada, vindo do outro lado com o pisca-alerta ligado. Ele freia com força e dá ré depressa, enquanto o motor ruge em protesto.

Ela balança a cabeça e, antes que perceba o que está fazendo, os braços e as pernas descem a encosta em um turbilhão insano.

– Vovô! *Ojīchan*! – ela grita contra o rugido crescente. – A onda está chegando!

Além dos comedouros de passarinho caídos, não se vê mais a trilha. O último tremor causou um pequeno deslizamento de terra que cobriu a grama.

Yūki hesita. Escondida pela casa, a onda parece terrivelmente perto, como um trem expresso vindo na sua direção. Ela só tem poucos segundos para tomar uma decisão. Ainda está a alguns metros acima do jardim, no nível dos beirais do telhado.

– Vovô! Vovô!!!

Onde ele está?!

Ela dá mais três passos vacilantes na terra solta que, de repente, cede sob seus pés fazendo-a cair. Ela se apoia no braço direito e no mesmo instante ouve um enorme uivo quando a onda quebra na frente da casa. Ela consegue ficar meio sentada bem a tempo de ver a parte frontal do tsunami contornar a casa e atravessar o jardim a toda velocidade, arranhando o chão com dedos brancos.

O tempo se arrasta.

Sob a garagem, o Nissan branco de seu avô está sendo levado pela onda, o pisca-alerta ligado e o alarme soando de novo, virando-se para ela e flutuando por entre os arbustos ao lado da garagem – não há ninguém ao volante, mas os limpadores de para-brisa se movem de um lado para o outro conforme o veículo acelera feito um barco fora de controle, empinando e depois batendo com força em uma das árvores favoritas de seu avô, emitindo um estalo doentio. O carro dá uma guinada na corrente e afunda um pouco. Um segundo depois, ela vê uma figura se debatendo nas garras da água escura, nadando na direção dela.

– Vovô!!!

Ela se abaixa, se preparando para esticar o braço – mas percebe que é só um daqueles manequins ridículos do jardim da frente. Rolando e se balançando, ele desaparece sob a superfície, engolido pela escuridão enquanto a água agitada bate contra a encosta logo abaixo dela. O som, a vibração, o cheiro do mar e da terra se misturando é avassalador...

Yūki se vira, escorregando um pouco, ela se segura em um galho, tentando se manter o mais alto que consegue, com todas as forças. Mas o tsunami já está aos seus pés, se agarrando a seus tornozelos, calcanhares e joelhos – e então ele a domina e a puxa para baixo. Algo bate na parte de trás da sua coxa esquerda, fazendo-a girar e agitar os braços, enquanto dá piruetas na água e uma frieza chocante se abate sobre ela, afundando-a e cegando-a, arrastando Yūki por uma corrente feroz. Ela está impotente, se esforçando para não engolir água nem respirar, mas se vê soltando uma espécie de grito aquoso que se funde em seus ouvidos com o rugido abafado de coisas sendo esmagadas e afogadas.

O mar lhe invade a boca e o nariz e Yūki acaba engolindo água enquanto instintivamente chuta com força – e seu movimento ou a potência da corrente a impulsiona para um emaranhado de galhos submersos, rasgando suas roupas e sua pele. O ombro acerta algo duro, enviando um formigamento dormente por todo o braço.

Então o antebraço e a mão ficam moles e ela se revira na água. O azul-escuro a envolve, agitado, objetos são avistados e logo somem...

...não, não, não... não pode ser...

...talvez seja aquele manequim de novo? Vi algo branco...

...ela está perdendo a força, ficando esgotada, tentando lutar contra a água e nadar com a perna e o braço bom, se esforçando para voltar à superfície. Mas é como se a água tivesse se adensado, virado uma espécie de mingau escuro...

...rugindo e mexendo como se estivesse bem no meio do seu crânio.

Algo atinge sua nuca e faíscas piscam em sua visão, produzindo estrelas efervescentes feito fogos de artifício, e então Yūki está engolindo mais água, segurando a respiração desesperadamente, mas é impossível continuar, e ela engole um monte de água, e mais um monte, não consegue ver nada, a garota sabe que está se afogando, está pronta para desistir e parar de lutar e, apesar de sua mente estar perdendo o controle, de repente uma estranha sensação de paz se apodera dela, e a sensação é quase de calma e relaxamento.

Não há com o que se preocupar mais, porque Yūki sabe que tudo vai acabar. Ali na onda, nas águas turbulentas que invadiram a casa dos Hara.

Está tudo bem, Yūki.

Talvez – e apenas talvez – a garota esteja vendo algo: uma mancha de luz no canto de sua visão, como se um grande peixe ou outra coisa tivesse passado bem perto.

Ela engole mais água e sua visão escurece.

No limiar entre a consciência e o vazio, Yūki sente algo – não foi atingida por nada, é uma força que meio que a empurra através da água. É algo vivo e ela entra em pânico de novo, porém não tem mais forças, e apenas se entrega ao que está vindo, seja lá o que for.

A corrente ou a própria onda – não tem ideia do que é – empurra Yūki através da escuridão. Estranhamente, nesse momento de calma e resignação, Meia Onda surge em sua cabeça, uma imagem fugaz do garoto em sua onda, com a cabeça erguida e um sorriso no rosto.

Que esquisito.
Será que estou morrendo?
Provavelmente.

Ela está com frio.

Está pesada.

Não há como respirar. E a imagem de Meia Onda desaparece na escuridão azul.

É minha culpa, ela pensa vagamente. *Mas fiz meu melhor.*

E agora acabou.

Envolta por um turbilhão furioso de barulho e frio, a cabeça de Yūki rompe a superfície da água.

Cuspindo e se debatendo, piscando para tirar o mar e o sal de seus olhos, ela vê uma placa flutuando perto. É do tamanho de uma porta de garagem – e há algo ali em cima.

Sem parar para pensar, avança com o braço bom e se agarra na placa, tentando subir para se proteger, chutando forte com os tênis encharcados nos pés. Mas é impossível, a coisa é escorregadia e está balançando para cima e para baixo, e Yūki está quase sem forças. Não há nada a fazer a não ser se segurar e esperar que, de alguma forma, sejam arrastados para a parte rasa. Ela pisca para a coisa em cima da "jangada" – e vê um cachorrinho. Um cachorrinho todo ensopado, se equilibrando e se esforçando para se manter em pé, com as pernas abertas, tremendo...

Alguma coisa debaixo da água fica batendo em suas pernas e sua lombar, e ela está prestes a se soltar. Agora que sua cabeça está acima da água é de alguma forma quase pior do que quando pensou que estava tudo perdido. Essa pequena chance de sobreviver é tipo uma provocação. Ela sente o sal e a lama na boca, no fundo do nariz. Mais uma vez, tenta se impulsionar para cima para se livrar das garras da água, e seus dedos tentam desesperadamente se segurar na superfície brilhante e molhada.

Não dá certo. Ela escorrega e quase submerge, os dedos só conseguem tocar a superfície enquanto o frio a surpreende de novo. Mas então a água se eleva, erguendo a garota consigo, e ela é praticamente catapultada para fora do tsunami e para cima do destroço, onde pousou em uma confusão de braços e pernas, meio morta, tossindo alga e lodo.

Por um instante, ela fica ali agarrada à superfície escorregadia do jeito que consegue enquanto a placa sobe e desce. Respira fundo, fica de quatro, vomitando sem parar todo o conteúdo da boca do seu estômago e tossindo lama, que arranha o fundo da garganta. Depois que se acalma – através do borrão de água grudado em seus olhos –, ela vê o animal enlameado se afastando para o outro lado da jangada improvisada. Ele late forte. Será, por algum milagre, o Pochi da sra. Takeda? Ele tem o mesmo tamanho e a mesma cor marrom-avermelhada. Ela estica a mão, extremamente feliz de ver algo vivo.

– Pochi? Está tudo bem, *daijōbu*! – ela tosse, e o animal choraminga e se aproxima, deslizando as patinhas sobre o escombro brilhante, e então algo bate neles e inclina a jangada, ameaçando derrubar a criatura na água. Ela estende a mão e o agarra pelo pescoço, puxando-o jutno do seu peito dolorido.

Mais água emerge de suas entranhas, e por um minuto ou mais a única coisa que Yūki consegue fazer é tossir e vomitar, até que o espasmo passa. Ela fica meio sentada, se segurando melhor nessa coisa que eles estão usando como jangada e que se move junto com a água, e se esforça para manter o cachorro seguro.

Ela pisca forte de novo, agarrando firme a borda da placa. Sem os óculos, tudo além do comprimento de um braço é um borrão só, e Yūki olha para o animalzinho trêmulo em seu outro braço, observando as orelhas pontiagudas, o focinho pontudo, o pelo espesso e o rabo todo bagunçado.

Não é um cachorro...

Uma pequena raposa enlameada a encara de volta apavorada, seus olhos são duas esferas alaranjadas e pálidas, com ovais escuros no centro que refletem perfeitamente a silhueta de Yūki. A pobrezinha está tremendo feito doida.

— Está tudo bem — ela sussurra. — *Daijōbu daijōbu daijōbu...* calma. Por favor, não me morda. Não me morda...

Ela continua segurando o pescoço da raposa, de olho para que o animal não a morda enquanto respira fundo mais algumas vezes. Então Yūki ergue a cabeça para observar com assombro o mundo aquoso ao redor. Sem os óculos, a princípio ela não consegue reconhecer nada, então percebe que a ilha emergindo em meio ao oceano atrás deles é a falésia — a Pequena Montanha —, e só a parte de cima espreita as águas verdes e negras. A casa da sua família está totalmente submersa, exceto pelo telhado da casa antiga, todo o resto está inundado.

A corrente está virando-os de novo, enviando a ponta do penhasco para o norte através de sua visão, a água cheia de escombros se enfurecendo contra as rochas. E então ela suspira de susto enquanto rodopia e olha para o mar aberto: há uma casa flutuando ali, a cerca de duzentos metros — uma casa inteira erguida de suas fundações, mas ainda intacta —, com fumaça e chamas vermelhas emergindo dela, queimando contra as nuvens baixas e o azul sombrio do Pacífico.

Mais ao longe, outra casa — com uma pequena figura agarrada ao telhado, talvez? Sim, tem alguém ali, mas não passa de uma silhueta distante.

A raposa está se debatendo em seus braços, e Yūki a solta só para que se sacuda do focinho ao rabo, e então abraça seu pelo molhado de novo, enquanto ambas tremem com força.

— Vou cuidar de você — ela sussurra. — Prometo, Raposa-san.

Seu braço ainda está um pouco dormente e ela sabe que não faria sentido tentar nadar. E se fizer um sinal pedindo socorro? Mas com o quê? E quem é que vai ver? O apito foi inútil, e de qualquer forma ela o perdeu, e o celular caiu do bolso. E, quando tenta gritar, sua voz é instantaneamente engolida pela vastidão do oceano, e tudo o que ela consegue fazer é deixar a raposinha em pânico de novo.

— *Shhh*. Está tudo bem, sr. Raposa. *Dai-jouuuu-buuu*.

Ela olha para a água que faz grandes círculos ao redor deles e seu coração para. Lenta, mas inexoravelmente, serão carregados para longe da falésia e do penhasco, indo parar junto no mar aberto com aquela casa flutuante.

As torres da usina nuclear, a uns três ou quatro metros ao sul, surgem em sua visão, seguida da casa submersa e da falésia — mas eles já estão visivelmente menores.

Seu olhar pousa na sua mão enlameada agarrada à placa, nas letras de seu amuleto da sorte borradas pela sujeira e pela água.

Mais uma série de tosse explode de suas profundezas.

— Raposa-san... — ela sussurra, depois que o ataque diminui. — Estamos com muitos problemas. Espero que seja um espírito *kitsune* ou algo assim e seja bom nisso...

A raposa a encara com olhos arregalados, como se não soubesse se deve pular para fora da jangada ou se manter perto.

— Não me deixe — Yūki fala em meio ao seu pelo molhado, chorando. — Fique comigo.

9
Naufrágio

Ela fica deitada, abraçando com força a trêmula raposa, tentando acalmar os calafrios que a sacodem com tanta intensidade. Entorpecida, sua mente procura pelo avô, se esforçando para calcular as chances de ele, de alguma forma, ter sobrevivido.

Quem sabe ele chegou à estrada do penhasco? Jiro sempre foi bom nadador e ainda está em forma. O avô corta a lenha na maioria dos dias de inverno para usar no fogão, e alguns dias ele caminha por quilômetros.

Mas, ao observar o poder de tudo aqui em volta, é impossível ter alguma esperança. Nada poderia sobreviver àquilo.

Quem sabe Jiro seja a pessoa naquele telhado? Só que aquela casa já está tão distante que não dá para gritar nem acenar, e de qualquer jeito não se sabe quem está lá.

Yūki se lembra da tosse seca do motor de arranque do Nissan e tenta se concentrar. O avô deve ter entrado no carro em algum momento. Talvez o pisca-alerta tenha disparado com o movimento da onda, mas as águas não seriam capazes de ligar o limpador de para-brisa, ou seriam? Será que ele estava lá dentro quando o carro acertou a árvore? Ou quem sabe tenha tentado fugir, correndo para o carro no último minuto? E se ele tiver voltado para casa para se esconder no sótão?

A raposa está choramingando e a garota faz carinho na cabeça dela, tentando se acalmar e acalmá-la ao mesmo tempo, enquanto flutuam, oscilando com a ondulação da água, para cada vez mais longe da costa. Há escombros a toda volta – parece que tudo foi arrastado: redes de pesca, caixas, pedaços de mobília e destroços de edificações, como aquela coisa que elas estão usando como jangada. Pranchas de madeira e barris de plástico, uma cadeira de jardim meio submersa – a maioria está tão despedaçada que não dá nem para saber o que é.

Será que também há corpos por aí? Ou eles afundam imediatamente?

Ela afasta o pensamento e olha para a jangada. Logo abaixo de si, há caracteres pretos em *kanji*, então ela se move um pouquinho para o lado com cuidado, temendo virar a coisa, para poder ler.

Kitaizumi life...

Deve ser de um posto de vigia da "praia de verão".

O que a faz pensar em Taka outra vez. O que será que aconteceu com ele e seu pai? Talvez a casa deles fique acima do porto, mas a água subiu tanto que a maior parte daquela área deve ter sido destruída. E a que horas era o trem? Aquela linha ao sul daqui deve ter sido atingida com força total...

Daquela direção, Yūki ouve o barulho de um helicóptero, e olha em volta, tentando ver para onde ele está, imaginando a si – e até a raposa – sendo resgatada. Mas quando o vê, o helicóptero está baixo e em algum lugar à direita da usina nuclear, seguindo depressa para o continente – não há chance alguma de verem um pontinho minúsculo ali embaixo em meio ao caos de casas pegando fogo e bairros devastados.

Se ao menos os escombros parassem de girar – o movimento está fazendo com que ela fique muito enjoada e é difícil raciocinar direito. Pelo menos seu braço dormente está voltando à vida, e milhares de agulhas e alfinetes estão começando a atravessá-lo. A garota o sacode com força, então fecha os olhos, tentando manter os dois aquecidos, ela e o animal. *Vou descansar um pouco*, Yūki pensa. *Depois vou pensar em alguma coisa. Algum tipo de plano.*

Mas por longos cinco minutos sua mente dá um branco e fica vazia. Não há um pensamento sequer, apenas a água e o lixo rodopiando por perto, e ela estremece, sentindo as roupas molhadas grudadas no corpo. Então, quando os pensamentos voltam, tudo o que consegue fazer é se recriminar por ter deixado o avô voltar para a casa.

Por que diabos ele não ficou comigo? O que era tão importante assim? Foi tão idiota – aquela piada sobre os tênis prateados, como se fosse tudo uma brincadeira ou algo do tipo. Qual foi a última coisa que ele disse?

"Vou voltar, prometo."

Ah, meu Deus, Yūki pensa, *se vovô tiver mesmo se afogado, eu vou ter que contar para a mamãe. Se bem que é provável que eu também me afogue, então talvez eu não tenha que fazer isso.*

Ela e papai ainda devem estar dormindo profundamente, deve ser cedo lá, estão quentinhos e confortáveis...

Preciso pensar em outra coisa. Algo totalmente diferente, mas positivo.

Foi estranho como a imagem do Meia Onda surgiu na cabeça de Yūki no instante em que ela estava desistindo – e de forma tão clara e reluzente. *Se eu tivesse me afogado, essa teria sido a última coisa que eu vi*, ela pensa, e passa alguns minutos congelantes tentando visualizar o amigo imaginário atravessando a água em sua direção. *Se fosse real, Meia Onda nos salvaria, não é? Ele não pararia até salvar todas as pessoas e animais que pudesse.*

– Mukashi, mukashi – ela sussurra na orelha da raposa –, havia uma g-g-garota que foi pega por uma onda. Ela encontrou uma raposinha, e foram resgatadas por um pequeno super-herói de cabelo a-a-azul que as ajudou a se salvarem...

Mas a exaustão a domina novamente, e uma nova onda de calafrio interrompe sua história enquanto a jangada se vira para o mar aberto e – quem sabe – para a América. Ou para o Chile? Ou para aquela trincheira sem fundo no meio de tudo? Como é o nome? Será que deveria nadar para a terra agora?

No entanto, quando Yūki olha para a costa, ela está longe demais, e as correntes escuras prometem engolir a garota de uma vez.

O silêncio recai sobre os soluços silenciosos de Yūki e a fungada da raposa, e não há nada além do som da água e das nuvens escuras no imenso céu. De Futaba, ouve-se o pulsar de uma sirene – ela fecha os olhos e sua mente se esvazia enquanto eles flutuam no mar gelado da primavera.

É difícil saber quanto tempo se passou – dez minutos ou trinta, ou uma hora ou ainda mais –, até que Yūki percebe que os sons à sua volta mudaram. Os barulhos do mar aberto – os golpes da água batendo contra a jangada, o suspiro do vento – cederam lugar para um murmúrio crescente, como se algo estivesse se agitando por perto, um motor ou algo assim. Ela ergue a cabeça, cansada, preparando-se para ver um navio-tanque vindo em sua direção.

Mas, em vez do oceano, ela vê a forma inconfundível da Pequena Montanha, agora não mais a cem metros de distância. De alguma forma, a onda virou e agora está surgindo da terra, carregando-as consigo, enquanto os destroços adensam a água ao redor deles, e então Yūki está de volta ao lugar de onde fora engolida. A adrenalina corre pelo seu corpo e a garota se senta.

– Ei, Raposa-san. – Ela esfrega de leve as costas magras do animal. – Olha, a terra!

Ainda estão longe para nadar, mas há uma chance. Talvez meia chance, mas a corrente está levando a jangada rapidamente para a falésia.

Mas não posso largar a raposa, ela pensa, procurando na água algo que possa usar como remo. *Será que raposas sabem nadar? Não vou conseguir com ela debaixo do braço...*

Os destroços em volta são inúteis – pedaços de plástico quebrados e frágeis, uma espécie de barril –, até que ela vê uma espécie de prancha flutuando por perto e avança para pegá-la. Por um segundo horrível, parece que a jangada vai virar e seu coração dá um solavanco, mas... não. Está tudo bem e Yūki está com a prancha na mão, e a raposa ainda está pressionada contra si. A peça de madeira tem cerca de um metro de comprimento, quebrada na diagonal, e ela segura a ponta estreita com uma mão, enquanto a outra se agarra ao meio, e Yūki se projeta para frente remando o mais rápido que consegue para fazer a jangada avançar em meio à ondulação da água.

– Fique perto de mim, Raposa – ela grita. – A gente vai conseguir!

Depois de vinte ou trinta remadas com sua ferramenta improvisada, Yūki olha para cima para avaliar seu progresso. Nulo, *que merda, que merda*. Sem chance. Parece até que elas se afastaram mais ainda.

A garota se inclina mais, a madeira irregular perfura sua palma. Mais vinte remadas frenéticas, usando todo o resto da sua energia nesse movimento e... sim! Agora estão se aproximando um pouco do telhado da casa.

Ganbare Yūki!, ela sussurra baixinho. *Dê o seu melhor.*

A corrente muda mais uma vez, e de repente as joga na direção da falésia, elas estão a uns quatro ou cinco metros agora.

– Se prepare, Raposa-san!

Ela dá mais duas estocadas desajeitadas com o remo e então o arremessa para o lado, agarrando uma planta que emergia da água – no instante em que elas atingem a encosta algo as acerta, e a jangada vira...

...e, pela segunda vez, ela experimenta o terrível choque da água gelada na cabeça, preenchendo seus ouvidos e olhos, sentindo o impacto dos escombros contra si. Desta vez, porém, está preparada, e com três chutes determinados e as mãos em garra ela consegue se virar, subir à superfície e alcançar novamente a planta. Yūki fecha os olhos quando algo macio roça sua boca e seu nariz, que ela agarra instintivamente enquanto a água a revira, e então de algum jeito está fora, fora do tsunami, e seus joelhos e sua mão encontram a terra.

Terra firme!

Reunindo as últimas forças, Yūki se arrasta para cima e desaba no chão, rindo e chorando ao mesmo tempo e, maravilhada, percebe que sua mão ainda está segurando o pescoço da raposa. O animal está se contorcendo furiosamente, tentando mordê-la, mas a garota se mantém firme e a abaixa com cuidado, deixando-a a seu lado.

– Calma. Caaaaalma. Estamos bem. Conseguimos!

A raposa a encara – com aqueles enormes olhos alaranjados e contornados de preto – e então dá um ganido agudo, libertando-se e sacudindo todo o corpo, espirrando água.

– Conseguimos, Raposa-san!

Ela se senta e observa a água. O escombro usado como jangada já está se afastando, oscilante, contornando as bordas de uma sucessão de remoinhos rugindo, enquanto a onda ruge e rosna contra si mesma, e metal e madeira estalam, sendo reduzidos a nada. A placa branca é sugada por uma espécie de vórtice, girando cada vez mais rápido e depois sendo tragada para baixo.

Até onde a garota consegue ver, a onda não volta.

A onda está se afastando da terra de novo, implacável, e, quando Yūki olha para a casa, as telhas azuis do telhado vão surgindo fileira por fileira, como se uma enorme baleia azul estivesse rompendo a superfície, e o som da água é avassalador.

Sem avisar, a raposa avança sobre ela, e Yūki se encolhe, achando que o animal vai atacá-la. Em vez disso, a garota sente uma língua áspera contra sua mão. A raposa se sacode de novo e subitamente sai correndo em meio aos arbustos, na direção do topo da Pequena Montanha. E logo desaparece.

Yūki fica sentada ali por longos cinco minutos, exausta, enquanto o vento sopra e o mar se retira, levando consigo seu olhar. Sabe que precisa se mexer, mas não resta energia no corpo da garota, e ela fica ali só tremendo, observando a água se abrandar, torcendo para uma hora ver seu avô subindo no telhado ou em alguma árvore alta, mas temendo ver seu corpo a qualquer minuto...

Vá se aquecer, ela pensa. *Não posso ficar sentada sozinha congelando aqui até morrer, esperando alguém me encontrar. Se ao menos a raposa não tivesse fugido... E não posso desistir do vovô.*

Ela aguarda por mais um instante ou dois, então fica em pé e sobe o restante da falésia, atravessando uma linha de lixo que fora deixada pela água, subindo o paredão de pedra até o topo de seu antigo esconderijo, onde – o mais surreal – o rádio de pilha está funcionando, com a mala de emergência e sua mochila intocadas ao lado.

A raposa está ali, farejando a mala, e a garota se agacha tomando cuidado para não assustá-la. O animal olha em volta e dispara para o outro lado da clareira, se enfiando nos arbustos.

– Não me deixe, sr. Raposa!

Seus dentes estão batendo sem parar, e com dedos dormentes ela pega o moletom azul-escuro da mochila, ajeitando-o sobre a cabeça.

Com a vista embaçada, Yūki vê todo o telhado da casa Hara agora sem água. Vovô é o tipo de homem que abriria caminho para alcançar a segurança do telhado, se estivesse preso lá dentro. Mas as telhas estão intactas e vazias, e abaixo delas todos os corredores e salas devem estar submersos. A casa pode ter virado uma armadilha mortal.

Ela afunda de cócoras, com a água e a lama escura se espalhando em seus tênis, olha para cima e para baixo, para a costa transfigurada.

Além dos penhascos ao norte, há cortinas de fumaça subindo até as nuvens, e ao sul também há fumaça e chamas para além de Futaba. E no mar há outra casa flutuante, balançando feito um transatlântico que bateu em uma rocha e está afundando.

Tem mais uma casa além dessa... o tsunami está se retraindo, ganhando velocidade, arrastando consigo as casas destruídas, toneladas e mais toneladas de destroços indistintos, árvores, arbustos e barris.

Agora, grandes tremores percorrem seu corpo a cada trinta segundos. Respirando fundo com força, a garota leva a mão direita à boca e grita:

— Socorro! Tem alguém aí?

E espera e espera a resposta que sabe que não vai vir.

Yūki tenta sacudir e esfregar os dedos, fazendo-os voltarem à vida, então pega a mala de do seu avô, tremendo ainda mais, e encontra o pacote com o cobertor de emergência. Faz barulho quando ela o desdobra, o material de alumínio refletindo seu rosto em cem pedaços. Yūki se detém em seu reflexo, e o encara quase sem reconhecer a pessoa que a olha de volta: é o clássico rosto de um fantasma japonês *yūrei* – rosto branco e cabelo preto escorrido.

Por um longo momento, Yūki e sua versão fantasma se encaram, depois ela se enrola no cobertor e vai até a borda do penhasco.

Há vários incêndios agora, dezenas deles, acima e espalhados pela costa. A casa em chamas deu a volta nos penhascos e desapareceu, passando por onde um pedaço de terra desabou no oceano em retirada.

É mesmo o fim do mundo, ela pensa.

Talvez a longínqua Tóquio tenha sido solapada. Talvez o tsunami tenha sido tão grande que o Japão inteiro tenha sido atingido.

A única coisa que ela vê são nuvens cinzentas, incêndios e o mar cheio de destroços.

A única coisa que sente é o fedor do *hedoro* imundo do fundo do mar.

E talvez um pouco do pelo da raposa.

A única coisa que ela ouve é água, água e água, como se ainda estivesse se agitando dentro dos seus ouvidos.

O frio está penetrando fundo e Yūki se senta de novo, observando o resto do tsunami correndo para o mar, deixando poças enormes e lamacentas onde outrora havia jardins, pequenos campos e estradas. Ao longe, as janelas superiores da escola jorram água.

Cai um floco de neve.

E mais um, depois mais alguns, flutuando na frente do rosto de Yūki, se dissolvendo no chão, onde pousam, e de repente ela está em pânico, gritando desesperada, vagando pelo topo da colina feito um marinheiro louco e naufragado – então se senta abruptamente e ajeita de novo o cobertor em volta de si.

Parece que o frio está dentro dos seus ossos.

Aquela imagem do seu reflexo foi um choque. Deplorável.

Ela se pergunta: dá para saber com certeza se sou um fantasma? Algum fantasma antigo e molhado que se afogou algum tempo atrás. Tinha algo estranho naquela raposa...

A história de fantasma que Kazuko contou lhe volta à mente, e Yūki treme tanto que parece que seus dentes vão cair.

10
Corpo na lama

Como se tivesse sido invocada, a raposa volta a se materializar, com os olhos fixos em um ponto ao lado, mas também logo atrás dela. E parece – estranhamente – que Yūki está sendo observada, como se mais alguém estivesse ali na falésia, fora de vista. Algo gelado roça sua bochecha e a garota olha em volta esperando ver alguém, mas não tem ninguém. A raposa se aproxima.

– Olá? – ela fala. – Tem alguém aí?

Ninguém responde, e mesmo assim parece que alguém se aproximou há pouco. O vento sopra pela falésia e pelos galhos dos pinheiros.

Está tão frio. Ela precisa se aquecer… e procurar direito pelo avô. Ele pode estar vivo e ferido. Ou preso em algum lugar. Então Yūki percebe que está morrendo de fome, e remexe a mala até encontrar uns biscoitos *kanpan*, e abre o pacote imediatamente. Ela já está pegando outro antes mesmo de engolir o primeiro, derrubando um terceiro no chão.

O *kanpan* está seco e duro, mas a sensação de comer algo a anima um pouco. Talvez seu avô *tenha* sobrevivido por algum milagre – olhe só para ela, que encontrou aquela placa flutuando na água. *Tudo é possível, não é? Tudo! E eu não estou morta, afinal estou comendo. Fantasmas não comem.*

A raposa continua se aproximando, farejando o ar. Deve estar querendo um biscoito, então Yūki se abaixa, oferecendo-lhe metade do segundo *kanpan*.

– Venha, experimente.

Cautelosamente, a raposa dá um passo para a frente, e depois mais outro – e então avança e dá uma mordida tão rápida que Yūki mal consegue evitar que morda seus dedos. Ela pega outro biscoito no pacote e o joga no chão, e o animal devora em um instante, lambendo os lábios e olhando de novo para ela.

– Desculpe, Raposa-san. Só mais um, preciso do resto.

As orelhas da raposa se levantam, então o animal se vira e sai correndo pela clareira, voltando-se para observá-la de uma distância segura, em meio aos arbustos.

Yūki se levanta. Carregando consigo aquela pequena onda de otimismo, ela sobe na maior pedra do topo da falésia e examina o jardim.

Mas não tem ninguém ali: nem seu avô nem ninguém, só o estúdio escancarado feito uma caixa de papelão, e caixas de plástico e pedaços de madeira espalhados e escombros por toda parte. Se ao menos pudesse enxergar direito... A casa ainda está cuspindo água de cada porta e janela quebrada, mas parece inacreditavelmente intacta.

Ele ainda poderia estar lá dentro, preso em algum bolsão de ar ou inconsciente em algum lugar. Yūki toma uns goles rápidos de água da garrafa que encontrou na mala de emergência, então enfia na mochila o cobertor de alumínio dobrado de qualquer jeito. Ainda tem *kanpan* e uma segunda garrafa. Uma tocha com cabo vermelho. Ela guarda tudo na mochila, apressada, e a veste nos ombros.

– Estou indo, sr. Raposa – ela diz. – Espero que esteja bem. Fique bem! – É meio doido estar falando com uma raposa, mas é bom dizer algo em voz alta. Ela não está totalmente sozinha. – Até logo!

E então, com passos rápidos, Yūki desce pela parede de pedra e pela encosta abaixo, encharcada.

Dá para ver uma faixa de plástico emaranhado e equipamentos de pesca trazidos pela maré, além disso ela descobre que a trilha se dissolveu e é difícil não escorregar na lama e nas pedras soltas. Um pedaço grande da encosta desmoronou e enquanto desce às pressas, se segurando nos galhos para se equilibrar, mais terra cede sob seus pés e Yūki desliza alguns metros com os braços esticados, quase como se estivesse surfando no morro. Ela se agarra a um tronco e olha mais uma vez para o caos diante de si. Um dos manequins está preso no topo de uma árvore alta não muito longe, olhando para o céu. *Deus, então a água chegou naquela altura...*

– Vovô? Oláááá? Consegue me ouvir?

Nada: apenas alarmes e sirenes soando tão distantes que parecem vindos de outro mundo, e ela vai caminhando pela água e pela grama molhada do jardim dos fundos o mais rápido que consegue, passando pelo estúdio destruído, que deixa exposto seu interior todo lavado. Tudo foi perdido – todas as gavetinhas com artes originais, cada pincel, caneta, manuscrito e caderno.

Ela continua chapinhando, subindo a grande pedra que dá no *engawa* nos fundos da casa.

As portas foram arrancadas, e água escura ainda está escorrendo pela passarela de madeira. Yūki lança um olhar na escuridão com o coração acelerado, respira fundo, e dá um passo para dentro da soleira.

– Vovô? Está me ouvindo?

O corredor está abarrotado de coisas, todas cobertas com uma gosma escura, então não dá para distinguir nada. Ela o chama mais uma vez e fica escutando, e depois avança mais, sentindo a água densa em suas pernas, se movendo devagar, tomando cuidado para não bater a canela nos escombros.

Ou em um corpo.

O fedor de mar e lodo preenche suas narinas enquanto ela se esgueira por um armário caído e entra na cozinha. Ali, a água ainda está a uns bons trinta centímetros ou mais de altura e fica rodopiando em seus pés como se estivesse tentando encontrar a saída. Enquanto a observa, a superfície começa a se agitar, e logo a casa toda também, se balançando para frente e para trás.

Outro tremor secundário...

E se não for isso? E se for a onda voltando?

Desesperada, Yūki sai chapinhando pelo corredor até a varanda – mas quando está lá fora, o tremor já passou e o silêncio caiu sobre a casa novamente. Ela inspira o aroma de folhas amassadas e galhos quebrados, e talvez o cheiro de ovo podre de gás? Talvez a casa toda vá explodir se estiver vazando gás?

De algum lugar acima, ouve aquele latido da raposa e ergue a cabeça.

Por um breve segundo, pensa ver alguém parado na encosta se curvando para frente.

– Olá?

Frustrada com sua visão turva, Yūki esfrega os olhos com força e olha de novo. Não. É só um arbusto se dobrando com a brisa do mar. A luz já está desvanecendo, e os calafrios estão voltando, por conta das roupas encharcadas grudadas ao corpo, mas ela sabe que precisa verificar cada canto da casa.

Não há sinal de seu avô na lavanderia nem na cozinha, onde a água está baixa o suficiente para ser possível ver um corpo deitado no chão. O relógio caiu da parede e está meio afundado na pia, parado pouco depois das 14h45.

Na sala de jantar, ela sente pedaços dos vasos de sua avó estalando sob seus pés enquanto segue até o *kotatsu* submerso, respira fundo e tateia o espaço inundado debaixo da mesa, caso o corpo dele tenha sido arrastado para lá.

Nada. Apenas a lama escura e gelada, que reluz sombriamente no seu braço quando Yūki o recolhe.

A sala de estar está uma bagunça, com livros e mangás espalhados pelo chão, portas de vidro espatifadas, persianas soltas e mobílias viradas em ângulos estranhos contra a parede oposta. Do outro lado do corredor, as antigas salas japonesas não estão em melhor estado: uma espessa lama marrom-escura escorre pelo tatame, um biombo velho flutua com seus dragões dourados em cima dela e o *butsudan* da família desapareceu, com todos os porta-retratos de sua avó e dos outros parentes, provavelmente caídos ou soterrados.

Ela sobe as escadas depressa, passando por uma linha bastante visível de água pouco abaixo do degrau mais alto. De alguma forma, as janelas resistiram à força da onda, cedendo apenas em alguns lugares, e o corredor está molhado, mas não está tão ruim assim.

— Vovô? Está aqui?

Ela acelera o passo, chamando-o de novo, abrindo cada porta, passando pelo enorme retrato de Jiro e Anna na moldura quebrada, entrando e saindo do seu quarto encharcado, e conforme vai olhando cada bolsão de ar vazio sua esperança vai murchando. E quando Yūki alcança o alçapão do sótão na última curva do corredor, ela está fechada, a escada retraída.

Então ele não está lá. Não está no sótão nem em nenhum lugar da casa.

Do lado de fora, ela passa a mão pelo cabelo molhado e sujo de lama. O cheiro de gás está mais forte — quase não há mais luz e os calafrios tomam conta de seu corpo, a cada segundo. Não adianta subir de novo na falésia nem ficar por ali esperando resgate. A neve cai no chão molhado, está muito frio. Ela examina o jardim mais uma vez procurando Jiro, então contorna a casa até a fachada, escalando um sofá preso na passarela e uma caixa grande.

Precisa tentar chegar à cidade.

Dos degraus da frente, observa o massacre diante de si. Árvores e casas se foram, carros estão capotados e não há sombra de vivalma. Além, à direita e à esquerda, o fogo sobe em direção às nuvens. À medida que o céu escurece, vão ficando mais intensas as chamas na base das altas colunas de fumaça. Ao sul, algumas luzes estão acesas na usina nuclear, e ainda se ouve um alarme à distância, carregado pelo vento.

Pela última vez, ela grita "Vovô!" com todas as suas forças e então, batendo os dentes, olha para o terreno assustador entre ela e a estrada do penhasco, entupida de lama e enormes pilhas de destroços.

A neve começa a aderir à lama e o frio fica penetrante.

A escuridão preenche o espaço até a estrada, e parece que a luz está minguando do céu ainda mais rápido. O que é bastante opressor. E assustador.

Ela procura a tocha e ilumina brevemente a mão suja de lama para verificar se a bateria está boa.

Está.

Yūki dá mais uma olhada rápida para o mar, então desce os degraus e atravessa o jardim destruído. O portão se foi e o caminho de pedras sumiu sob os escombros. O Godzilla de pedra está com a cabeça enfiada na lama, mas todo o resto foi levado pela água: pinheiros ornamentais, o jardim de pedras e cascalho e a caixa postal de raposa. Na rocha do portão, ela faz uma pausa para olhar para a casa mais uma vez.

— *Ittekimasu* — ela sussurra. — Estou indo, mas vou voltar.

Dos beirais escurecidos, ressoa no silêncio uma única nota do sino de urso.

A neve continua caindo enquanto ela se arrasta pela lama na direção da estrada do penhasco.

Após algumas centenas de metros bem difíceis pela estrada repleta de destroços, Yūki vê um carro cinza-escuro capotado. Ela leva um bom tempo para perceber que é o Nissan branco de seu avô: o para-brisa está todo quebrado e a tinta branca foi tingida pela lama do tsunami. Ela avança depressa, acende o feixe da tocha e o direciona para a janela do passageiro, meio que esperando se deparar com um rosto ensanguentado a encarando de volta. Ou com seu avô apenas caído ao volante. Mas não há sinal de Jiro ali dentro, nem na frente nem no banco traseiro, tampouco no chão do carro. Não há nada além de lama e uma boia de pesca laranja que foi parar lá dentro.

Yūki se prepara e então balança a tocha em movimentos amplos e trêmulos, examinando o chão em busca de qualquer sinal de vida, seus calafrios fazendo a tocha sacudir tanto que os objetos capturados pela luz parecem estar se mexendo.

Uma geladeira enorme com a porta escancarada.

Uma poltrona equilibrada no toco de uma árvore partida.

Um objeto vertical que, com um sobressalto, a garota confunde com uma pessoa, mas depois percebe que é só uma lâmpada em meio a uma pilha de lixo não identificável. Ela tenta controlar os batimentos cardíacos o melhor que pode e verifica cada objeto coberto de lama ali em volta para se certificar de que não é o corpo de seu avô, e quase derruba a tocha de tanto tremer.

Você precisa ir, uma voz interna lhe diz. *Ou vai acabar congelando aqui. Se mexa!*

A caminhada se torna mais difícil à medida que a estrada vai ficando mais íngreme, a lama mais funda e espessa de tantos detritos. Cada passo ameaça sugar os tênis de seus pés, minando a pouca força que lhe resta. A escuridão também vai se adensando, se aproximando, enquanto o vento carrega estranhos gemidos que Yūki não consegue identificar. Com a visão periférica, vê algo claro se movendo na direção do mar, então acende a tocha de novo e sonda a noite iminente com seu feixe de luz. Flocos de neve descem em espirais, mas ela não vê mais nada, e direciona a tocha para frente, desviando de pedaços de madeira lascada e metal pontiagudo, escalando uma montanha de destroços que se move abaixo dela, de um jeito instável e perturbador.

Será uma voz vindo de algum lugar à frente e à direita? Um grito ou um choro?

Ela para e lança:

– Olá?

E fica esperando.

Mas ninguém responde.

Talvez seja a única sobrevivente em toda a costa de Tōhoku.

Não pode ser. Não adianta desmoronar agora. Ela precisa seguir em frente, dar um jeito de manter os ânimos. Não tem ninguém aqui para me resgatar. *Ganbare, Yūki.*

Sua mente está confusa, os pensamentos entram e saem de foco, a neve cai gelada na sua bochecha e ela aperta o passo o melhor que consegue, imaginando longos dedos de fantasmas *funayūrei* surgindo do nada e querendo pegá-la, tentando arrastá-la para seu mundo submerso. Ela ouve um som atrás de si e se vira bruscamente, apontando a tocha para o nada, tropeçando e quase caindo de cabeça na lama mais uma vez.

Pelo amor de Deus, controle-se!

Ela se acalma e recomeça a caminhar, mas seus pés se atrapalham, por mais que tente prestar atenção em seus passos.

Vamos lá, vamos lá. Você consegue, continue firme. Continue andando.

De repente, Yūki está murmurando uma melodia – leva um minuto ou mais para perceber o que é: a música que seu avô vivia assobiando ou cantarolando, dia após dia, ano após ano, com os primeiros versos se repetindo na cabeça dela.

Não consegue se lembrar da letra, então só fica murmurando e sussurrando as poucas frases que chegam a seus lábios, e a melodia a anima um pouquinho conforme puxa seu tênis esquerdo da lama que se enfiou até os joelhos e dá mais uma dúzia de passos cambaleantes.

Ela se lembra de um verso: *Estou sozinha e preciso ir longe...*

Ótimo! As palavras são tristes, mas o ritmo a ajuda e ela canta a música batendo os dentes, agora a estrada está visível por entre a lama, um passo ensopado atrás do outro, ela está cada vez mais perto da estrada.

Impossível esquecer como as lágrimas borraram meus olhos, impossível esquecer a felicidade sob o céu estrelado... Caminhando com o olhar ao longe...

Estou quase lá, se eu chegar na estrada, vou conseguir...

Duas coisas acontecem ao mesmo tempo: seu tênis esquerdo é arrancado do pé enquanto Yūki tenta libertá-lo de um passo particularmente pegajoso e profundo, e ela vê um corpo.

Uma figura – adulta – está deitada de lado, com os braços em um ângulo estranho ao redor da cabeça, emoldurando o cabelo preto, curto e bagunçado. Não é seu avô. O estômago de Yūki se revira conforme ela se aproxima, direcionando a tocha para as costas da jaqueta amarela e pálida. O rosto está enfiado na lama e não há sinal de respiração ou de movimento.

Ela não pode simplesmente seguir em frente.

Reunindo coragem, a garota estica o braço para segurar o ombro e então o sacode com força. Como não há resposta, ela se afasta, e com um som terrível, o corpo se vira, revelando o rosto inchado de um homem. A pele que se vê em meio à lama escura é branca, seus olhos estão abertos, olhando sem vida para além dela, para a neve caindo.

Yūki fica observando o rosto congelado por um longo, longo tempo, sentindo a respiração pesada no peito.

Não é ninguém que ela conhece, nenhum dos vizinhos de Jiro nem ninguém da cidade. Ele é jovem, não devia ter mais que trinta anos, a expressão é vazia e o olhar está fixado em um ponto que parece ao mesmo tempo próximo e muito distante. Ela ilumina o rosto com a tocha para se certificar que ele não está mesmo respirando – apesar de querer desviar o olhar. A sensação é meio como olhar para o sol por tempo demais, pois a imagem queima sua retina.

Está prestes a procurar algo para cobri-lo quando ouve aquele grito sobrenatural de novo, mais alto agora, vindo da escuridão: é um gemido estranho e agudo, a nota oscila, abaixa e sobe. Ela sente a pele do couro cabeludo se arrepiando enquanto olha em volta desesperadamente.

Será que o grito está vindo de trás? Ou do mar?

Ela direciona o feixe de luz para as árvores da estrada. Não vê nada além dos galhos dançantes dos pinheiros, da neve e da estrada vazia se estendendo além. Yūki olha mais uma vez para o cadáver e começa a caminhar aos tropeços, seguindo para a terra mais alta o mais rápido que pode. Faria qualquer coisa para sair desse espaço de morte.

– O-olá? Oláááá? Tem alguém aí?

O pranto cessa abruptamente e a voz de uma mulher chega das árvores escuras:

– Aqui em cima! Olá, tem alguém aí?

Agora não parece um fantasma. E se há mais alguém vivo, talvez outras pessoas também tenham sobrevivido – quem sabe seu avô também esteja ali? Yūki sai correndo, gritando com todas as forças que consegue reunir com o pulmão cansado:

– Olá! Aqui embaixo! Socorro!

No sopé da encosta, Yūki para, apontando a tocha para a escuridão à frente, iluminando uma figura pálida emergindo da noite. O feixe capta algo vermelho e, em seguida, revela um rosto redondo e familiar: a sra. Takeda. A vizinha está protegendo os olhos do feixe de luz, encarando Yūki.

— Ah, meu Deus! É você, Yūki-chan.

— Eu... estava na água — Yūki murmura, se afundando no chão. — A senhora... viu meu avô?

— Ele não está com você?

— Não. Eu estava na falésia, daí ele voltou para casa e...

A sra. Takeda se aproxima com o rosto vermelho e olhos selvagens.

— Não consigo encontrar meu avô — Yūki sussurra de novo. — Tem um cadáver ali.

— Yūki-chan — a sra. Takeda diz com uma voz vacilante. — Tem cadáveres por toda parte. Eu estava acima do porto quando o tsunami veio. Tudo se foi. Não sei o que aconteceu com a escola. Nem com Jun. Nem com meu sobrinho. Ou Pochi.

Yūki se levanta com dificuldade.

— Não consegui encontrar meu avô.

Mas é como se a sra. Takeda não a escutasse.

— Não sei se Jun sobreviveu, Yūki. Tudo parecia terrível lá de cima. Não sei o que fazer...

Ela está chorando agora, segurando a boina na cabeça com uma mão, e Yūki se aproxima, vacilante.

— Talvez a gente devesse procurar ajuda? Tem luz na usina nuclear, então deve ter eletricidade em algum lugar.

— Desculpe, eu é que deveria estar acalmando você. — Takeda-san balança a cabeça. — Devem estar usando geradores. É preciso manter tudo resfriado, sabe.

— Será... que é seguro?

— São vários sistemas de segurança. Não se preocupe com isso. Trabalhei na administração de lá por anos.

Ela fica olhando por um longo tempo para os pontos de luz à distância, antes de finalmente se voltar para Yūki.

— Você disse que estava na água? De verdade?

— Eu... caí no ts-ts-tsunami — Yūki responde, batendo os dentes violentamente.

A sra. Takeda a olha, espantada.

— *Na* água?

— Hum, sim, eu c-c-consegui sair. Subi num negócio que estava flutuando. Resgatei uma raposa, mas não achei o vovô. E tem um homem morto ali...

— Raposa? Você não está falando coisa com coisa...

A batida constante das pás de um helicóptero vai ficando cada vez mais alta, e de repente ele está sobrevoando a área, mas logo desaparece em um flash de sua luz traseira, seguindo para o norte.

— Meu Deus, você está tremendo muito, Yūki. Precisa se aquecer, pode ter uma hipotermia.

— Tem um c-c-cobertor de emergência... na minha mochila.

— Então, pelo amor de Deus, se embrulhe nele. Depois a gente vai para Osōma. Parte da estrada foi destruída... levada pela água. Eu vi tudo, dois carros foram arrastados junto. Minha casa se foi, Yūki. E não faço ideia do que aconteceu com Jun.

Ela olha para o mar, para o céu, e de volta para o vazio onde antes estava sua casa.

— Não p-p-posso deixar o vovô aqui — Yūki diz. — Ele pode estar ferido ou precisando de ajuda. Prometi à mamãe.

— Minha nossa, sim, seus pais. Onde *está* sua mãe, Yūki-chan?

— Em casa, na Inglaterra.

— E o resto da família?

— Minha tia K-k-kazuko está em Tóquio. Você acha que T-t-óquio sobreviveu?

A sra. Takeda inclina a cabeça.

— A onda atingiu Sendai primeiro, uma mulher na estrada ouviu. Então deve ter vindo do norte, nordeste. Meu palpite é que devem estar bem no sul, mas foi o maior terremoto que já vi...

— Não posso deixar o vovô.

— Yūki — Takeda-san fala baixinho —, ele pode estar a dezenas de quilômetros agora. Em qualquer lugar. Precisamos ir.

— Mas é minha culpa. O apito não funcionou.

— Vamos conversar depois. Preciso levar você para algum lugar quente.

Yūki olha ao redor mais uma vez, olha para a falésia, prestes a protestar. Mas sabe que Takeda-san está certa, e concorda, dormente de frio.

– Tá bem.

Juntas, as duas começam a caminhar para a estrada costeira, com o vento gelado estalando no cobertor prateado.

Há água nos seus olhos, mas Yūki não tem energia para chorar e se concentra em levar um pé diante do outro, de novo e de novo. O pé com meia e o tênis ensopado marcam um ritmo estranho e tudo o que a garota mais quer é se deitar, se livrar das roupas molhadas e do cheiro de sal e lama do nariz, para poder descansar e dormir e dormir. E se aquecer.

Ela quer ficar segura e quentinha e quer que nada disso seja real.

Um pequeno eco da música volta à sua mente conforme o ritmo de seus pés dispara um refrão lento.

Muito, muito tempo atrás, eu lembro, estava sozinha e precisava ir longe...

A lua crescente espreita através das nuvens de neve que passam velozes.

De vez em quando, a sra. Takeda vacila e perde o controle por um momento, passando a chorar de preocupação por Jun, e então é a vez de Yūki incentivá-la.

Outras vezes é o contrário.

Na maior parte do tempo, elas permanecem em silêncio, um silêncio atordoante. A mente de Yūki fica nublada conforme o frio e a fome se aprofundam e ondas de exaustão a acometem com insistência, até que se pergunta se está acordada e caminhando ou dormindo e sonhando, esse tempo todo. E não há frio, nem calor nem nada.

Nos instantes de maior consciência, Yūki se lembra dos últimos minutos antes do terremoto, quando o avô empurrou o caderno para ela e o heroico Meia Onda a olhou com o reluzente cabelo azul desenhado no papel, e tudo estava normal – mais que normal: aquele reluzente cabelo azul de Meia Onda alegrava seu coração, como o mar de Matsushima e suas cores, seu avô uma vez lhe disse.

O vento aumenta e o tempo se abate sobre elas, até que os pensamentos são dominados pelo frio e pela umidade, e elas adentram no vazio.

Outro helicóptero passa fazendo barulho, e a sra. Takeda pega a tocha, acende e desliga, em uma tentativa desesperada de sinalizar que estão ali, mas ele vai embora e elas estão sozinhas outra vez. Lá de cima são invisíveis, perdidas na floresta escura.

Ao longo da extensa costa ao norte, cidades, vilarejos e casas jazem em ruínas. Cidades inteiras foram destruídas e varridas, pontes reduzidas a nada, carros arrastados para o mar. Comunidades mergulharam no frio e na escuridão, na neve e nas baixas temperaturas. Incêndios ainda estão queimando onde havia óleo, gás e gasolina para alimentar o fogo. E corpos estão caídos perto e longe de casa, no mar e nas praias, levados para o continente, soterrados.

Cerca de vinte mil almas estão perdidas à procura de suas casas, vagando pelos espaços vazios deixados pela onda.

Nas margens planas onde o mar e a terra se misturam talvez seja possível vê-las: figuras pálidas se movendo na escuridão da noite, tomando forma contra a neve, a névoa e a maresia, tentando refazer os passos, descobrir o que foi que aconteceu e aonde precisam ir. Será que sabem que estão mortas?

Talvez ainda não. Ou talvez só não consigam admitir ainda.

Yūki continua andando, quase sem ver nada à frente – é como se o mundo estivesse desaparecendo, desaparecendo e desaparecendo. Só coloque um pé na frente do outro, e de novo e de novo. Preciso chegar aonde quer que estejamos indo...

Ela fecha os olhos.

Quando está à beira do nada, vem um som – talvez seja o sangue pulsando em seu ouvido ou centenas de pardais invisíveis zumbindo nos arbustos ao redor.

É uma espécie de zumbido que vai e vem, às vezes parece vir de dentro da cabeça dela, às vezes de longe, longe e muito longe...

O que será?

Talvez seja o sussurro do vento nas hélices de um pequenino cata-vento.

Parte dois

Entre mundos

世界の間

1
A grande partida

Dois meses mais tarde, na tranquilidade do consultório de sua terapeuta localizado em uma silenciosa rua de Cambridge, Yūki ainda não conseguiu reunir todos os fragmentos do que aconteceu.

Seus olhos vagueiam pelas familiares reproduções de natureza nas paredes de Angela – um enorme carvalho espumoso e um campo florido com raios de sol atravessando as nuvens –, as mesmas imagens de sempre, mas que de alguma forma lhe parecem diferentes agora. Nas folhas encurvadas das árvores, ela vê a fúria do tsunami; acima do campo, vê nuvens carregadas se aproximando, e não se afastando, para varrer o céu. O sol de maio preenche a sala, mas Yūki está com frio – ultimamente, está sempre com frio. Tem uma imagem nova ali? Uma flor e sua raiz subaquática vista de um corte transversal, com pétalas tingidas de rosa e raízes de bulbos escuros enfiadas na lama.

Lama pesada, escura e fria.

Ela fixa o olhar na imagem.

Angela se inclina para a frente.

– Pode contar mais um pouco sobre como se sentiu naquele momento, Yūki?

– Esse quadro é novo, né?

A terapeuta olha para trás.

– Sim. É uma flor de lótus, gostou?

– Hum.

– Posso tirar, se estiver a incomodando. Está incomodando?

– Não, está tudo bem.

– Tem certeza? Bem, eu estava dizendo que, quando você estava na água, de repente se sentiu *em paz*. E eu te perguntei: *Você pode explicar?*

Os olhos de Yūki ainda estão na raiz.

– Hum, não. Não posso explicar, não faz sentido.

— Por quê?

— Porque... porque quando eu tento, é como se as palavras não correspondessem ao que eu senti. Foi... gelado, barulhento e horrível. Mas ao mesmo tempo foi como se não importasse. Desculpe.

— Podemos falar sobre qualquer coisa. Não precisa ser sobre isso. Suponho que você estava imersa no japonês quando tudo aconteceu. Estava pensando em japonês?

— Eu... talvez?

— Bem, então me conta em japonês.

Yūki fecha os olhos, pensando.

— *Namimi ni mizu.*

— O que isso significa?

— Água em ouvidos adormecidos. Água fria.

— Não entendo.

— É só algo que o vovô disse. Ele falou que eu precisava acordar logo antes da onda...

Ela para de falar. Yūki pode até dizer "onda" em inglês, mas "tsunami" é difícil demais. Aquela palavra – aquela *coisa* – ainda espreita feito uma fera adormecida dentro de si. E quando os ônibus passam rugindo ou trovões sacodem as janelas do seu quarto, a fera a agarra de novo e a agita feito uma boneca de pano em uma máquina de lavar, e então já era.

O pior gatilho de todos: uma viagem à costa norte de Norfolk no fim de semana passado – um lugar com espaços amplos, que sempre a fizeram se sentir um pouco melhor, mas que a deixou se tremendo toda no banco de trás do carro. O dia quente de fim da primavera era idílico, mas um olhar para as ondas gentis a mandou de volta para as garras do monstro e a garota teve que sair correndo para o estacionamento, tremendo e lutando para respirar, durante um de seus piores ataques.

Yūki gosta de Angela o suficiente para concordar em fazer mais sessões regulares, mas tem resistido aos cutucões cautelosos para que fale mais detalhadamente sobre o dia do terremoto, e contou para o pai e a mãe só o essencial. Ao recebê-la de volta em casa – com abraços fortes, claro, e lágrimas e falação, falação e mais falação –, eles a pressionaram tanto pedindo detalhes que Yūki se recolheu ao quarto, desesperada por um pouco de silêncio, e se deitou encolhida na cama, ouvindo o rugido da onda, observando-a rodopiar nos padrões de gesso do teto.

Seus pais – todo mundo, aliás – ficam dizendo com toda paciência "Não tenha pressa", mas... nossa, dá para sentir o desespero deles pela versão completa. Sua mãe, em particular, está lutando para lidar com o próprio luto e fica pisando em ovos por séculos antes de ser tomada pela impaciência e perguntar abruptamente: "O que ele disse, Yū-chan? Fala de novo exatamente o que ele disse antes de descer para a casa. E que horas foi isso? Não entendo como foi que conseguiu subir de volta. Você olhou lá dentro, né? Em todos os lugares? Não, eu entendo, sei que já falamos sobre isso, mas tem certeza de que ele não disse o que ia fazer...?".

– Mãe, estou fazendo o meu melhor.

– Eu sei, Yū-chan. Desculpe-me.

– Não consigo, desculpe-me.

Não é só que Yūki não consegue encontrar as palavras certas para responder às perguntas de todos. O problema é que parece errado pronunciar qualquer coisa em voz alta sobre o que aconteceu, é como se estivesse contando uma espécie de segredo que compartilha com todos que viram ou morreram no desastre. O que ela quer dizer é: *Se vocês não estavam lá, não tem como entenderem.*

Yūki guarda tudo dentro de si, aumentando a pressão, e faz um gesto vago de concordância quando as pessoas falam sobre Estresse Pós-Traumático e lhe oferecem panfletos para ler, mas nem isso parece fazer justiça ao que está sentindo por dentro.

Para ajudar a pôr as emoções para fora, a garota pega um caderno antigo e risca as páginas idiotas de um diário abandonado, tentando ordenar as peças quebradas de sua memória do instante em que o terremoto começou até o momento em que se arrastou pelo aeroporto de Heathrow e entrou no carro da família.

Um fragmento: ela estava no alto da estrada costeira, a lua surgia entre as nuvens e o mar estava completamente visível de novo, se estendendo amplo e ameaçador até onde se tornava noite. Yūki nunca o vira tão selvagem e estranho – e ela e Takeda-san ficaram apenas olhando para ele, impressionadas, em silêncio.

Outro fragmento, que *pode* ter sido real: um som, um som bastante familiar, mas que agora não consegue reconhecer, uma espécie de som que se ouve dentro dos ouvidos antes de desmaiar.

E às vezes parecia ver uma luz nas árvores, se movendo na frente delas. Talvez fosse outro sobrevivente segurando uma tocha, seguindo na direção de Osōma.

Uma memória clara de estar saindo da mata e ver a pequena estrada costeira, o asfalto suave e o guarda-corpo se estendendo até... o nada. Um trecho enorme – de uns trinta metros ou mais – fora levado pela onda, enquanto o oceano triturava o que restara lá embaixo.

Outros pequenos fragmentos:

Ela comendo um chocolate duro e frio, tremendo incontrolavelmente.

Ela limpando a neve de Takeda-san e a acordando quando a vizinha desabou no chão para descansar e meio que desmaiou. Yūki tentou chamá-la com educação, depois teve que ser mais direta, usando verbos no imperativo como se estivesse falando com uma criança: *Vamos! Chega! Levante e se mexa!*

E tem quase certeza de ter vislumbrado uma raposa sob o laranja fugaz do feixe da tocha. Provavelmente não era a mesma que ela tirou do tsunami, mas parecia, talvez o animal a tivesse seguido...

Obedientemente, ela acrescenta isso às anotações, incluindo um grande ponto de interrogação ao lado.

Ela sabe que ficou indo e voltando da vigília para o sono mais de uma vez enquanto cambaleava pela longa noite com Takeda-san. Aquela parte sobre seu avô devia ser um sonho, óbvio.

Mas a imagem persiste, assim como aquela sensação fugaz que de vez em quando animava seu coração: a impressão de que de alguma forma as coisas ficariam bem, e assim seus pés encontravam o chão com mais firmeza.

Os fragmentos começam a se juntar e a ficar mais claros quando Yūki se lembra da primeira luz da manhã do dia 12 de março: no pálido amanhecer, elas viram as duas esculturas de raposa protegendo os degraus do santuário Inari que ficava na beira da estrada, uma delas inclinada perigosamente, depois o portal *torii* mais além e o pequeno templo arrancado pelo terremoto. Nos degraus de baixo, um senhor e uma senhora estavam deitados juntos, dormindo sob um cobertor. Yūki ouviu Takeda-san suspirar de susto e, ao se virar, viu a zona portuária devastada lá embaixo: uma confusa e espessa bagunça de lama escorrendo e carros e barcos virados, casas estilhaçadas, chamas ardendo ao fundo e fumaça rodopiando no ar escuro.

Um barco pesqueiro tinha ido parar no último andar do prédio da agência portuária, com a parte de trás projetando-se sobre o mar de destroços. Sem óculos, com a vista embaçada, Yūki só conseguia distinguir figuras abrindo caminho através da lama e dos escombros, e ouvir o grito distante e urgente de nomes, e alguém choramingando: *Dói, dói, dói*.

Ela pensou em Taka, mas não fazia ideia de onde era a casa de Jimi, e logo em seguida a exaustão a dominou de novo.

Mais abaixo na estrada, além do templo, luzes de emergência estavam piscando no centro comunitário e pessoas se amontoavam na entrada, embrulhadas em edredons e cobertores. De um lado do caminho, havia algumas macas com lençóis puxados sobre elas, e Yūki apertou o passo, querendo ao mesmo tempo olhar e não olhar. Grupos de busca passaram pela garota, os homens tinham expressões sombrias enquanto se preparavam para vasculhar os destroços à meia-luz.

Ela se lembra da sra. Takeda se despedindo brevemente e se apressando para procurar o sobrinho, e depois não sobrou muita coisa, só uma vaga memória de se largar no chão e ser carregada para dentro do prédio – e daquela sensação persistente de que o frio tinha tomado conta de todo o seu corpo e que aquele *hedoro* escuro e nojento ainda estava pegando no fundo da sua garganta. Tossindo e tremendo, levaram a garota para perto de um aquecedor portátil, mas ainda havia gelo em suas entranhas e as pessoas em volta pareciam muito longe, quase sombras distantes.

Depois disso, nada.

Só que não é um nada calmo. É mais como uma daquelas noites em que você não se lembra de um único sonho, mas sabe que ficou fugindo de algo terrível do anoitecer até o amanhecer, se revirando na cama e envolvendo as pernas nos lençóis até não conseguir mover um dedo.

Havia algo mais – alguém que ela viu ou que se sentou ao seu lado por um tempo –, mas depois tudo se perdeu naquele frio entorpecente.

A próxima coisa que Yūki se lembra com clareza é acordar em uma cama de hospital. A garota não fazia ideia de onde estava até que uma enfermeira exausta veio lhe dizer que ela estava na cidade de Fukushima, e que Osōma e todos os vilarejos vizinhos tinham sido evacuados depois de um acidente feio na usina nuclear de Daiichi.

– Acidente?

– Houve vazamento de radiação. Algo deu errado. Explosões. Mas você está segura aqui.

– Mas e as pessoas que ainda estão lá?

– Tirando os homens corajosos que estão trabalhando na usina, todos foram evacuados, há uma grande zona de evacuação e ela só aumentou. Ninguém sabe direito o que está acontecendo. Talvez a gente até tenha que sair daqui… – A enfermeira passou a mão pelo rosto.

Yūki tentou se sentar, mas seu corpo não obedeceu, então desistiu e se jogou de volta nos travesseiros. Parte daquele frio horrível ainda persistia por dentro.

– Não, quero dizer as pessoas que foram levadas pela onda. Meu avô ainda está lá, eu acho.

A mulher pousou uma mão na mão de Yūki.

– Não há nada que possamos fazer por elas além de rezar.

– Quero voltar para procurar…

– As Forças de Autodefesa estão fazendo tudo o que podem. Você tem hipotermia grave, não vai a lugar algum. O escritório do hospital está tentando falar com seus pais. Você tem muita sorte por ter sobrevivido, sabe. Você estava... bem perto do limite.

– Limite?

– De nos deixar. Sabe. A Grande Partida. Da qual não se volta mais. Fique feliz por estar aqui...

Outro tremor sacudiu a enfermaria, copos e equipamentos tilintaram, e todas as enfermeiras e médicos pararam e se entreolharam, então sem demora retomaram o trabalho enquanto o tremor continuava, e Yūki meio que adormeceu.

Depois disso, há mais confusão, medo e um sono agitado e dolorido, ela tentando não pensar no que aconteceu, mas sua mente insistindo em reprisar os últimos minutos na falésia, a sensação da onda a levando, o vazio do oceano. É como seu *feed* de notícias das últimas vinte e quatro horas tivesse um número limitado de imagens para mostrar.

A expressão se repete em sua mente: *A Grande Partida*.

Ali sozinha na cama do hospital, a sensação é de que ela deu meio passo lá na falésia, talvez um passo completo, atravessando a fronteira para um outro lugar.

Dias depois, se sentindo um pouco mais forte, com os reatores derramando césio e sabe-se lá mais o quê, houve uma evacuação apressada na cidade de Fukushima. Uma manhã, ajudaram-na a entrar em um ônibus fretado pela embaixada do Reino Unido, que piscava diante da gelada luz invernal, e um inglês a ajudou. Ele a olhou através de seus óculos redondos e se apresentou em um japonês formal muito bom para então perguntar em qual idioma Yūki preferia conversar.

– Não importa – ela respondeu. – Não quero falar muito.

– Bem, pode falar se quiser – ele respondeu em inglês enquanto o ônibus dava partida, revelando um sotaque suave de Liverpool. – E pode me mandar calar a boca se quiser! Está com medo?

– Do quê?

Ele deu de ombros.

– Do acidente e da radiação.

— Não muito.

— Bem, eu estou. Dou aula na universidade há muitos anos, mas nunca vivi nada assim. Estou feliz por ter sua companhia. Estava chovendo ontem. Ninguém queria ir embora da estação até ela parar. Chuva radioativa, é como se estivéssemos num filme de catástrofe...

— Acho que prefiro falar em japonês.

— Não tem problema, Yūki-san.

Algo nele a lembrava de seu avô. Ele a tratava como uma adulta, e Yūki acabou falando mais do que pretendia, não sobre a onda, mas sobre o avô e o trabalho dele, sobre a escola e o esforço para se encaixar, e o homem fazia um gesto com a cabeça e uns barulhos que os japoneses costumam usar para encorajar a outra pessoa a continuar, e aquele *"eeeehhhhhh?"* prolongado e crescente — enfim, tudo isso a levou a narrar o ataque na biblioteca.

O homem a encarou enquanto o ônibus atravessava a tarde cinzenta nos arredores de Tóquio.

— É uma coisa difícil encontrar nosso lugar. Mas você vai chegar lá.

— Não parece.

— Vou te contar uma coisa, Yūki-san, você me parece muito forte. Contaram para mim que você estava no litoral quando a onda chegou, e aqui está você, ajudando um velho idiota feito eu. Seu sorriso me animou.

— Eu estava sorrindo?

— Quase. Todas as vezes que mencionou seu avô.

— Sim — diz Yūki entre dentes. — Mas não consegui salvar ele.

O homem esfregou o queixo.

— Não foi culpa de ninguém, só das placas tectônicas. Ninguém pode parar essa força quando ela se acumula assim.

— Ele me mostrou uma coisa. Logo antes do terremoto. Ele queria me animar e eu estava meio que... sei lá, sendo uma pirralha rabugenta.

O homem deu batidinhas no dorso da sua mão.

— Que tal se não formos tão duros com a gente? Na minha experiência, as pessoas são muito duras consigo. Exceto aquelas que deveriam ser, e nunca nem pensam em fazer isso. Tipo as que construíram uma usina nuclear perto de uma falha geológica! Idiotas!

De volta a Cambridge, Yūki tentava juntar alguns fatos em seu caderno para acrescentar às suas memórias – e tornar as coisas mais sólidas, mais reais.

Fato: o terremoto foi o quarto mais forte já registrado na Terra, atingindo 9,1 na escala Richter.

Fato: ele moveu a Terra de 15 a 20 centímetros em seu eixo, fazendo-a girar ligeiramente mais rápido e o dia ficar minuciosamente mais curto.

Fato: o tsunami que se seguiu atingiu alturas inacreditáveis, derrubando paredões, inundando centros de emergência e chegando até o quarto ou quinto andar de alguns prédios, destruindo mais de 100 mil casas e levando consigo 18 mil vidas.

Dessas, 3 mil ainda estão desaparecidas, sendo seu avô uma delas, perdido para o vazio da lama e do oceano. Nas semanas seguintes, sua mãe, tia Kazuko e seu pai, aos poucos e com cuidado, passam a falar dele no passado, e não mais no presente. Cerca de uma vez por semana as irmãs têm conversas longas e intensas pelo Skype. A velha casa da família está agora presa na zona de evacuação, circulam rumores e disse me disses sobre o nível de radiação e o estado dos quatro reatores da usina. Três deles derreteram e as autoridades estão discutindo para evitar que as coisas piorem. Falam de água radioativa vazando para o mar e para as áreas de Osōma, Ōkuma, Namie e Odaka, que ficarão fechadas por anos.

Yūki acabou ouvindo uma dessas conversas que aconteceram quando sua mãe obviamente pensou que ela ainda estava com Angela. Kazuko estava falando rápido como sempre, mas a voz estava mais pesada.

– Ouvi boatos, talvez tenham que evacuar Tóquio, mana. Para onde diabos vão mandar todo mundo?

– Então não tem chance de ir até lá procurar o papai – sua mãe disse. – Não consigo parar de pensar nisso.

– Falei com aquela vizinha, a sra. Takeda. Ela está morando num centro de refugiados agora. O sobrinho dela nunca apareceu, sabe. Os tremores secundários ainda não pararam, e tem pais que estão cavando a lama mais ao norte, procurando pelos filhos, porque as Forças de Autodefesa desistiram. Pode imaginar?

– O pior de tudo é não encontrar o corpo, fazer um funeral decente. É como se estivéssemos o decepcionando bem no fim da vida dele.

– Mas ele não ligaria para isso – Kazuko disse. – Transformar ossos em cinzas e todas essas coisas. Não é? Lembro-me dele piscando para mim quando estávamos pegando os restos mortais do irmão dele com aqueles *hashis*, sabe?

— É que parece errado. Isso poderia ajudar Yūki também. A ter um fechamento. — Fez-se um silêncio, então sua mãe abaixou a voz: — Takeda-san falou mais alguma coisa? Quero dizer, sobre como foi para ela? Yūki dificilmente vai nos contar alguma coisa. Ela quase não fala com a gente. Angela diz que é o choque.

Escondida atrás da parede, Yūki se esforçava para ouvir, prendendo a respiração.

Kazuko suspirou tão alto que foi audível através do Skype.

— Takeda contou que Yū-chan começou a falar umas coisas estranhas. Sobre fantasmas e um garoto que ela queria encontrar que poderia ajudar. Ficou falando com papai. Por um tempão! E cantou aquela velha música que ele sempre cantarolava... acho que a pobrezinha estava alucinando de hipotermia. Como ela está?

— Ela não está muito presente. É como se metade dela ainda estivesse lá. Com o papai. — As irmãs ficaram em silêncio, em seguida sua mãe sussurrou: — É como se existisse um fantasma em casa.

Yūki soltou a respiração, se virando para o espelho no corredor para olhar para o próprio reflexo — os ombros e o cabelo estão iluminados por trás e partículas de poeira flutuam ao redor da cabeça. Seu rosto é praticamente o mesmo de sempre, mas talvez esteja um pouco mais pálido? Magro?

A ligação acabou e sua mãe foi direto para o corredor e deparou com Yūki ainda plantada na frente do espelho. Ela hesitou e então a abraçou com força.

— Pelo menos, *você* voltou. Só precisamos focar nisso e nos alegrar.

Yūki fez que sim, acolhida nos braços da mãe, os olhos ainda fixos no próprio reflexo.

A verdade é que *esse* fato não parece real — nem todos *aqueles* outros.

Já todas as outras coisas estão escorrendo feito água — ao redor, através, sobre os "fatos", procurando Yūki e prendendo sua atenção: rumores de estranhas criaturas capturadas em redes de pesca; caminhões de bombeiros sendo chamados para casas que foram completamente levadas pelo tsunami; fantasmas sendo vistos em ruas à meia-luz; e até histórias — aterrorizantes — de espíritos raivosos e inquietos e exorcismos. Pessoas que se desviaram dessa fronteira, enfrentando a Grande Partida e adentrando no "outro lugar", *anoyo*.

Só que ela não podia falar sobre isso com ninguém.

2
Não estamos vivos...

Angela volta a se inclinar para a frente, seus brincos de argola refletem o sol de maio no cabelo preto.

— Então me conta mais por que você se sente tão mal com isso.

— Isso o quê?

— Você disse "Eu devia ter falado mais". Culpa é um sentimento bastante normal após eventos como esse. Mas parece que você está falando sobre algo específico.

— Eu devia ter sido... — Yūki começa, desviando o olhar. — Menos rabugenta.

— Vamos explorar isso. Rabugenta com o quê?

Yūki pensa na expressão de absoluto encantamento de Jiro apontando para a imagem de Meia Onda no topo de sua ondulação oceânica.

— Não importa. Uma coisa boba da infância.

— Então estava pensando em quando era pequena? E não queria falar sobre isso *naquele momento*?

— Acho que sim.

— E o que você sentiu?

— Sei lá. Tudo me pareceu meio infantil, então acho que não reagi bem. — As lágrimas estão queimando no fundo dos seus olhos cobertos pelos óculos novos. Tudo isto é tão difícil, parece que cada palavra precisa ser arrancada. — É como se eu estivesse tentando crescer, sabe, e já estava difícil. E agora...

— Você fez o seu melhor, mas agora sente que não foi o suficiente.

Yūki se esforça para respirar.

— Eu só fiquei lá em cima feito uma boba. Aquele apito idiota não funcionou...

— Está tudo bem, vá com calma. Pelo que eu ouvi, você foi uma heroína, Yūki. Se salvou e ainda ajudou uma vizinha.

Yūki balança a cabeça e fica em silêncio. Seus olhos vagueiam pelos quadros nas paredes – a raiz na lama, o peso da árvore e as nuvens no campo. Sinos de vento agitam-se com a brisa e no parapeito da janela, abaixo de uns seixos rolados tirados de algum rio há uma pequena escultura de pássaro e uma estatueta de... raposa.

– Parece que você quer falar alguma coisa, Yūki.

– Eu... salvei uma raposinha. Que estava na água.

– Raposa?! – Angela sorri. – Sério?

Yūki sente seu humor melhorando um pouquinho.

– Ela estava presa numa placa. Ou ele. Acho que é "ele". Eu levei para a terra. Isso – ela continua. – E ofereci uns biscoitos. Eu me senti bem, acho. Vovô gostava de raposas. Ele teve uma antes de eu nascer. As pessoas pensavam que era estranho, mas ele não era...

– Ótimo! Não temos pressa, Yūki, mas acho que você nunca falou tanto de uma só vez. A gente podia usar alguma forma de arte para trabalhar com essa raposa. Construir algo com essa memória positiva. Fazer algo com argila. Ou um desenho, sua mãe disse que você costumava desenhar o tempo todo.

– Não consigo desenhar mais.

Só de pensar na argila, a imagem do cadáver daquele homem afundado na lama do tsunami lhe vem à mente. Os olhos vazios e o corpo cheio de nada.

Ela volta a atenção para a raposa, se lembrando do último vislumbre do animal sujo observando-a com cautela da vegetação.

Na verdade, o desenho anda espreitando as fronteiras da mente de Yūki.

De vez em quando, a garota se percebe desejando ter pegado aquele caderno azul-escuro que estava em cima da pilha, ao lado da lata de biscoitos preta. Talvez devesse ter enfiado a caixa toda com seu reluzente sol amarelo debaixo do braço antes que eles saíssem correndo. Tinha algo no sorriso do Meia Onda, naquele lampejo nas profundezas da onda. Afinal, ele era importante para seu avô, então talvez – *provavelmente* – ela devia ter confiado nisso.

Tudo o que ela conseguiu salvar do desastre foi o passaporte e as roupas que estava usando aquele dia. Secas e sujas, dentro de um saco de lixo, as peças foram colocadas em uma pequena mala barata comprada às pressas em Tóquio e depois foram enfiadas na máquina de casa na manhã seguinte ao seu retorno.

— Achei isso no seu jeans — sua mãe comentou, segurando um pequeno cartão branco. — É importante? Será que o restaurante sobreviveu? Tem algo escrito no verso.

Yūki deu de ombros, mas então se lembrou o que era e pegou o cartão rapidamente.

— É uma espécie de lembrança da véspera.

— Certo, querida — sua mãe falou baixinho, se virando para olhar para a janela da cozinha. — Papai adorava discutir com aquele velho cara da yakuza sobre política, sobre qualquer coisa... — Sua voz falhou.

Yūki olhou para o número borrado rabiscado no verso do cartão, ainda meio legível, pensando no sorriso torto de Taka enfiando o cartão na sua mão, e na tentativa de impressioná-la ao inventar aquele lance de kickboxing. Naquela hora, foi irritante, mas agora lhe parecia algo fofo, ela pensou ao guardar o cartão em um dos *gekiga* de seu avô que estavam no quarto.

Um dia depois que seu antigo celular foi substituído, Yūki digitou uma mensagem — que editou duas ou três vezes, depois apagou, depois reescreveu, e então seu dedo ficou pairando sobre o botão de enviar por meio minuto antes de ela finalmente disparála.

Oi. É a Yūki. Você está bem? Espero que você e seu pai estejam bem. Vocês foram evacuados? Onde estão agora? (É Hara Yūki) ☺

Durante o interminável dia seguinte, ela ficou olhando para o celular, mas não recebeu nenhuma resposta, então — após calcular cuidadosamente a diferença de fuso horário — na manhã seguinte, Yūki fechou a porta do quarto e ligou para o número dele. O toque ecoou distante por quase um minuto ou mais, seus batimentos pulsavam depressa, e então ouviu um clique, como se alguém tivesse atendido.

— Olá? *Moshi moshi?* — ela sussurrou.

Nada do outro lado. Só estática ou algo como um vento forte soprando no microfone. E uma voz perdida no meio desse barulho, no limiar do audível.

— Olá? Está me ouvindo?

Houve mais um clique, e então a linha ficou muda. Yūki ligou de novo, seu coração fazendo *tum tum*. Mas, dessa vez, quando a ligação foi atendida, ela ouviu a voz de uma mulher falando depressa em japonês e naquela voz clássica de mensagem automática:

"Infelizmente, esse número não está respondendo. Lamentamos, mas não é possível deixar uma mensagem. Obrigada."

Será que ele estava lá? E recusou sua ligação por algum motivo? Ou seu celular só estava enterrado em algum lugar no fundo da lama do tsunami ou dos escombros?

Ou quem sabe ainda estava enfiado no bolso? Morto?

De repente, passou a ser muito importante saber o que aconteceu com Taka. Seria bom falar com o garoto, *ele* a entenderia...

Mas todas as vezes que tentou ligar, a resposta era sempre aquela mensagem automática, e temeu que seus créditos fossem acabar, então acabou mandando um e-mail para Kazuko, pedindo que perguntasse à sra. Takeda o que tinha acontecido com Taka e o pai.

Após quase um mês de espera, verificando os e-mails todos os dias, ela recebeu a resposta de que Takeda-san sentia muito, mas não sabia. A vizinha não tinha ouvido nada sobre Jimi-san, mas achava que o filho tinha "desaparecido". Kazuko copiou o restante da resposta, que Yūki leu se sentindo cada vez pior a cada linha:

Os novos centros de acolhimento kasetsu são horríveis: fileiras de casas de metal improvisadas, semelhantes aos contêineres de caminhão, queimando ao sol. Não estamos vivos de verdade, só ficamos sentados aqui, sozinhos, sofrendo, a comida é péssima e não permitem nem animais nem música. Sinto saudade de Pochi. Um jovem estudante de cabelo engraçado veio para fazer "voluntariado de escuta ativa" e alguns dos meus vizinhos gostaram de tirar as coisas do peito. Mas esse tipo de coisa não é pra mim, meus problemas são meus problemas, certo? Ele me disse que ia procurar Pochi em suas viagens, o que foi gentil... Mas de noite dá para ouvir as pessoas chorando, estamos todos só esperando, esperando.

Ela não falou o quê.

Uma frase do e-mail de Takeda ficou ressoando feito um sino:
Não estamos vivos.

É a pior coisa que Yūki sentia. Os ataques de pânico do transtorno de estresse pós-traumático são mais que terríveis, mas, com a ajuda de Angela, ela está, aos poucos, aprendendo a lidar com eles: é como se estivesse montando um cavalo selvagem feito um samurai, até que ele perde energia. Mas as longas horas vazias no seu quarto ou em silêncio com a mãe e o pai tentando animá-la são quase insuportáveis – mesmo que saiba que eles a amam e que ela os ama e tal.

De alguma forma, Osōma parece mais próxima que o outro lado da mesa de jantar.

Na sessão seguinte, Angela lhe oferece uma caixa de lápis de cor e papel.

– Sem pressão. Mas vale a pena tentar, Yūki. Sei que isso ajuda as pessoas a saírem da estagnação...

– Desculpe. Só faria eu me sentir pior, acredite em mim.

– Mas você ainda desenha?

– Não. Não de verdade. Não desde... E tudo o que fiz antes era uma merda. Só copiava coisas.

Angela arqueia as sobrancelhas e espera um pouco.

– Seu avô era um artista de quadrinhos, não é? O que ele desenhava?

– Coisas de adultos.

– Interessante. Histórias de amor ou... "conteúdo adulto"? – Angela faz as aspas no ar.

– Coisas sérias – Yūki responde depressa. – Sobre o povo Ainu sendo oprimido pelo xogum, eles usando rituais xamãs para lidar com isso. E política e *hibakusha*...

– Hibaku-sha?

– Pessoas que sobreviveram à bomba de Hiroshima, mas que acabaram sofrendo discriminação. Por conta da radiação e defeitos de nascença e esse tipo de coisa.

– Parece que às vezes é mais difícil sobreviver a algo assim do que não sobreviver, não é?

O vento está trazendo o calor de junho pela janela entreaberta, fazendo os sinos de vento soarem. Yūki olha para a flor de lótus, para a água escorrendo pelo caule.

– Eu estava *dentro* da onda – ela murmura. – Tinha um garoto... que acho que também se afogou. Como é que *eu* posso ter sobrevivido? E tantas pessoas não?

— Bem, você está aqui. Pode sentir sua inspiração e expiração, seus pés no chão... — Angela começa.

— Mas talvez os fantasmas pensem que são reais. Tipo, minha tia me contou uma história sobre fantasmas de um cemitério que acabavam no metrô porque não percebiam que estavam mortos. Talvez também sintam a própria respiração?

Será que um *funayūrei* pode entrar em um ônibus de evacuação, embarcar em um avião para a Inglaterra e atravessar o controle imigratório?

Angela olha para o lado, refletindo.

— Então o que você acha que acontece depois que morremos, Yūki? Estou curiosa... quero dizer, lembro de você me falando uma vez, antes dessa experiência, muito, muito firmemente, que quando a gente morre acabou. Estou querendo saber se isso talvez tenha mudado?

— Eu... o que você acha?

Angela sorri.

— Eu deveria dizer que não é relevante...

— Eu gostaria de saber.

— Hum. Está bem. Acho que provavelmente você está certa. Mas também tenho quase certeza de que senti o fantasma da minha irmã uma vez. Mais ou menos um ano depois que ela morreu. Ela me cutucou três vezes no ombro, como sempre fazia quando não tinha ninguém. Talvez a gente possa se permitir acreditar nas duas coisas?

O vento balança os sinos mais uma vez.

— Quando eu era pequena — Yūki conta —, subimos o morro atrás da casa durante o Obon e acendemos várias lanternas. Daí ficamos lá esperando os espíritos chegarem.

— Você não sentiu medo?

— Não. A maior parte do tempo foi... muito legal. Vovô segurou minha mão e a gente fez reverências para os espíritos que voltavam pra casa. E no final a vovó fez uma grande fogueira para mandá-los de volta em segurança.

— De onde eles vinham?

— De um lugar chamado *anoyo*.

Sapos coaxando no escuro, fumaça dos incensos repelentes de mosquito perfumando o ar quente, fogos de artifício multicoloridos subindo...

— Seu sorriso... — Angela fala baixinho. — Fora quando você falou da raposa, é a primeira vez que vejo sinal dele em muito tempo. Talvez devesse fazer uns rituais para o seu avô. Pense em algo, numa forma de se lembrar dele.

No dia seguinte, Yūki convence a mãe a deixá-la fazer um santuário improvisado no canto da sala de estar: um pequeno Buda que comprou em Kamakura, uma estatueta *kitsune* de raposa, uma tigela de arroz e um copo de água que ela troca todos os dias, dispondo os itens diante de um porta-retratos de Jiro de uns dez anos antes. É uma imagem forte, sua energia é visível nos olhos, o cabelo já está branco, porém mais cheio, os olhos são tão ardentes quanto um demônio *oni*, encarando as lentes – deve ter sido tirada contra sua vontade, como a maioria das fotos.

Mas também há a sombra de um sorriso, seus olhos procurando os dela sempre que Yūki se ajoelha na almofada à sua frente e toca o sino, apoiado na almofadinha.

– Vovô – ela sussurra. – O que eu devo fazer?

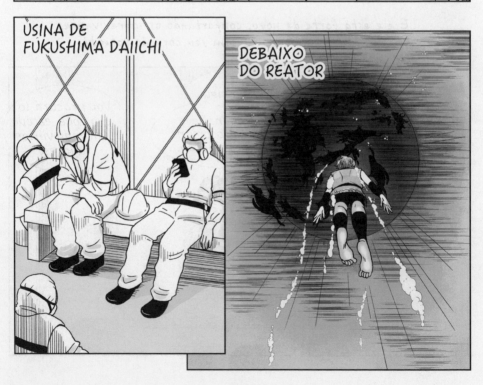

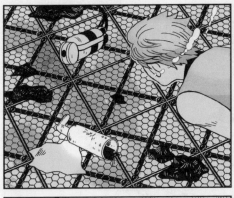

MAIS TARDE

3
Mas não estamos mortos...

Agora, quando Yūki sonha, não consegue se lembrar de nada – apenas de uma vaga sensação de pânico e de estar fugindo ou, provavelmente, se libertando da onda. Mas, em uma manhã de sábado no início do verão, a garota acorda assustada – e pela primeira vez desde o Japão, ela se lembra do que estava sonhando. Não era muita coisa, só um fragmento: seu avô parado calmamente no *engawa* na frente da casa, olhando para o mar com um caderno aberto nas mãos... e aquele barulho de novo, aquele som vibrante, e com ele a enorme presença de seu avô, que ainda está com ela quando se senta piscando contra a luz.

Trinta minutos depois, tentando fixar o sonho em seu caderno, ela ouve a campainha. Yūki continua desenhando, mas alguns minutos depois ouve alguém batendo na porta do quarto.

– Sim? O que foi?

Seu pai coloca a cabeça para dentro, tímido.

– Hum, ouça, não tem problema se não estiver a fim... Mas tem alguém aqui querendo te ver. Está vestida?

– Quem?

– Seu amigo Joel. Da escola.

– Joel?! O que ele está fazendo aqui?

– Pergunte você.

Afobada, ela coloca o jeans e enfia um suéter por cima da cabeça.

– Pronta?

– Uhum.

– Entre, Joel. Ela está feliz por te ver, mesmo que não fale.

Antes que Yūki possa dizer qualquer coisa, Joel já está no batente com uma mão erguida em um cumprimento constrangido.

– Desculpe, se não estiver confortável, eu posso ir. Numa boa.

– Não, tudo bem.

Seu pai vai embora gesticulando para incentivá-la a falar.

Joel entra no quarto.

— Hum.

— Hum pra você também.

Mais um segundo ou dois se passam enquanto ele observa o quarto.

— Não dê risada. Estive ensaiando o que dizer, daí tudo o que consigo pensar é "Hum"...

— O que... o que está fazendo aqui?

— Andei preocupado. Mesmo antes do que aconteceu no Japão. Queria escrever para você, mas não sabia como ia reagir, então...

— Certo. — Yūki passa a mão pelo cabelo.

— Posso ir embora, se não quiser conversar...

— Ah, obrigada. Mesmo, de verdade.

— Que bom que você ficou bem. Com o tsunami. Desculpe, eu posso ir se... — Joel parece não saber o que fazer, e os segundos se arrastam terrivelmente. Ele se vira para a estante. — Ei, você tem algo do seu avô aqui?

Mandou bem.

— Estava sonhando com ele agora mesmo — Yūki solta.

— Soube que ele não sobreviveu. Sinto muito.

— Como ficou sabendo?

— Hum, a verdade é que seu pai ligou para a minha mãe. Ele me pediu pra vir.

Os ombros de Yūki se curvam ligeiramente.

— Ah, então você não queria vir?

— Não! Eu queria. De verdade... as pessoas estavam falando de você na escola, comentando que teve, hum...

— Hum... Que fiquei doida?

— Não. Só que não andava muito bem. Você não parece doida. — Joel sorri. — Queria que você voltasse.

Yūki faz um aceno, se levanta e vai até a estante. Kazuko tinha mandado um pacote de antigas revistas *Garo* junto com um bilhete dizendo: "Você já tem idade suficiente agora. Veja como nossa estrela do mangá era incrível!".

— Essas são do meu avô — ela mostra, entregando-as para Joel.

Ele se empoleira na beira da cama, tira um exemplar do plástico com cuidado e começa a folhear as páginas com dedos gentis. As imagens ganham vida: o piloto *kamikaze* voando alto em nuvens ferventes e rodopiantes... um jovem dedilhando violentamente um violão surrado coberto de adesivos.

Joel faz gestos de aprovação com a cabeça.

— Não entendo uma palavra. Mas uau, os desenhos são... poderosos. — Ele vira outra página e ali está a "anja sexy" encerrando a história do piloto. Totalmente em preto e branco antes do painel branco que fecha o volume.

Yūki cora.

— Tem um monte de coisas assim. Tudo bem?

— Como se diz "sem problemas" em japonês?

— *Daijōbu.*

— Beleza, então. *Daijōbu.*

— Posso ler para você, se quiser. Traduzir.

— Seria ótimo — Joel diz.

— Eu queria ser uma artista de mangá, quando era pequena... vivia desenhando um herói — Yūki conta. — Mas só desenho porcarias ultimamente.

— Como sabe que são porcarias?

— Porque são.

— Como era esse herói?

— Não importa. — Ela olha para a cama, sob a qual estão todos os cadernos velhos pegando poeira nos últimos anos. — Tipo, ainda desenho um pouco, ou desenhava antes do... antes do que aconteceu.

Joel olha para ela, fazendo contato visual pela primeira vez.

— Eu gostaria muito de ouvir.

— Não, não é nada.

— Sério. Cem por cento sério.

Ela respira fundo.

— Bem, ele era tipo um garoto aquático que controlava o mar. Se chamava Meia Onda, vinha do oceano, mas adorava a terra, sabe. Era pequeno, mas muito, muito forte. É por isso que dei o nome de Meia Onda, e ele salvava pessoas em perigo e lutava contra monstros...

Joel faz que vai falar algo, mas desiste.

— Você ia me pedir pra voltar a desenhar o Meia Onda?

— Não! Só ia falar para você continuar desenhando.

— É o que meu avô disse. Minha terapeuta também.

— Então parece que todo mundo acha que é uma boa ideia!

Yūki dá de ombros.

— Podemos falar sobre outra coisa?
— Certo. Que tal se você ler isso pra mim?
— Como eu disse, algumas histórias são meio fortes.
Joel dá risada.
— Já sabemos disso.
— Ah, sim. Beleza.
Ela se senta ao lado dele.
E uma hora e meia se passa rapidamente enquanto leem a história do *kamikaze*. Joel ouve de verdade e aponta coisas nos desenhos.
Yūki se sente… bem. Talvez um pouco mais do que isso, ela percebe, ao guardar a *Garo* de volta no plástico, e então ele a visita mais três ou quatro vezes, e Yūki até vai à casa dele. É irritante como sua mãe e seu pai ficam ansiosos para que mantenha essa amizade, mas ela se sente bem quando está trazendo as histórias de seu avô de volta à vida, e eles trocam olhares quando a história tem alguma reviravolta bizarra, virando as páginas mais rápido quando as personagens ficam peladas. Um dia, depois que ele vai embora, ela se olha no espelho e se vê meio que sorrindo de novo.
— É um pouco difícil de ler o Joel — ela conta para Angela na sessão seguinte.
A terapeuta abre um largo sorriso.
— Assim como os melhores livros, né?
— Hã?
— São difíceis de ler às vezes. Mas são recompensadores se insistir!
— Gosto dele. Como amigo. É legal.
— Bem, é uma coisa boa de qualquer maneira. Reconstruir sua vida pouco a pouco, sabe. Deixe ele te ajudar.

Então, quando setembro chega, é Joel — não sua mãe nem seu pai — quem tenta convencê-la a voltar para a escola.
— Vou estar com você — ele diz. — Você não vai ficar sozinha…
Yūki se prepara, ensina Joel a dizer *ganbarō*, vamos fazer nosso melhor, como uma espécie de autoencorajamento secreto.
Por um momento, ela é o centro das atenções, e pessoas que antes não ligavam a mínima para Yūki se reúnem à sua volta na grama sintética do pátio na primeira manhã de aula. Mas a ofensiva de rostos e vozes é

opressora, e o esforço que precisou que fazer para estar ali é eclipsado pelo esforço que tem que fazer para responder a todas as perguntas sendo disparadas uma atrás da outra.

— Uau! Como foi o terremoto?

— Ah, meu Deus, Yuuuki. Você é tipo radioativa agora?

— Você viu algum cadáver? Deve ter sido superestranho. Está bem mesmo?

Um dos garotos mais empolgados se inclina para a frente, e o cabelo encaracolado a lembra vagamente da cabeleira de Taka.

— Deve ter sido tãããão legal. Não posso chegar perto demais! Haha! Não quero fritar minhas partes!

— Legal?! — ela solta. — Não foi legal, foi... tantas pessoas morreram...

— Beleza, não precisa ficar chateada, Yucky.

— É Yūki, idiota.

— Foi quase.

Babaca.

Ela olha em volta e vê Joel na extremidade do grupo. O chão fica mole sob seus pés e os rostos começam a nadar em sua visão, sua respiração aperta.

Ganbarō, ele fala sem emitir som.

Ela responde com a cabeça.

Quando consegue um tempo no intervalo, Yūki procura Joel na biblioteca.

— Como você está? — ele pergunta.

— Não consigo respirar.

— Consegue, sim. Fundaram um clube de mangá. Por que você não vem? Fale sobre o seu avô. Leve umas coisas dele.

Ela acena com a cabeça.

— Quem sabe.

Mas, uma semana e meia depois, Yūki volta a ficar enfiada em casa, os ataques de pânico mais fortes que nunca. No pior deles, ela não consegue sair da onda e, muito acordada, vai descendo em espiral para as profundezas escuras, como se estivesse morrendo de novo e de novo.

Angela e sua médica começam a falar sobre introduzir medicamentos junto com as sessões de terapia e Yūki passa parte de seu aniversário de dezesseis anos pisando em ovos, à beira de um ataque vertiginoso.

Em dezembro, ela acha que nunca mais vai ser normal outra vez. Seus sonhos agora são abundantes, saturados de barulho e cor, pesadelos perversos em diferentes versões da onda, em que ela corre pela casa da família Hara toda inundada, perseguida por pálidos fantasmas *yūrei* e espíritos inquietos.

Uma noite, a garota se vê sobrevoando uma praia extensa, sob um dossel de céu azul e ondas suaves quebrando na areia dourada. Há uma figura deitada lá embaixo e ela desce, deparando com o cadáver na lama, o jovem de jaqueta amarela com o rosto virado para baixo. Yūki está ao seu lado, a adrenalina corre pelo seu corpo enquanto se agacha e o vira.

Ele parece não pesar nada ao rolar de barriga para cima, uma nuvem de cabelo preto se derramando pela areia, expondo o rosto de Taka ao sol reluzente. Lama escura escorre de sua boca, mas os olhos ainda estão brilhantes e cheios de vida, procurando por ela – que acorda abruptamente, feito um mergulhador que emerge rápido demais.

Ao encontrar seu pai na cozinha durante o café da manhã, ele a olha e franze as sobrancelhas.

– Dormiu mal?
– É. Pesadelo.
– Vão passar, tenho certeza. Só precisa dar tempo ao tempo. Seus neurônios estão tentando lidar com tudo. Nada disso é real.

Ela pensa no rosto de Taka, vivo e morto ao mesmo tempo.

– Pai?
– Oi, querida.
– As pessoas vão voltar? Para Osōma?

Ele faz uma careta.

– Um cara do laboratório me mostrou os mapas mais recentes e a Hara Central vai demorar bastante para sair da zona de radiação. Anos.
– Mas e as áreas próximas? Vi algumas pessoas visitando as casas no noticiário, com roupas de proteção e máscaras.
– Isso foi mais longe da usina nuclear. E são pessoas mais velhas, que só ficaram por cerca de uma hora. Por quê?
– Acho que eu quero ir. Prestar homenagem ao vovô e a todas as pessoas que morreram. Talvez a gente devesse ir para fazer uma espécie de memorial para o vovô. Lá.

Seu pai apoia uma mão em seu ombro.

– Yūki, isso está fora de questão, especialmente para alguém da sua idade. Você pode querer ter filhos algum dia. Talvez sua mãe e Kazu possam ir daqui um ano ou dois. Você precisa se concentrar em... manter os pés firmes no chão. Está bem?

– A gente devia continuar procurando.

– As pessoas estão fazendo isso. Profissionais. Podemos lembrar dele aqui.

Abalada com o sonho, ela tenta ligar para Taka de novo, mas só tem aquela mensagem automática, então Yūki enche o saco de Kazuko para que a tia descubra o que aconteceu, e não recebe resposta. Aos poucos, o frio vai se infiltrando cada vez mais fundo em seus ossos, e aquele passo que deu em Osōma, entre este mundo e o *anoyo,* parece não ter volta.

4
A volta de Meia Onda

Em uma manhã, Yūki está na escrivaninha, encarando um enorme pedaço de papel em branco à sua frente, comendo a ponta de um lápis e sentindo o sabor do grafite. A primeira luz do dia está se infiltrando pelas cortinas, forte demais para janeiro, e o restante da casa está tomado pelo silêncio, um silêncio tão profundo quanto aqueles momentos depois da onda. Yūki sabe que *precisa* desenhar algo, mas não consegue fazer um único rabisco. Ela ouve um som que a princípio pensa ser de uma borboleta ou abelha presa nas persianas – não, é algo mais alto, como o vento batendo na tampa da ventilação do lado de fora da sua janela.

De repente, a campainha ressoa estridente pelo corredor, fazendo com que ela pule de susto.

Quem é que toca a campainha dos outros a essa hora? Não pode ser Joel, pode? Ela espera sua mãe ou seu pai descerem as escadas, mas não ouve ninguém, então a campainha toca de novo. E de novo, dessa vez ressoando longamente. Talvez tenha havido algum acidente ou algo assim... seu coração acelera e ela dispara escada abaixo descalça. Uma batida insistente acompanha o trinado.

– Já vai, já vai – Yūki diz. – Estou indo.

Ela pisa no tapete da escada e, quando seus pés alcançam os ladrilhos do corredor, encontram uma poça. *Ah, Deus, tem água por todos os lados. Um cano deve ter congelado e explodido. Talvez seja algum encanador...*

Ela destranca o ferrolho e abre a porta com tudo.

E vê o avô ali parado, banhado pelo sol radiante da manhã. Seus tênis prateados resplandecem sob a luz. Agitando-se na sua mão, está o pequeno cata-vento do jardim. Yūki escancara a boca, tentando encontrar um pouco de ar nos pulmões para dizer algo.

– Yūki... – seu avô sussurra.

– O quê? – ela solta. – O que está fazendo aqui? Está morto?

– É difícil chegar aqui – ele diz. – Obrigado por colocar bebida para mim. Que tal um pouco de tofu frito da próxima vez? Gostamos disso.

– O que está fazendo aqui?

– Quero que você volte pra casa.

– Por quê?

– Tenho algo para você – seu avô murmura, como se estivesse tentando limpar algo da garganta.

Yūki avança para abraçá-lo, mas Jiro meio que apenas se dissolve em seus braços e ela acorda, sentando-se ereta e ofegante, com lágrimas escorrendo pelas bochechas.

Ela se deita com o coração acelerado, tentando resgatar os detalhes, que já estão se apagando, sentindo o choque de ver o avô estampado na sua mente. Agitando as pernas sob as cobertas quentes, então se levanta e desce as escadas. Sob seus pés descalços, os ladrilhos estão frios, mas secos. E, quando destranca a porta e a abre, uma chuva de granizo está caindo na madrugada cinzenta.

Yūki vai até o santuário improvisado na sala de estar e toca o sino em cima da almofada, acende um incenso e fica observando as espirais de fumaça subindo pelo rosto do avô.

Sua mãe se aproxima silenciosamente e se ajoelha ao lado de Yūki, na posição *seiza*.

– Ouvi você acordar. Você abriu a porta?

– Tive um sonho bem intenso. Com o vovô.

– Ah, é? – sua mãe pergunta com uma voz aguda.

– Ele veio aqui. Queria que eu fosse para Osōma.

Ela sente sua mãe se enrijecendo de repente, prendendo a respiração.

– É só um sonho, querida. Ainda são seis e meia, volte para a cama.

Como se algo tivesse sido desbloqueado depois daquele primeiro sonho, seu avô passa a aparecer noite após noite, mas sempre na velha casa da família ou perto dela.

Em um deles, Jiro está sentado na varanda, chamando a neta lá na frente da estrada. A garota quase o alcança, mas aí ele leva o dedo aos lábios e tudo se dissolve. Em outro, o avô está ajudando Yūki a escalar aquele estúpido totem de novo. Mas, desta vez, os dois não estão no museu, mas em algum lugar ao ar livre, subindo entre um turbilhão de azul e nuvens brancas.

– O que vai acontecer quando chegarmos ao topo, vovô?

– Só continue subindo – ele incentiva calmamente.

Então estão parados no posto de vigia da Pequena Montanha, a luz está diminuindo e as cigarras *higurashi* estão ciciando a plenos verões à volta deles. Ensurdecedor.

Em outro, ela o vê desenhando vigorosamente, preenchendo uma folha de papel enorme com a tinta de um pote ao lado. A pequena raposa laranja está lá, caminhando entre as ondas, deixando pegadas de tinta, e o papel parece ficar cada vez maior conforme Jiro desenha, até que ocupa toda a antiga sala de estar da casa, e quando ela se aproxima o avô só continua desenhando e a garota vê um vasto oceano agitado no horizonte e peixes e barcos saltando sobre ele.

E de repente – ali bem no meio –, Yūki vê Meia Onda. Ele não tem os traços infantis dos seus desenhos, é uma versão crescida e habilidosa do personagem, e tem toda a força dos *gekiga* de seu avô nos contornos pretos. É um menino sábio para a idade, forte e com a cabeça erguida como sempre. A raposa vem na direção dele, balançando o rabo...

Ela acorda e fica pensando sobre tudo isso durante o café da manhã, tentando se lembrar dos detalhes, remexendo a colher na tigela. A sensação de poder, elevação e movimento. Um movimento verdadeiro.

– Vai comer isso ou só transformar a comida em papa? Você parece preocupada – sua mãe comenta.

– Esqueci de fazer um trabalho.

– É melhor fazer logo, então.

Ela sobe depressa, vai até a escrivaninha, empurra os livros didáticos para longe, pega um dos velhos cadernos debaixo da cama e rasga quatro folhas de papel grosso. Por um longo tempo, só observa a folha com o lápis entre os dedos, mas o lápis cai quando ela se recosta na cadeira sem ter feito um rabisco sequer.

Porém, quando Yūki fecha os olhos, ainda consegue meio que *ver* o sonho, queimando quase como uma pós-imagem em suas pálpebras, então pega o lápis de novo, se inclina sobre o papel e começa a desenhar uma linha, uma cabeça oval, um fio, dois fios, três fios de cabelo que ela costumava fazer em Meia Onda, o sorriso, o corpo com os braços esticados – um para a frente e outro para trás, se equilibrando.

Durante todo o tempo, ela luta contra a voz na sua cabeça lhe dizendo que não vai adiantar nada, mas continua trabalhando até Meia Onda mais ou menos aparecer ali.

Yūki para, olhando a figura. Não está bom. Os braços estão errados e tem algo estranho em um olho, que não está igual ao outro. Hum. Ela acrescenta algumas ondas, tentando deixá-las parecidas com o que viu no sonho.

Depois de dez minutos ou mais, ela amassa o papel, frustrada, e o atira no lixo, então vai até a janela para olhar outra manhã tediosa. Mais um dia se prolongando, e depois dele outro e...

Mas o tempo todo é como se pudesse sentir Meia Onda na lixeira, agachado ali – com toda a sua energia e otimismo –, como se estivesse pedindo ajuda.

— É só um desenho – ela fala em voz alta. – Bobagem.

Mas, antes que perceba, Yūki já está na lixeira pegando o papel e esticando a folha na escrivaninha, Meia Onda com um sorriso tranquilizador.

— Desculpe, *gomen ne* – ela sussurra, empurrando a língua na parte interna da bochecha, pensando. Tem muita coisa errada, mas talvez não seja um lixo *total*.

Ela se senta mais uma vez diante de uma folha nova, trabalhando em cima do que criou, tentando capturar detalhes do sonho evanescente, se levantando para folhear páginas da revista *Garo*, procurando referências, copiando braços e pernas de uma das histórias de Jiro sobre um guerreiro Ainu. A figura *parece* melhor dessa vez. Mas não *é* Meia Onda de verdade, não como o primeiro desenho torto.

Uma hora depois, a garota tem quatro tentativas de Meia Onda, nenhuma lhe parece certa, e então, por impulso, rabisca uma rápida versão da raposinha em cima da jangada – e não fica completamente terrível. Ela acrescenta mais ondas em volta, e depois mais algumas – e guarda todos os desenhos entre as páginas de uma revista *Neo*, que enfia na gaveta.

De tempos em tempos, Yūki se pega tirando os desenhos dali, sorrindo ao menos para a raposa, e aos poucos vai adicionando pequenas tentativas ao seu arquivo secreto... arrisca até uma espécie de garota ninja, para lhe dar uma amiga, como seu avô sugeriu. Ela pensa nas coisas de adulto nos desenhos de Jiro – e deliberadamente acrescenta curvas nos seios abaixo do quimono da garota, e um monte de ondas para cobrir suas pernas, porque o ângulo delas saiu errado. A figura surge como uma estranha sereia peituda, e ela guarda tudo de novo e vai olhar a rua e as bétulas prateadas balançando na escuridão invernal.

Uma manhã, ela está olhando para a raposa quando seu celular vibra na mesinha de cabeceira.

Joel? Eles não têm se visto muito ultimamente, talvez por culpa dela.

Mas, quando olha para a tela, vê o código do Japão e um número que não reconhece. Cautelosamente, Yūki aceita a chamada e leva o aparelho à orelha.

– *Hai? Moshi moshi?*

Há uma espécie de estática ressoando na linha, mas ela ouve alguém falando em meio ao barulho – a voz de uma mulher? – e tapa o outro ouvido com um dedo, fazendo uma careta de concentração.

– *Moshi moshi*? É Hara Yūki. Posso ajudar?

O ruído fica mais alto e a garota afasta o celular do rosto. E então – só por um instante – a linha fica clara e ela ouve não só a voz da mulher, mas um monte de outras vozes meio que sobrepostas, todas falando ao mesmo tempo, em uma sopa de sotaque de Tōhoku com japonês formal e dialeto.

Quem está aí? Alô? Alô? Aqui é… consegue me ouvir? Meu nome é… É você? Alô? Moshi moshi mosssbhhiii moshiii. Uau, que estranho! Alô? Há uma risada ali no meio, e então ela ouve alguém dizer: *Alguma raposa na linha?* E mais risadas e então se ouve um clique e a linha fica muda.

Por um longo minuto, Yūki fica encarando o celular na mão, então abre o registro de chamadas com um dedo trêmulo, se levanta com tudo e vai até as revistas *Garo* e pega o cartão do restaurante. Claro, quando ela vira o cartão para ver a caligrafia de Taka, os números batem. Poderia ser ele ligando depois desse tempo todo? Ou fazendo alguma piada boba? Claro que não. Será só alguma falha técnica? Todas aquelas vozes tentando se conectar, algumas rindo, outras parecendo urgentes, umas mais perto, outras muito, muito distantes.

Ela retorna a ligação, mas após quatro toques a voz automática surge de novo: "Infelizmente, esse número não está respondendo. Lamentamos, mas não é possível deixar uma mensagem. Obrigada".

Falha técnica ou ligação fantasma – ou o que quer que seja –, parece que, de alguma forma e por um breve momento, ela se reconectou com

Osōma, com Taka, com aquelas horas antes e depois da onda. Dois minutos mais tarde, Yūki está na cozinha confrontando a mãe, determinada.

– Você está bem, querida? Está pálida. Preciso ir para o trabalho.

– Pode acontecer de linhas se cruzarem durante uma ligação telefônica? Tipo centenas de pessoas falando ao mesmo tempo?

– Há? Por quê?

– É possível?

– Eu me lembro de que aconteceu com seu pai uma vez, anos atrás, quando ele estava tentando resolver as coisas com o seguro do carro depois daquele acidente...

– Preciso voltar para o Japão.

Sua mãe cruza os braços.

– Já falamos disso. A gente vai voltar um dia, em breve.

Yūki passa a falar em japonês.

– Preciso ir pra Osōma! Para a casa da nossa família.

– Sem chance, impossível.

– Algumas pessoas estão voltando.

– Só idosos. De qualquer forma, *por quê*?

– Porque o vovô quer que eu vá.

– Não entendo.

– Vivo sonhando com ele.

Sua mãe suspira.

– Claro que sim. É por isso que você está vendo a Angela... O que aconteceu com a nossa garota racional que...

Yūki explode.

– Ela morreu, mãe. Ela se foi. Não sou mais aquela garota e nem a menininha que escalou o totem, não sou mais aquela que perdeu o controle na escola. Sou só a garota que foi pega pela onda, é isso. Sou uma garota tsunami. – Ela agita os braços, frustrada. É a primeira vez que conseguiu dizer a palavra "tsunami", que lhe soa terrível e barulhenta. – Eu morri. No tsunami, naquele tsunami estúpido...

Sua mãe a segura pelos ombros.

– Não fale isso! Você está viva e é preciosa para mim. Tão preciosa...

– Talvez eu seja só um fantasma que deveria ter ido para outro lugar. Preciso *fazer* alguma coisa. Quero voltar para o Japão.

Sua mãe a encara e então a abraça com força.

— Você não é um fantasma, Yūki — ela sussurra em seu cabelo. — Se fosse um fantasma, eu não poderia te sentir agora, não é?

— Preciso ir para lá. Não estou fazendo nada aqui.

Sua mãe solta um suspiro longo e forte, senta na cadeira e fica olhando para a janela por um tempo. De repente, parece pequena, murcha.

— Olhe. Vamos supor que a gente vá para Tóquio, pelo menos. O aniversário do desastre está chegando. Podemos ir ver Kazuko e talvez ir para alguma homenagem ou algo assim. Tem um sacerdote bem pé no chão perto da casa de Kazu-chan fazendo Escuta Ativa e...

— Preciso ir para Osōma.

— Impossível. Mas Tóquio é viável. Se pensar bem, pode ser bom pra você. Pelo menos não vai piorar as coisas, vai?

— Não dá para me sentir pior do que agora.

Quando Joel a visita no dia seguinte, Yūki conta de uma só vez sobre a linha cruzada e seu plano. Ele a encara, concordando, mas meio surpreso. Quando ela termina, espera que ele tente dissuadi-la, mas o amigo simplesmente diz:

— Uau.

— Uau o quê?

— Nunca ouvi você falar tanto!

— Eles dizem que não podemos ir para Osōma. Mas algumas pessoas estão voltando.

— E a radiação?

— Algumas pessoas estão visitando suas casas, e as autoridades não deixariam que fizessem isso se fosse superperigoso. Não é? — Ela hesita por um momento. — Quer ver uma coisa?

— O quê?

— Uma coisa que eu desenhei. Mas você não pode rir. Certo? Prometa tipo umas cem vezes.

— Prometo cem vezes. Pode me mostrar.

Yūki vai até a gaveta, pega a revista *Neo* e as quatro imagens de Meia Onda e da raposa — de propósito, ela mantém a sereia escondida na gaveta — e as entrega para Joel, e fica o observando ansiosamente enquanto ele olha a primeira, depois a segunda, acenando a cabeça daquele jeito evasivo. Ela costuma gostar do fato de ele não disparar julgamentos de pronto, mas fica impaciente.

— E aí?

— São bons — ele responde.

— Você só está falando por falar.

Joel olha Yūki nos olhos.

— Certo, vou ser sincero. Não são terríveis. Mas gosto mais deste. — Ele levanta o primeiro, o desenho hesitante, amassado e desamassado.

Yūki o encara.

— Quê?!

— Você devia fazer mais alguns. Vai ficar melhor. A raposa é ótima!

— Preciso chegar mais perto do que Tóquio. E se eu não conseguir convencer minha mãe?

Joel ri — a risada mais solta que ele já deu na presença dela, como se Yūki tivesse lhe dito algo ridiculamente engraçado.

— Aposto que conseguiria fazer qualquer coisa que quisesse! Você decidiu deixar de ir para a escola e olha só, ninguém parece capaz de fazer você voltar. Cadê aquele espírito samurai da sua família? Você é uma Hara, não é?

— Sim, eu sou — ela responde.

Ela olha para o desenho amassado de Meia Onda.

— Faz mais alguns — Joel encoraja.

— Acho que sim.

Joel bufa.

— Hum.

— Hum pra você também.

— Como se fala que você "ama" alguém em japonês?

Ela franze as sobrancelhas.

— Por quê?

— Só estou perguntando.

— Bem, não se fala isso. Você meio que diz "Eu gosto das coisas em você". *Anata no koto ga suki desu*.

— Certo. — Os dois ficam em silêncio por um momento, e então ele aponta para o primeiro desenho. — Bem, tem umas coisas nesse que eu gosto muito. E não vejo você desse jeito faz um tempão.

— Desse jeito como?

— Viva.

5
Ganbare, Yūki!

Desta vez, Tóquio está mais sombria.

Enquanto o táxi desliza sob os trilhos do trem e os arranha-céus amontoados de Shinjuku, o neon parece mais escuro, algumas telas estão até pretas, e cai uma chuva fria. Áreas que costumavam brilhar com suas luzes agora estão às escuras. Sua mãe está quieta desde que aterrissaram, mais preocupada do que o normal com passaportes e coisas assim.

Na imigração, Yūki tem que dizer duas vezes:

— Mãe, fiz tudo isso sozinha no ano passado.

E sua mãe responde:

— Eu sei, eu sei.

— Não sou mais criancinha.

Mas o pior é que ela tem que lutar contra as bolhas de pânico que ficam subindo da sua barriga, desencadeadas pelo terminal do Skyliner, pelo metrô barulhento, pelos anúncios da plataforma e pelo frio do inverno se infiltrando pelas portas dos vagões.

Yūki respira fundo, observando as luvas brancas do motorista no volante, e se lembra mais uma vez da garota fantasma naquele táxi tentando chegar em casa no meio da chuva...

Sua mãe se inclina para a frente.

— Tudo parece tão escuro.

O taxista limpa a garganta.

— Economia de energia. Por conta dos reatores nucleares desligados. Foi um inferno no verão sem ar-condicionado e todos os apagões e tudo mais.

— Com licença, e o que o senhor acha das usinas nucleares?

— Diria que podem deixar todas desligadas. Pelo menos até a gente saber o que está acontecendo em Fukushima. Eu não chegaria a cem quilômetros daquele lugar.

Yūki se inclina para a frente.

— Mas as pessoas estão voltando...

— Peguei um jornalista na semana passada que me contou umas coisas bem assustadoras. Ninguém vai comprar nada de lá... arroz, saquê e vegetais, nada. Tenho pena daqueles caipiras.

Sua mãe abaixa a voz, ainda mantendo uma linguagem polida – mas agora com um tom de provocação:

— Desculpe, mas você está olhando para duas "caipiras". Eu cresci lá. Meu pai morreu no tsunami.

— Desculpe. Sinto muito, eu...

— Eu estava lá – Yūki acrescenta baixinho. – Vi quando tudo aconteceu.

Um silêncio desconfortável toma conta do carro enquanto atravessam as sombras dos trilhos do trem perto da estação de Shinjuku. Quando emergem para a rua, os limpadores do para-brisa espalham o neon diminuto pelo vidro, formando listras verde-fluorescente e carmesim. Yūki vê o motorista a encarar com os olhos arregalados.

— Você viu tudo? Peço desculpas de novo, mocinha. Mas estamos todos preocupados com o que pode acontecer se não resolverem as coisas.

— Ouvi que alguns estudantes foram lá ajudar depois do desastre...

O motorista suga o ar entre os dentes.

— Foi bom ver os jovens sendo otimistas e tal. Mas não gostaria de ver minha filha perto daquela região. Ela acabou de terminar o Ensino Médio.

— Obrigada pelo conselho – a mãe de Yūki responde. – Não estamos planejando seguir para o norte.

Eles se arrastam pelo asfalto escorregadio do cruzamento de Shibuya, os telões em branco ou meio apagados, passando por fileiras de pedestres esperando sob os guarda-chuvas.

— Receba minhas sinceras condolências – o taxista fala, estacionando do lado de fora do condomínio da "mansão" de Kazuko alguns minutos depois. – Não vou cobrar essa corrida.

Enquanto sua mãe e o motorista discutem o pagamento e a chuva gelada atinge o rosto da garota, bolhinhas de inquietação sobem mais uma vez, se agarrando à sua garganta feito gás de Coca-Cola.

Ela respira e pensa em Meia Onda, aquela figura de cabeça erguida que viu no sonho carregando esperança nos olhos. Era o tipo de herói que podia salvar você. O tipo de herói que nunca desistiria – então Yūki ergue a própria cabeça e estufa o peito.

As rodinhas de sua mala fazem barulho no asfalto molhado enquanto seguem para a entrada e apertam o interfone.

Ganbare, Yūki, ela sussurra para si mesma. *Só mais um pouquinho.*

Mas a nova e determinada tentativa de convencer a mãe a levá-la para o norte só deixa sua mãe ainda mais esgotada e irritada, repetindo o que o taxista disse – o que de alguma forma as leva a uma encenação atrapalhada do ano anterior, o que se transforma em uma clássica discussão das irmãs Hara. Meia hora mais tarde, Yūki se joga no chão, ouvindo em japonês os disparos rápidos da mãe e da tia, frustrada.

– Pare com isso, mana – Kazuko diz, afastando o relâmpago de seus olhos. – Estou totalmente dedicada a uma nova campanha e não tenho tempo para vasculhar páginas e páginas de papelada. Está tudo uma bagunça. Pelo que ouvi, a casa foi destruída.

– Mas é você que está aqui. É você que pode garantir que a casa e o terreno estão seguros, buscar compensação ou algo assim…

– Sim, e fui *eu* que tentou animar o papai e o visitou pelo menos algumas vezes no ano, quando você estava ocupada demais sendo a sra. Responsável com sua vidinha de classe média em Cambridge. Sou eu quem está tentando controlar os direitos autorais. Esse tipo de coisa.

– Pare com isso, Kazu-chan. Tenho um emprego em *tempo integral* no Departamento de Psicologia. E estamos *tão* ocupados com…

Ela para de falar, e as duas olham sem pensar para Yūki.

– Comigo – Yūki fala sem emoção. – Posso falar por vocês.

– Não era isso que eu ia dizer, Yū-chan.

Kazuko faz que vai servir um pouco mais de vinho para a irmã, mas a mãe de Yūki segura a mão de Kazuko sobre a taça.

– Mana, não nos vemos há quase dois anos. Não desde que papai morreu.

– Mas não precisamos virar alcóolatras. – Sua mãe suspira. – Ah, que seja, então beba.

Kazuko se vira para Yūki.

– Você não viajou para o outro lado do mundo pra ver sua mãe e eu brigando, não é? Acho que todas nós achamos que não fizemos o suficiente. O que é esperado, já que aconteceu algo tão estranho e importante.

– Enfim, está decidido – sua mãe fala. – Vamos ficar aqui e ir ao templo. Vamos ver aquele seu sacerdote zen bonitão, Kazuko, e prestar homenagem ao papai lá, e tentar aproveitar nosso tempo juntas. Três mulheres Hara reunidas, hein?

Yūki se levanta, determinada.

– Mas o vovô me *pediu* para ir, e eu prometi que voltaria...

– Querida, foi só um sonho, ele não está lá – sua mãe diz. – Ele não está em lugar algum.

– As pessoas ainda estão cavando a lama, procurando seus entes queridos e encontrando sobreviventes... A gente desistiu cedo demais. A gente abandonou ele. Eu abandonei ele... e preciso voltar, mãe. Preciso.

– Talvez ela *devesse* ir – Kazuko murmura. – Tipo, se for ajudar. Aquela quiromante do shopping disse que...

Sua mãe suspira.

– Lá vai você com suas baboseiras...

– Shhh, Kaori. Sua irmã mais nova pode falar sem ser interrompida?

– Por que quebrar o hábito de uma vida inteira, não é?

Kazuko se volta para Yūki.

– É bom ver você assim tão determinada, Yū-chan. O que sua terapeuta disse?

– Que eu preciso de um fechamento, então...

Sua mãe interrompe:

– Angela não conhece a realidade. E não fazemos ideia, nenhuma de nós tem ideia do que está acontecendo na usina nuclear. Ou se os níveis de radiação que estão divulgando são absurdos.

Yūki balança a cabeça e fica andando de um lado para o outro na frente do sofá.

– Você não está ouvindo. Se eu não for, nada vai mudar.

Sua mãe suspira.

– Vamos ser razoáveis...

– Nãooo – Yūki grita. – Não quero ser razoável.

Kazuko se inclina para a frente.

– Isso! Não vamos ser sensatas. Vamos dar um jeito juntas. Somos boas nisso, essa família. Pense no que aconteceu com nosso irmãozinho...

– Kazuko! – Sua mãe lhe lança um olhar de advertência. – Agora não.

Yūki olha de uma irmã para outra, confusa.

– Irmãozinho?

Sua mãe desvia o olhar.

– Não tem problema – Kazuko diz. – Ela deveria saber.

– Saber o quê?

– Na verdade, irmão mais velho – Kazuko fala baixinho. – Dois anos antes da sua mãe nascer, mamãe teve outro filho. O primeiro, na verdade. Ela e papai tinham se mudado temporariamente de Tóquio pra Osōma, para morar na casa da família com a *nossa* avó. Aquela velha esperta era forte feito um touro, que descanse em paz onde quer que esteja e que possa tocar aquele *biwa* de novo...

– Agora não é o momento pra falar disso – sua mãe diz.

– Mas e esse irmão? – Yūki pergunta, impaciente. – O que aconteceu com ele?

– Nada de mais – Kazuko responde. – Ele nasceu morto. Foi muito difícil para mamãe. Para o papai também, acho. Eles passaram por maus bocados aqui, foi tudo muito intenso... então empacotaram o apartamento todo e mandaram as coisas pra Osōma, daí construíram o anexo e o estúdio. Aos poucos, foram seguindo a vida, nossa mãe recomeçou a trabalhar com cerâmica e papai estava desenhando, sua mãe nasceu, depois, *tcharãm*, sua tia Kazuko aqui. Viva. – Ela faz uma pequena reverência. – Só que eles não conseguiram esquecer aquele menininho. As pessoas não costumavam falar sobre essas coisas naquela época... – Ela olha para a irmã. – As pessoas ainda não falam o *suficiente*...

– Kazuko! – sua mãe ralha com uma voz esganiçada, perto do limite.

– Quero ouvir essa história – Yūki pede, empoleirada na ponta da poltrona, encarando as irmãs. – Já tenho idade para saber.

Sua mãe abana a mão, em sinal de derrota, e Kazuko se inclina para a frente para contar:

– Bem, seus avós fizeram um ritual. Papai fez um boneco *kokeshi*, sabe aqueles que vendem de lembrancinha em todos os lugares nas fontes termais de Tōhoku? Não tinha braços nem pernas, só um corpo comprido e uma cabecinha redonda. Antigamente, as pessoas produziam esses bonequinhos para as crianças, mas, nos anos 1970, acreditavam que eram feitos para bebês que morreram muito cedo. Então Jiro fez um menininho *kokeshi* e mamãe pintou, já que era boa com os pincéis, e depois enterraram debaixo do novo estúdio. Assim, o menininho que perderam estaria com eles meio que como um anjo guardião, sabe?

A história sobre o *kokeshi* lhe traz algum tipo de memória que não entra em foco direito. Yūki se senta ereta, com a mente agitada.

– Então ele seria meu tio? Por que vocês nunca me contaram?

– Não parecia um assunto adequado quando você era pequena – sua mãe explica. – E por que importa agora?

O apartamento cai em silêncio e a chuva bate contra a enorme janela, as luzes da cidade vão mudando conforme as gotas escorregam pelo vidro.

– E o que aconteceu depois, tia?

– As coisas deram certo por uma década ou mais, papai estava desenhando e seu trabalho estava sendo cada vez mais reconhecido e mamãe estava fazendo cerâmica... daí ela morreu, papai parou de desenhar... e aqui estamos, e essa é a história recente da família Hara...

Ela para de falar por um segundo, e então seu brilho volta com força.

– Mas... mas aí, Yūki, *você*, deixou todo mundo apavorado quando começou a falar e todos nós fomos visitar o papai, porque você de repente passou a dizer que estava brincando com um amiguinho que só você podia ver, um *menininho*. Tipo *um zashiki warashi*, sabe, um "fantasma de casa"... daquele tipo que ajuda os moradores de antigos casarões ou hospedarias, que prega peças e coisas assim. A gente vivia dizendo: "Quem é que deixou a luz acesa no banheiro do *ofurô*?", e você respondia: "O menininho".

A coluna de Yūki se contorce e ela endireita a postura.

– Sério?!

Definitivamente, algo em sua memória está sendo ativado agora – uma espécie de intimidade, um segredinho guardado a sete chaves.

Ela olha para a mãe, que está observando o fundo da sua taça atentamente e fala:

– É verdade, Yūki. Admito, foi muito assustador. Você sempre falava dele quando tinha dois ou três anos, daí ele meio que desapareceu, esse seu amigo imaginário...

– Mas a melhor parte é essa – Kazuko a interrompe. – Quando perguntamos quem era o menino, você respondeu... que... ele... morava...

debaixo... do... estúdio. – Ela marca as palavras de sua frase de efeito com a mão. – Onde mamãe e papai enterraram aquele *kokeshi*.

O silêncio domina o lugar mais uma vez, se prolongando, e calafrios sobem e descem pelas costas de Yūki. A história é familiar – a sensação de ter um amigo especial, alguém em quem podia confiar, alguém que estaria sempre lá. Ela sente a casa de Osōma e a montanha a abraçando, a chamando.

– Acho que você deve ter ouvido algo – sua mãe fala baixinho. – E você estava solitária. A gente... eu... fiz o que pude para te dar um irmão, mas...

Kazuko dá batidinhas no joelho da irmã e deixa a mão ali enquanto se vira para Yūki.

– Papai ficou encantado quando você viu o *zashiki warashi*. Ele estava de saco cheio da vida competitiva e materialista e tal. Dizia que havia sabedoria nas antigas tradições. Depois que se mudaram para Tōhoku, ele passou a se concentrar cada vez mais nas velhas histórias de fantasmas, raposas, *yōkai* e coisas do tipo. Acho que essa produção foi seu melhor trabalho. Daí mamãe morreu e tudo secou.

Yūki fecha os olhos, tentando resgatar a memória e descortinar aquele mundo secreto outra vez – então está com seu avô e as faíscas da fogueira estão subindo pela Pequena Montanha, e logo vão acender os fogos Susuki, os enviando para o céu fazendo *zuuuum*, e os espíritos estão se aproximando.

– Preciso ir – Yūki sussurra com os olhos ainda apertados. – Você não entende?

Sua mãe suspira.

– E você não entende que a maior necessidade de uma mãe é manter a filha segura, Yūki?

– Não sou mais criança.

– Você ainda é menor de idade. Seu avô concordaria.

– Não, não concordaria! Lembra que ele costumava nadar no Obon e que foi contra as usinas nucleares anos atrás? Ele estava certo!

– E também poderia estar errado. Ele escolhia a esquerda quando todo mundo escolhia a direita só para ser do contra. Um prego que se destaca pode ser bom, mas de vez em quando também pode ser uma dor de cabeça!

De repente, o apartamento parece pequeno e apertado demais, e Yūki vai até a janela, frustrada. Seu rosto reflete no vidro, pairando contra a cidade além. Em algum lugar da noite escura lá fora, uma sirene ressoa e silencia, e ressoa e silencia de novo.

– Desculpe – sua mãe fala com gentileza. – Desculpe por falar assim do vovô.

– É importante que alguns pregos se destaquem – Kazuko diz. – Mas, pela primeira vez, tenho que concordar com minha irmã, Yū-chan. Você é jovem demais para colocar sua saúde em risco assim, ao contrário de nós, galinhas velhas...

Yūki olha as luzes de Tóquio, respirando com força. Joel disse "Aposto que você poderia fazer qualquer coisa que quisesse".

– Yūki, sua tia está perguntando se você quer outra bebida.

Não adianta discutir. Yūki desvia os olhos da janela, subitamente determinada. A história do tio morto e do *zashiki warashi* reverbera em sua cabeça e ela sabe o que tem que fazer. A garota olha para a Coca meio vazia na mesa.

– Podemos fazer um brinde ao vovô? – ela pergunta. – Um brinde de verdade. Quero experimentar um pouco de vinho.

Kazuko dá risada.

– Só um pouquinho, mana? Três mulheres Hara bebendo juntas. Guerreiras! *Kanpai*!

A noite se estende ao redor delas e a chuva para.

Yūki dá um bocejo exagerado e pede licença. Põe o celular para carregar e escreve uma mensagem. Deve ser umas três da tarde na Inglaterra, final do período escolar.

Oi, Joel. Estou em Tóquio. Vou seguir seu conselho ☺

A resposta vem quase instantaneamente.

Uau. Que bom ter notícias suas. Mas qual conselho?! Eu te dei algum conselho?

De me arriscar. Obrigada por me ajudar. Não responda pq eu pago! Y☺

Yūki pensa em adicionar "bjs", mas só envia desse jeito mesmo e coloca o aparelho no modo avião, acionando o despertador e ajustando o volume no mínimo.

Ela se senta no futon do escritório bagunçado do apartamento de Kazuko, olhando para os pôsteres de shows nas paredes. Um deles mostra três guitarristas saltando alto, com os cabelos pretos e compridos voando em volta da cabeça.

Há um espelhinho ao lado e ela se observa. Seu cabelo está como sempre, nem totalmente liso nem totalmente encaracolado, nem totalmente castanho nem totalmente preto.

Devagar e com cuidado, Yūki começa a prendê-lo em uma longa trança.

Fica ótimo, seus fios ficam mais escuros e definidos – o que de alguma forma a faz parecer mais velha. Talvez mais japonesa. Ao terminar, ela fica de lado e se olha de alto a baixo, então respira o mais fundo que consegue.

Certo. Estou pronta. *Ganbare, Yūki*!

Parte três
A zona de evacuação

1
Uma música em uma noite fria

Então, às seis da manhã de 10 de março de 2012, Yūki está correndo a toda velocidade para a estação. O ar de Tóquio está frio, limpo e claro, sua energia ricocheteia do pavimento.

Na esquina da rua de Kazuko, alguns corvos grasnam nos postes de luz e ela olha para cima quando um ciclista solitário e mascarado passa buzinando, desviando dela por um triz.

Além disso, ela só ouve os próprios passos, a respiração e a longa trança batendo contra a mochila a cada passo. Ao dobrar a esquina da loja Lawson, a garota passa por um pequeno templo e depois sob a via expressa elevada, o tráfego ressoando em volta.

Um morador de rua barbado ergue a cabeça do saco de latinhas que está arrastando e grita:

— Eita, que pressa! Corre, senhorita, corre!

Ela acena a mão por cima do ombro e corre ainda mais rápido para a estação.

É sábado e a plataforma de Mejiro está quase vazia quando Yūki enfia o bilhete de 48 horas (a única coisa que sua mãe havia lhe confiado na véspera) na catraca. E então bate no bolso para sentir os trinta mil ienes que roubou do envelope na bolsa dela – cerca de cento e oitenta libras, o suficiente para chegar, e um pouco mais. *Depois eu devolvo*, pensa Yūki, *vou precisar pedir desculpas por tipo mil anos.*

Ela repassa a fuga: saiu na ponta dos pés do escritório de Kazuko, passando pelos restos de comida que tinham pedido na noite anterior e seu vinho praticamente intocado, e deixou na mesa da cozinha um bilhete escrito em um japonês superapologético.

Mãe, sinto muito, mas preciso ir. Vou ficar bem e voltarei no máximo depois de amanhã. Ligo hoje à noite. Prometo. Desculpe-me mais uma vez. Eu te amo. Y

Com o celular guardado no fundo da mochila, ela desceu os seis andares até a rua, parando por um momento com a mão ainda na porta da "mansão", depois a fechou, o som ainda reverberando no hall quando dobrou a esquina perto das cerejeiras.

Os sininhos característicos da linha Yamanote voltaram a soar a cada estação. Os poucos passageiros estão absortos nos celulares ou olhando para o vazio pelas janelas, como de costume.

O saguão principal da estação de Ueno está mais movimentado e Yūki abre caminho entre os passageiros de fim de semana que começaram cedo e os turistas com *jet lag* saindo do trem, arrastando as malas barulhentas atrás de si, como de costume.

Mas nada está normal. E o motivo disso é que nada está normal há meses, há anos. Tentando acalmar o coração, Yūki se esforça para ajustar seu plano, seguindo para a bilheteria. Fugir é a parte mais fácil, todo o resto é que vai ser complicado. Ela sabe que desde o desastre a linha Jōban só está funcionando para o norte, pois o tsunami destruiu a linha ao sul de Osōma, arrastando um trem consigo.

O de Taka?

Não pense nisso agora.

Na bilheteria, um homem para e lhe dá uma boa olhada quando Yūki pede o bilhete.

— Não tem trem ao norte de Hirono Machi. Tem um ônibus que vai para Sendai. Tem certeza de que é pra lá que deve ir?

— *Hai.*

— Só ida ou ida e volta?

— Hum, ida e volta?

Ele coça a cabeça.

— Você não parece tão certa.

— Sei para onde estou indo. Obrigada.

— Bem, se cuide.

— Obrigada. — Ela pega as passagens e as enfia no bolso do jeans.

Só depois de ter atravessado a catraca, as dúvidas se infiltram. Talvez o cara só estivesse meio que perguntando "Quem é você?". Ou talvez seja mesmo perigoso – pela radiação e tal...

Cale a boca, ela fala para si mesma. *Erga a cabeça e faça o que tem que fazer.*

O trem chacoalha para o norte em meio às chuvas tempestuosas. De vez em quando, Yūki sente o celular desligado se fazendo lembrar feito um pedaço de *chumbo* no fundo da mochila e, de alguma forma, após algumas estações, ele acaba na sua mão. Ela encara a tela apagada, o polegar pairando sobre o botão liga/desliga. Então o afasta de novo e volta os olhos para a janela, determinada, esperando a familiar visão do Pacífico, torcendo desesperadamente para que, quando o vir, o oceano não a mande direto para um ataque confuso e trêmulo no chão do vagão. Deve haver chance de isso acontecer depois de Norfolk. Parte da trança se soltou e a garota se concentra em arrumá-la, fazendo com que fique mais firme, mais definida.

Quando o oceano surge – em vislumbres de prata, cinza e branco entre as árvores –, seu coração bate muito forte e ela se prepara, mas então, por milagre, se acalma, até que o ritmo não esteja tão mais rápido do que o normal. Ela descansa um pouco enquanto o sol e as nuvens se alternam e então, para além de Mito, uma chuva de granizo começa a bater na janela do trem, e o tempo se fecha.

A cada estação, Yūki sente o ar gelado penetrando no vagão quando os passageiros entram e saem, e ela abaixa a cabeça temendo que um guarda entre à procura de uma *gaijin* fugitiva de dezesseis anos.

E a polícia? Será que já estão procurando por ela? *Deus, é possível – mamãe deve estar desesperada.*

Ela encontra uma máscara na mochila e a coloca sobre a boca e o nariz. Com a trança e suas feições escondidas, talvez esteja disfarçada o suficiente.

Logo está em Iwaki. A estação é maior, ela observa a plataforma atentamente enquanto o trem para. As portas sibilam ao abrir do outro lado, mas ninguém entra, só há um guarda, que a vê, mas logo desvia o rosto.

Essa é a estação onde Taka e seus amigos subiram. Enquanto o frio e o vazio se infiltram no vagão, a garota olha para os assentos livres à sua frente e o vê abrindo aquele seu sorriso torto, se aproximando, se vangloriando sobre o kickboxing, tocando a inútil fórmula mágica no dorso da mão de Yūki.

Ela olha para o pulso, para a pele lisa. Atrás de si, mais abaixo do trem, alguém dá risada e Yūki se pega enxugando uma lágrima ou duas, puxando o capuz por cima da trança para tentar se aquecer. Ela funga com força, desejando ter comprado comida na estação, e apoia a testa na janela, que vibra suavemente, observando o mundo borrar enquanto o trem deixa Iwaki, tentando não pensar em nada, fazendo os exercícios de respiração para o caso de um ataque de pânico, lutando contra pequenas ondas de sono causadas pelo *jet lag*, aconchegando-se no assento.

Yūki acorda assustada e percebe que o trem parou em uma estação que ela desconhece, e pega o final de um anúncio sonoro avisando algo em um japonês apressado sobre o ônibus que se conecta com os serviços ao norte de Sendai.

Todos estão se levantando e um senhor a cutuca.

– Última parada, mocinha. Hirono Machi é o fim da linha.

– Com licença, mas o senhor sabe como posso chegar à cidade de Osōma?

– Osōma? Perto de Odaka?

– Sim, desculpe incomodar.

O homem dá de ombros.

– De táxi, se conseguir encontrar. E se ele topar a corrida. O ônibus vai até Sendai, mas faz um retorno na zona de evacuação. A Rota 6 ainda está fechada, pelo menos perto do reator. Está um caos total. – Ele a observa enquanto amarra o cachecol firmemente no pescoço. – Então de onde você é? Tóquio?

– Sou daqui – Yūki diz, pegando a mochila do bagageiro acima. – Estou voltando pra casa.

As sobrancelhas do homem se arqueiam sob a aba de seu pequeno chapéu.

– Oh! Sério? Tome muito, muito cuidado, hein?

Ela puxa o capuz ainda mais para cima enquanto corre atrás dos outros passageiros, olhando para a esquerda e para a direita, tentando se abrigar no meio deles. Conhecendo sua mãe, ela já deve ter alertado a todos, da polícia ao conselho tutelar à guarda costeira – e claro, há dois oficiais uniformizados logo depois da porta, examinando os passageiros enquanto saem. É quase irreal, mas devem estar procurando por ela. Só que ela não pode ser derrotada agora, não tão cedo, embora não haja outra saída e talvez o disfarce não seja suficiente. Yūki hesita, arrastando os passos...

Droga!

Ouve-se um chiado súbito atrás dos policiais, como se os alto-falantes da estação estivessem com defeito, produzindo um barulho agudo, e os policiais olham para a direita, um deles gritando alguma coisa enquanto se afasta em direção à comoção. Yūki corre para se juntar ao velho de chapéu.

– Com licença, mas o senhor poderia me mostrar o caminho até o ponto de táxi?

– Não é difícil de encontrar. – Ele a observa desconfiado. – Você não deveria estar na escola?

– Não – ela fala, animada. – Eu estava num torneio de xadrez.

– Ah, entendi. Eu sou mais do Go.

– Não sou muito boa, estou aprendendo.

Inventando coisas aleatórias sobre o torneio imaginário, ela conta que ganhou três partidas e perdeu duas, e passa pelo último oficial distraído, emergindo no pequeno saguão deserto da estação. Yūki olha para o local da barulheira e vê o segundo policial se aproximando de um jovem artista de rua. Tem um gorro de lã escuro e está agachado sobre o amplificador, tentando fazer com que pare de chiar, acenando com a mão, admitindo que fez algo errado. Mas a voz está calma quando ele grita:

– *Sumimasen*, desculpe, vou resolver isso num momento.

Yūki fareja o ar cautelosamente.

Está muito frio, chovendo um granizo molhado. De resto, ok. Mas não é possível cheirar, ver nem ouvir a radiação, não é?

Só há um táxi no ponto e um senhor encostado no capô, fumando. Ao ouvi-la se aproximando, ele se vira e joga o cigarro na lama suja a seus pés. Seu rosto é manchado e suas rugas se aprofundam quando ele a olha de cima a baixo duas vezes. Talvez não seja o rosto mais amigável que ela já viu, mas precisa escapar da polícia, só para garantir.

Yūki pensa nos terríveis avisos de sua mãe sobre homens e carros decadentes. Então cerra os dedos no celular em seu bolso e vai até ele. De qualquer forma, é um táxi credenciado, então provavelmente está tudo bem.

– Hum, com licença?

– Posso ajudar, senhorita?

– Desculpe incomodar, mas se não for *muito* trabalho, será que o senhor poderia me levar até Osōma? Ficarei muito grata.

– Osōma? Sério? – Ele franze as sobrancelhas. – Eu teria que contornar a zona de evacuação.

– Estou indo visitar... meu avô.

– Pensei que a maior parte ainda estava na "zona de difícil retorno".

– Ele está... na fronteira.

O homem resmunga.

– Não vou conseguir nenhuma corrida de lá, então vou ter que cobrar ida e volta.

– Hum, quanto seria?

– Uns quinze mil ienes.

– Tudo bem – ela responde, tentando soar confiante. Será que é muito? Será que ele a está extorquindo? Mas não tem o que fazer, Yūki não tem escolha... então sorri. – Sem problemas.

– Está indo visitar seu avô, é?

– Hum, sim, não vejo ele desde o tsunami. – O homem ainda parece indeciso, então ela acrescenta depressa: – Eu estava lá. Sobrevivi.

O taxista assente, mas meio que daquele jeito que fazem quando se ouve que alguém perdeu um voo.

– Sortuda. Entre. Então, o que é que seu avô faz?

– Ele era um artista de mangá – ela responde sem pensar.

– Oh! Aposentado, é? Vida fácil. Coloque o cinto, por favor, a estrada está perigosa em alguns lugares.

O carro cheira a fumaça de cigarro, mas é bom estar se movendo outra vez – acelerando para longe da estação. Ela se vira e vê as luzes piscantes da viatura desaparecerem conforme a suspensão do táxi suspira sobre os buracos do asfalto. Mas, quando se volta para a frente, se depara com os olhos do motorista a procurando pelo retrovisor.

– Algum problema, senhorita?

– Não.

– Está com frio?

– Um pouco.

Ele liga o aquecedor e abre um meio sorriso.

– É uma viagem longa, então se acomode.

– Estou bem.

– Seu sotaque é meio estranho, se não se importa. Você é de Kyushu?

– Moro na Inglaterra. – Merda, outro erro. E se o taxista ouviu algo pelo rádio alertando sobre uma fugitiva? – Quero dizer, morei na Inglaterra por muito tempo, mas agora moro em Tóquio.

Ele assente.

– Certo.

Yūki pega o celular da mochila de novo e fica olhando para a tela apagada. Será que a polícia pode rastrear o aparelho desligado? Talvez tenha que tirar a bateria ou algo assim.

O homem limpa a garganta.

– Aposto que seu avô vai ficar feliz por ver você. Muitos velhos no *kasetsu* são solitários. A taxa de suicídio é terrível. Uma coisa é sobreviver a um desastre, outra é sobreviver *sobrevivendo*, se quiser saber minha opinião.

Yūki faz que sim.

– O que seus pais acham de você vir aqui? O complexo do reator é tipo uma bomba-relógio.

– É mesmo tão perigoso?

– Eu prefiro ser um taxista morto de fome do que um daqueles trabalhadores da usina se colocando num micro-ondas desse jeito. Por uma ninharia.

– E a área ao redor da zona de evacuação?

— Quem é que sabe? — Ele estufa as bochechas. — Dizem que algumas áreas da zona de evacuação têm radiação alta, mas no litoral não parece tão ruim. O vento estava indo para noroeste quando as explosões aconteceram, então... caramba, na verdade, ninguém sabe de nada. Se importa se eu ouvir o rádio?

Ela se inclina para a frente.

— O senhor conhece um taxista chamado Jimi, que trabalha em Osōma e Tomioka? Ele tem cabelo cacheado.

— Qual é o nome completo dele?

— Não sei. Jimi é só o apelido, acho.

— Bem, se ainda estiver por lá, acho que não tem trabalho agora. Os empreiteiros vão todos de micro-ônibus. É seu amigo?

— Eu conhecia o filho dele.

— Ah. Entendi. Desculpe. — O taxista liga o rádio e uma voz de mulher preenche o interior do carro.

— *...com o aniversário da tragédia amanhã, os residentes ainda estão aguardando notícias sobre as compensações. Temos notícias de que o processo judicial movido por pais enlutados de alunos da Escola Primária de Okawa em...*

— Terrível — o taxista diz entre dentes. — Todos morreram perto de Minamisanriku. Prefere que eu coloque música, senhorita?

— Sim, por favor.

Ele muda a estação e uma voz japonesa sussurrante com um forte sotaque inglês preenche o carro:

— *I'm crossing you in style someday, oh, dream maker, you heart breaker...*

Yūki se recosta no assento, tentando soltar os ombros tensos enquanto o carro sacode e o piano lento e jazzístico e a voz navegam para o próximo verso e o motorista marca o ritmo lento no volante com o dedo indicador.

— *Two drifters, off to see the world, there's such a lot of world to see...*

Na longa estrada à frente, não há nenhum outro veículo ou alma à vista.

Durante uma lenta meia hora, eles seguem para o norte, sacudindo sobre buracos, alguns raios de sol ainda se infiltrando pelas montanhas à esquerda conforme a tarde se esvai, mas a leste o céu parece pesado, sustentado por nuvens densas e concentradas, e o oceano lá embaixo, quando Yūki o vislumbra novamente, assumiu o roxo-azulado de uma contusão de uma semana.

— Aqui estamos — o taxista resmunga.
— Osōma?
— Não. Na zona de evacuação.

A estrada à frente está bloqueada por um portão alto de metal sanfonado atravessado na estrada. Luzes vermelhas estão piscando em hastes e três homens de capacete estão parados na frente, acenando com cassetetes, direcionando o táxi para uma estrada secundária.

— Agora temos que contornar a zona — o taxista conta, virando-se para as colinas serrilhadas, o sol poente marcando sua silhueta.

Yūki olha para trás através dos portões e vê mato na pista, uma fila de cerejeiras sem flores, o telhado de um templo e um pátio de garagem coberto de lixo. Há um comboio de caminhões visível à distância, com as traseiras cobertas com lonas azuis.

— O que estão fazendo?
— Remoção radioativa do solo superficial. Você me diz onde vão despejar tudo isso, senhorita. No quintal de algum fazendeiro pobre, sem dúvida.

Algumas centenas de metros abaixo da nova estrada, uma casa que parece ter sido construída recentemente estava tomada pelos restos secos de ervas daninhas do verão passado. As janelas não passam de retângulos escuros.

Yūki se inclina para a frente.

— A onda chegou até aqui?
— Não. Mas a família provavelmente se mudou para o outro lado do país.

Por vinte minutos, eles seguem para o interior. Não há trânsito, exceto por caminhões ocasionais ou veículos da Força de Autodefesa. Os olhos de Yūki ficam indo do taxímetro, que aumenta de forma alarmante, para o celular, que de algum jeito foi parar de novo na sua mão, e para o céu escurecendo e a estrada além. O taxista a observa de novo: um longo olhar avaliador no reflexo do espelho, que a deixa desconfortável no banco.

— Está tudo bem, sr. Motorista?
— Então quantos anos você tem?
— Dezoito. Por quê?

– Sério?

– Quase.

Ele balança a cabeça.

– Tive problemas no ano passado por ajudar uns jovens que vieram aqui sem permissão. Você tinha mesmo que vir?

– Sim – ela responde, feliz pela oportunidade de ser honesta. – Eu tinha mesmo que vir. Para ver meu avô.

– Que bom. *Ii ne...* – O homem solta um longo suspiro cansado, que embaça o vidro. Ele o limpa com a manga da camisa e a encara de novo. – Perdi minha sobrinha no tsunami. Ela tinha mais ou menos a sua idade. Era adorável. Tinha a vida toda pela frente. Não desperdice a sua, senhorita.

– Estou tentando...

Na direção do oceano, um leve brilho ainda ilumina a parte inferior das nuvens, mas, fora isso, a noite vai aos poucos tomando conta da paisagem vazia.

2
Onda de desolação

Uma hora depois, Yūki está na rua principal que sai da estação de trem de Osōma, observando o táxi desaparecer na escuridão que se acumula sob as colinas.

O mato invadiu a área de tijolos em frente ao prédio da estação, e o estacionamento e o ponto de ônibus estão desertos. Não há luz no saguão e, quando olha para a rua, é como se a noite tivesse chegado com muita pressa. Vê apenas um brilho fraco de um prédio no meio do caminho à esquerda, e talvez outro um pouco além, perto de onde fica, ou ficava, o restaurante de sushi.

"Parada feito um cemitério", tia Kazuko havia dito, quando a cidade nem estava tão parada assim. Normalmente haveria carros, crianças pedalando para casa depois dos clubes de atividades extracurriculares e pessoas entrando e saindo do pequeno supermercado na esquina... Mas a loja Lawson está escura, e as estradas estão sombrias, as colinas arborizadas ao longe estão ainda mais escuras, e tudo parece surpreendentemente vazio.

Ela estremece.

Já foi bastante difícil convencer o taxista a deixá-la ali – ele queria "entregá-la pessoalmente" a seu avô, mas Yūki inventou alguma história sobre Jiro só voltar de Minamisōma mais tarde. Então o homem apenas deu de ombros, pegou o dinheiro e desejou que ela ficasse bem e segura.

Agora, sua falsa confiança partiu junto com as lanternas traseiras do táxi.

O frio em Tōhoku parece mais intenso do que o normal para março, e dá para ver o que deve ser lama seca deixada pela onda, ao longo do asfalto à direita.

Lama. Por um momento, parece que seus pés estão presos no chão. À direita, algumas casas estão severamente estragadas, então o tsunami deve ter chegado até ali. Um monte de lixo se acumulou na sarjeta e aqui e ali há lacunas onde antes ficavam casas, como alguém que acabou de perder os dentes da frente. Toda a energia e movimento de Yūki parecem ter sumido com o táxi.

O que fazer agora?

Se mexa, sua boba. Só mais dez minutos. Veja o que acontece.

Ela se obriga a se mover, e seus passos são o único som enquanto abre caminho na escuridão e no silêncio.

Uma fonte de luz amarela fica visível, chamando por ela, e instintivamente Yūki corre naquela direção. Sim, é a pequena hospedagem *ryokan*: Kujaku Ya – Pavão. Os escombros foram removidos deste trecho, onde foram plantadas dezenas de flores, rosas e azuis, pálidas e tremendo valentemente em potes de plástico no concreto. Vida trêmula na escuridão.

Talvez estejam até aceitando hóspedes? Ainda tem grana no envelope...

Fios de vapor serpenteiam pelo ar frio acima da janela da cozinha, trazendo aroma de comida. Com o canto do olho, embora não veja nada, Yūki pressente um movimento – como se uma sombra tivesse acabado de passar, bloqueando a luz, e reconhece as máquinas de venda automática nas quais costumava comprar Coca-Cola e Fanta sabor ameixa. Está piscando uma sequência de luzes, como se alguém tivesse acabado de colocar uma moeda e pressionado o botão para escolher a bebida, mas não há ninguém à vista. De repente, algo bate na parte inferior da máquina – o barulho é escandalosamente alto no silêncio – e Yūki pula assustada.

– Olá?

Não tem ninguém, apenas o nada e a pequena fileira de flores corajosas e a lama seca da onda empurrada para o lado da rua.

Seu dedo indicador se estende na direção do trinco da porta, mas, nesse momento, a coisa se abre com um estrondo, e através dos fiapos de vapor ela vê uma figura esbelta inclinando-se para calçar os sapatos no *genkan*. A silhueta se endireita, revelando um jovem esguio, com a cabeça coberta por uma nuvem de cabelos cacheados.

E do meio do vapor, Taka se materializa.

Ela pisca. É *ele*, definitivamente!

Taka tem uma toalha vermelha pendurada no pescoço e a encara com uma expressão estranha. Meio que vazia – meio que aquela expressão de quando se está em uma chamada no Skype com alguém e a imagem congela. Então aquele sorriso torto se espalha pelo rosto dele.

— Nossa! Sem chaaance. É *você*. Pensei que fosse você... chegando da estação. O que *diabos* está fazendo aqui?

Suas palavras são duras, mas seu tom é mais de encantamento. Ou até mesmo alívio.

— Você está bem — ela solta.

— Claro que estou. Eu sempre estou bem.

— Ah, meu Deus, estou tão feliz. *Yokatta*! Pensei que estivesse morto. Tinha certeza de que você estava morto!

— Não pense isso. — Seu sorriso desaparece. — Pelo menos, ainda não... Mas o que diabos está fazendo aqui?

— Eu... fugi.

— Da Inglaterra?!

— De Tóquio.

— *Aaaaaaah*. — Ele balança a cabeça. — Isto não é bom. Ouça, sinto muito mesmo pelo seu avô.

— Por que não respondeu a minha mensagem? Nem me atendeu?

— Há? Não recebi mensagem nenhuma nem...

— Ou você estava só brincando comigo com aquela ligação?

— O quê?

— Você me ligou. Mês passado, era o seu número, tinha um monte de vozes falando ao mesmo tempo e...

Ele levanta uma mão, e o sorriso some de vez.

— Calma, calma! Perdi meu celular no desastre. — Ele gesticula na direção do porto. — Mas fiquei tão feliz quando soube que sobreviveu. Um cara me contou que viu você com aquela senhora reclamona, Takeda, no dia seguinte. Fiquei feliz. Superfeliz.

Um homem grita algo rispidamente de algum lugar nos fundos do *ryokan*.

— Taka-chan? Olá, onde você está?

Taka olha para trás, acenando para Yūki se afastar da soleira.

— Rápido, se esconda.

— Mas preciso de um lugar pra *ficar*.

— Bem, *obviamente*. Só se esconda atrás da parede rapidinho — ele sussurra. — Meu antigo chefe do restaurante está me ajudando. Ele até que é razoável, mas talvez entregue você. Tinha um policial aqui uma hora atrás procurando uma fugitiva de dezesseis anos. Acho que era você, não é? Eu te vi saindo do táxi e pensei em avisar e te poupar de um monte de problemas. Espere na máquina de bebidas. Tente não surtar, certo?

Ele se vira para a porta, hesita e olha para trás.

— Ei, Yūki?

— Oi?

— Você não é um fantasma nem nada disso, né?

O tom da sua voz faz os calafrios ressurgirem.

— Acho que não.

— Beleza, só para saber.

Desconfortavelmente, Yūki espera perto da máquina de bebidas, observando o vapor da pousada formar espectros no ar, sentindo a noite se adensando ao redor e dando batidinhas nos braços para ajudar o sangue a circular. De tempos em tempos, com a visão periférica, ela nota algo se mexendo, mas quando se vira não vê nada. Então enfia as mãos no fundo dos bolsos. É bom ver Taka, mas notou uma sombra no rosto dele, algo que não estava lá no ano passado. Ele parece mais velho, talvez mais magro. E a possibilidade de ficar no Pavão pelo visto é cada vez mais remota.

Taka volta depois de alguns minutos. Ele está vestindo uma grande parca, empurrando um carrinho com um tanque vermelho de plástico que tem algum líquido dentro. Seu sorriso está de volta.

— *Okaeri*, Yūki! Bem-vinda de volta. Você está muito encrencada?

— Um pouco, acho.

— Está com fome?

— Morrendo de fome e de sede também. — Ela aponta para a máquina, ainda piscando sob os botões de cerejeira firmemente fechados. — Caiu alguma coisa, mas não tinha ninguém aqui.

— Essa máquina pifou. Ela simplesmente está cuspindo bebidas aleatórias desde que a eletricidade voltou nessa rua.

— Posso pegar?

— Você deve estar maluca. Não faço ideia do quanto de radiação essas bebidas pegaram nas primeiras semanas... Mas *tcharām*!!! — Ele tira uma lata de café quente do bolso da parca. — Café preto com açúcar. Quer?

— Não gosto muito de café... Onde você está morando?

— Em casa, claro. Voltei faz duas semanas. Venha, vou te mostrar.

Yūki hesita.

— Venha, não vou te morder!

— Taka? Tipo, como foi que você...? O que aconteceu quando...?

— Quando a onda veio? — Ele dá de ombros. — Longa história. Venha. A não ser que tenha medo de que eu seja algum tipo de pervertido bizarro ou algo assim. Tipo, eu sou *estranho*, mas não precisa se preocupar.

— Não, não. Você pensou que eu era um fantasma, né?

Ele a encara — sua expressão de repente está sombria mais uma vez, e então balança a cabeça.

— Era uma piada. Para ser sincero, eu meio que estava te esperando. Meu pai disse que você ia voltar.

Ela deve estar com uma cara de surpresa, porque Taka ri. Ele abre a latinha.

— Então eu meio que estava de olho.

— Esperando por mim?

— Uhum. — Ele dá um gole no café. — Tem certeza de que não quer um pouco? Você parece estar congelando.

— Ah, tá, por favor.

Ele oferece a latinha e ela bebe, só que rápido demais, e o amargor escaldante queima sua garganta.

— Devagar. Tome mais um pouco para se esquentar. Você pode segurar enquanto eu puxo o querosene? Vamos pra casa.

Se a vida em Tóquio já parecia esmaecida, Osōma é simplesmente uma versão morta da antiga cidade. Os dois caminham lado a lado pelas ruas da periferia. Flocos de neve molhada voltam a cair e uma rajada de vento repentina faz uma tábua solta bater em uma casa à direita, fazendo barulho na escuridão. Yūki vira a cabeça para olhar.

— Não é? — Taka diz. — Coisas assim fazem a gente pular de susto feito doido durante a noite. Só umas oito pessoas voltaram desde que essa parte da cidade reabriu, no começo do mês. A maior parte do que a gente ouve não são pessoas...

Yūki o encara de volta, o granizo rodopiando em seu rosto enquanto ele arrasta o carrinho com o tanque vermelho atrás de si. Está definitivamente mais magro.

– O que está olhando? Tem molho na minha boca?
– Não. É só que eu meio que tinha certeza de que estava morto.
– Mas estou aqui! Já ouviu falar do Gato de Schrödinger?
– Gato de quem?
– É uma espécie de experimento mental em Física Quântica. Colocam um gato numa caixa com um interruptor acionado pela oscilação aleatória de uma partícula subatômica. Ou algo assim. Se for para um lado, o gato é envenenado e morre, se for para o outro lado, o gato vive. Até você olhar na caixa pra ver para onde a partícula foi, o gato pode estar vivo ou morto. Para o observador, certo?
– Mas o gato não sabe?
– Acho que não. – Taka coça a nuca. – Talvez eu não esteja explicando direito. Mas é como se eu fosse o gato, entendeu? Até que você olhou a caixa quando veio aqui. Agora estou definitivamente vivo. Antes, para você, eu podia estar vivo ou morto.
– Está brincando de novo?
– De jeito nenhum. Estou falando supersério. – Taka balança a cabeça.
– Então quer dizer que você fugiu? Uau. Pensei que fosse uma daquelas garotinhas comportadas.
– Não sou mais uma garotinha.
– Você entendeu o que eu quis dizer.
– Mas meus pais ainda me veem como uma criança, só que já tenho dezesseis anos.
Taka bufa.
– Vou fazer dezoito daqui uns meses. Mas não parece. De vez em quando, acho que tenho uns cinquenta. E no outro dia é como se eu fosse uma criancinha. É uma montanha-russa. – Com a mão no ar noturno, ele sobe e desce o braço.
– Taka-san, quando você voltou?
– Para Osōma? Praticamente assim que tiraram a ordem de evacuação, umas semanas atrás. O cara do sushi veio cuidar do lugar, ele está ficando com a sra. Komori no Pavão. Ela foi a primeira a voltar, ainda por cima sozinha, muito corajosa, e o marido está vindo nos fins de semana para ajudar a arrumar tudo…
– E você e seu pai.
– Isso.

Taka fica em silêncio por um longo momento enquanto o carrinho sacode atrás de si e o líquido se derrama ao redor do tanque.

— Tive sorte. A onda atingiu nossa casa e destruiu o térreo, mas o andar de cima sobreviveu. Daí fiquei fora por um tempo. E depois voltei. Estava morto e agora estou vivo. — Ele olha para ela. — Estou brincando de novo!

— Então para onde você foi?

— Não importa.

Ela o encara. Ele parece menos seguro agora, como uma pessoa se recuperando de um acidente ou algo assim.

— Você está mesmo bem? E por que voltou?

— Tantas perguntas! Que tal eu lhe fazer umas também?

— Desculpe. Tipo quais?

Taka para e a encara.

— Bem, seus pais vão ficar tipo extremamente putos com você, não é? Eles sabem que está aqui?

— Eu tinha que vir, estava ficando maluca.

— Mas e a escola?

— Eu não estou indo.

— Então você é tipo uma *hikikomori* ou algo assim?

— Não, eu só prefiro ficar em casa.

Ele dá risada.

— Eu também. Qual é o seu plano?

O frio está ficando mais profundo e o vento faz as coisas baterem na escuridão. De repente, ela sente uma urgência para entrar em algum lugar, ficar quentinha e segura.

— É que tipo, sei lá, eu… achei que tinha abandonado meu avô e…

— E o quê?

— Fico sonhando com ele o tempo todo. — Ela hesita. — Sonhei com você também.

— Ah, é? — Taka arregala os olhos, o sorriso volta aos seus lábios. — Sério?

— Não foi nada estranho. Bem, foi estranho…

— O que aconteceu?

— Você estava deitado na praia, usando uma jaqueta amarela. Tipo… tipo o cara morto que vi aquela noite.

Taka abre a boca, que forma um O perfeito.

— Eu estava morto?

– Meio que sim, mas meio que não.

– Que tranquilizador – ele diz, trocando as mãos no puxador do carrinho.

– É engraçado. Às vezes, os sonhos parecem mais reais do que quando estou acordada, sabe? Amanhã vai fazer um ano. Então é por isso que estou aqui.

Taka faz um aceno e solta um longo suspiro.

– Amanhã vai fazer um ano.

Eles caminham em silêncio, passando por semáforos desligados e montanhas de lixo, enquanto o granizo lhes roça as bochechas.

– Seu pai não vai ligar de eu ficar?

Taka chuta uma pedra, fazendo com que ela rodopie pela noite.

– Não. Ele está fora... pegou um trabalho e tem que levar alguém até... o norte de Sapporo. – Ele inclina a cabeça para o lado. – Mas vai gostar de te ver aqui. Você devia ligar para a sua mãe... meu pai contou que ela deu um soco no meu tio uma vez. Braba!

A menção à sua mãe faz seus pés parecerem pesados – é um lembrete da merda que a aguarda quando Yūki ligar o celular.

– Mais tarde. Só quero ter um tempinho aqui primeiro.

– Para fazer o quê?

– Quero ir até a casa do meu avô, se der.

Taka faz uma careta.

– Vai ser difícil.

– Preciso muito ir...

– Eu disse difícil, mas não impossível. Já estive ali, Yūki. É... muito estranho.

Desta vez, seu tom deixa claro que ele não está brincando, e ela para. Mas Taka só abaixa a cabeça e segue na direção do porto. Em segundos, a escuridão e a neve o envolvem e ele vira apenas um borrão.

– Espere! – Ela aperta o passo. – Estranho?

– Mais para apavorante pra caralho. É melhor falar disso quando estivermos lá dentro. Eu tomei um pouco de susto. Tem mais fantasmas que pessoas aqui.

Seu couro cabeludo se arrepia.

– Mas não é verdade?

– Bem, olhe só para o que aconteceu aqui.

Eles saem da cidade propriamente dita e sobem a estradinha que passa sobre o porto de Osōma. Uma luz diminuta parece emanar das nuvens ou do próprio mar e, naquele brilho vago, Yūki consegue vislumbrar um pouco da devastação: escombros espalhados de casas, oficinas, barcos e prédios de processamento de peixe. É difícil dizer onde uma coisa começa e outra termina na montoeira de vigas, painéis, tábuas, pedaços de máquinas, telhados, carros e vans destruídos. Um enorme contêiner está virado no meio dos destroços e um barco de pesca caiu de seu suporte no prédio do porto. Em meio àquele caos, só dá para distinguir um caminho.

— Já vi tufões uivando aqui, mas nada como naquele dia. O som estava fora de escala. — Taka sussurra. — Foi tipo como mil caminhões de lixo esvaziando tudo de uma só vez.

Yūki observa os escombros. De alguma forma, está pior do que na manhã do dia seguinte ao desastre, e a dimensão e mortandade de tudo estão muito além do que imaginou lá do seu quarto em Cambridge.

— Não dá para acreditar nesse tanto de lixo.

Ela sente Taka enrijecer ao seu lado.

— Não é "lixo". Não fale assim, por favor. São pedaços das vidas das pessoas.

— Desculpe, não quis...

— Eu sei. — Taka abre um sorriso e aponta. — Olhe!

Ela segue seu olhar e depara com uma meia-lua enorme se libertando das nuvens.

— Minguante.

— O que significa isso? Astrologia?

— Rá! Não, só significa que ela está diminuindo. A lua cheia da outra noite foi incrível, flutuando acima de tudo isso...

— Mas e a radiação?

— Está ok aqui, o pior foi para o interior, a leste da cidade de Fukushima. Mas tem uns lugares ruins, então é preciso tomar cuidado. A gente tem um aparelho. Você está bem? Está pálida.

— Estou com frio.

— Então vamos nos esquentar. Depois bolamos um plano — Taka diz.

— Taka-san, eu queria tanto conversar com você. Por meses e meses. É tipo um sinal, te encontrar aqui.

Ele revira os olhos.

– Carma? Destino? Coitada de você, se seu destino for eu! E pode deixar pra lá essa coisa de "san".

Quando Yūki olha para Taka de novo, não há sombra de sorriso. Na penumbra, o rosto dele está sério como ela nunca viu.

3
Omurice no Jimi

O térreo está o caos.

Os tatames saturados estão meio rasgados e o cheiro de mofo e umidade permeia tudo. Um sofá está virado e uma TV enorme caiu com a tela para baixo em uma pilha de revistas e livros.

— Está mesmo morando aqui? — Yūki pergunta, hesitante, abrindo caminho até a porta.

— No andar de cima. — Taka gesticula. — E a cozinha nos fundos está mais ou menos ok, porque é um pouco mais alta. Só temos que tomar cuidado com o gás. E ir buscar água potável.

— E a eletricidade?

— A sra. Komori tem de vez em quando. Carrego meu celular lá. Houve um grande tremor secundário na semana passada e ainda não reinstalaram a energia aqui. Os dados móveis vão e voltam. Mantenho tudo o que preciso lá em cima, tem todo tipo de coisa tentando entrar aqui.

— Que tipo de coisa?

— Raposas. Outro dia, foi um javali. Estava me lavando na pia e me caguei de medo. Tem uma tocha do lado da porta, acende pra mim, por favor?

Ela o observa erguendo o tanque vermelho de querosene sobre a soleira em meio à dança da luz da tocha. Será mesmo uma boa ideia? Afinal, tem aquela história que seu avô lhe contou sobre ele ter tido problemas e Yūki mal o conhece. Talvez seja melhor voltar para Kujaku e tentar a sorte com a sra. Komori...

Ela pega o celular no bolso, mas, quando Taka se vira, seu sorriso está tão reluzente na claridade que seu dedo escorrega do aparelho mais uma vez.

— Por favor, fique à vontade.

— Estou com um pouco de fome, mas sem problemas se for trabalho demais.

— Lá vai você com essa polidez! — Ele começa a subir as escadas. — Vou fazer *omurice* para você, ainda tem um pouco de arroz na panela. É meio que a única coisa que faço bem.

— E quando seu pai volta?

Ele balança a cabeça.

— Não tenho certeza... Aqui, me dê a tocha. — Sua mão roça na dela, um ponto de contato tranquilizador, e então ilumina a escada. — Veja, a água só alcançou uns degraus. O resto está seco.

Depois de subir, eles viram para a esquerda, entrando em uma grande sala de tatame. Um aquecedor redondo já está aceso em seu círculo laranja, e é um alívio quando Yūki adentra naquele calor, seus dedos gelados começam a descongelar. Taka liga uma lamparina de acampamento e depois habilmente acende um antigo candeeiro a óleo.

— Todas essas coisas são de quando eu e meu pai vamos acampar nas montanhas. É acolhedor, não?

Um futon está enrolado em um canto, várias roupas estão dobradas cuidadosamente sobre uma cadeira. Perto da janela, em cima de uma escrivaninha, há um fogão a gás de duas bocas, uma chaleira e uma panela de arroz amassada.

— Tem certeza de que está tudo bem eu ficar?

— Certeza. É meio que o clube dos sobreviventes. Ou você pode se deitar com os fantasmas lá fora.

Ela olha para a noite preenchendo a janela do lado oposto.

— Fala sério...

— Eu disse. É estranho. Vou pegar a roupa de cama.

— Taka-san?

— Sim?

— Acha que a polícia vai me encontrar aqui? Tipo, não ligo se me encontrarem amanhã à noite... mas quero ver a casa antes.

— Ninguém sabe que estou aqui além daquele velho gângster e Komori-san, e os dois estão de boa com isso. Era para eu ficar em Osaka com minha mãe e seu novo namorado, mas detestei. Falei que ia para Tóquio procurar um emprego. Daí voltei pra cá, para ficar com meu pai. Ele sempre diz que suas enxaquecas vão embora quando estou por perto. Ele ficou comigo quando fiquei mal no ano passado...

— Meu avô comentou que você teve uns problemas.

Taka contorce a boca.

– Eu conto depois, Yūki. Mas me faça um favor e avise seus pais onde você está. Vou preparar a comida...

– Hum, preciso usar o banheiro.

Ele aponta para uma porta.

– Por aqui, primeira porta, leve a tocha. Ouça, se for só... o número um, não dê descarga. Desculpe por falar assim, só que precisamos economizar água, ok?

Ao voltar para o abrigo aquecido, Yūki observa melhor o local. É uma sala tradicional, com vigas de madeira escura e portas *shōji* com painéis de papel. Em uma estante próxima ao futon há vários livros ondulados pela umidade – história japonesa, autoajuda e um ou dois mangás – e um tabuleiro de xadrez montado com algumas peças em uma mesinha baixa. Taka está quebrando ovos com movimentos precisos.

– Estou pegando toda a minha comida de Komori-san – ele murmura. – Dê uma olhada na minha vista enquanto preparo isto para você... – Ele acena para uma das portas.

Com relutância, Yūki se afasta do calor, abre a porta de correr e depara com uma varanda fechada, com grandes janelas quadradas; as persianas estão escancaradas, emoldurando o caos da zona portuária. Seu olhar se demora ali, enquanto ela se lembra daquele primeiro vislumbre da devastação, um ano atrás, e de sua crise de hipotermia. Então olha mais além, se perdendo na vastidão do oceano.

O ar fica preso em sua garganta e os dedos tocam o vidro gelado.

Um amontoado de nuvens pálidas está correndo sobre o muro escuro do mar. A lua emerge novamente, traçando linhas prateadas sobre as ondas quebrando no horizonte. A sensação de espaço – de poder ilimitado – cutuca aquela coisa à espreita em seu covil, e ela sente no corpo o extraordinário peso da água mais uma vez, o poder caótico da onda, então está de volta no tsunami, desmoronando, se perdendo e desistindo e logo tudo está desaparecendo e...

– Você deve estar com muita fome – Taka diz bem ao seu lado, arrancando Yūki das garras do pânico. – Venha, vamos nos aquecer.

Seu coração está acelerado, mas a garota segue Taka de volta para a sala principal, encerrando o oceano lá fora com a porta de correr, inalando o ar quente e o primeiro aroma da omelete, recuperando o fôlego.

– Está tudo bem, Yūki?

– Sim, tudo bem.

– Só avise seus pais que você não está congelando? Não quero ser preso por sequestro nem nada disso. Não com a minha ficha!

Não há mais como adiar, ela sabe, então respira fundo e pega o celular. O aparelho leva um século para ligar, e depois que o tira do modo avião, demora mais ainda para encontrar sinal, revelando apenas uma barrinha. Ela espera e então – com o coração aos pulos – observa as notificações brotando. Ligações perdidas: 24, 25, 26, 27. Mensagens de voz: 9. De texto: 24.

Sem chance de aguentar ouvir a voz agoniada de seus pais, sabe o que vão dizer. Também há ligações de Tóquio e de números desconhecidos, que podem ser da polícia ou algo assim. Ela verifica as mensagens depressa, que basicamente repetem algumas frases óbvias:

Onde você está? O que está fazendo? Bjs

Está tudo bem? Por favor, me ligue. Não estamos bravos, mas por favor nos diga onde está.

Vá até uma cabine policial kōban *e deixe que eles cuidem de você.*

Kazuko se intromete:

Você pode contar tudo pra sua tia aqui, querida. Tudo! Se cuide.

E há uma de Joel respondendo sua última mensagem:

Arriscar? Ok, legal. Mas pfv se cuide. Me conte depois. J ☺

E mais uma de sua mãe:

Está em Osōma? Se sim, vá até a sra. Komori no Kujaku e ligue pra gente. Acabei de falar com ela. Ela prometeu ajudar. Te amamos. Mas por favor pense como é para mim. Mãe bjs

Agora Yūki está sentindo uma pontada afiada de culpa e, temendo que o celular toque em suas mãos, ela aperta o botão de responder na última mensagem e digita bem rápido:

Estou bem. Por favor não se preocupe. Volto depois de amanhã. Prometo, estou segura e quentinha. Por favor me deixe fazer isso. Obrigada e desculpa. Estou bem. Yūki bjs

Após escrever, ela envia a mensagem e fica segurando o celular no alto, em uma tentativa de melhorar o sinal.

Assim que vê que a mensagem foi enviada, desliga o aparelho e o enfia na mochila, soltando um longo suspiro.

— E aí? — Taka fala do fogão, batendo os ovos em uma tigela de vidro.

— Falei que está tudo bem.

— Você teve sorte de conseguir sinal. Disse que é seguro aqui?

— E *é*?

— Veja por você. — Ele acena para um aparelhinho amarelo na poltrona. — É só apertar o botão do meio na parte de baixo.

O contador Geiger está envolto em plástico e tem o tamanho e a forma de um celular. Ela aperta o botão de ligar e espera enquanto a tela mostra uma sequência de *kanjis* antes que os números apareçam. 0,48 µSv.

— Quanto deu?

— 0,48 alguma coisa.

— Microsieverts. Está tudo bem. É só um pano de fundo, na real. Nesse ritmo, é como se fizesse uma radiografia dentária a cada quinze dias.

— E isso não é muito?

— Não.

— Como é que você entende tanto disso?

— É preciso aprender essas coisas rápido. — Taka dá risada, despejando os ovos em uma panela, fazendo a mistura chiar. — E eu sou tipo muito esperto, sabe.

Ela olha para o tabuleiro de xadrez e relaxa um pouco.

— Aquele dia no trem... por que você disse que estava num torneio de kickboxing?

— Estava tentando te impressionar.

— Isso é tipo a última coisa que me impressionaria.

— Percebi assim que falei. Na verdade, não sou muito bom de papo. Com as garotas. Meu pai diz que eu leio demais.

— Que tipo de coisa?

— Ah, de todo o tipo. Mangás esquisitos. Um monte de ciência, sabe, coisas sobre cosmologia, e até filosofia e psicologia, acredite ou não. — Ele sorri. — E livros de xadrez, claro! Surpresa?

— Acho que sim...

– Não é o que se espera do filho de um taxista de Tōhoku, né? A verdade é que taxistas são verdadeiros pensadores, sabe... eles veem um monte de coisa, ouvem várias coisas e têm um monte de tempo para refletir sobre tudo. Ele queria que eu fosse para a universidade, mas agora não sei. – Ele olha para cima. – E aí? Tem mais mensagens? Talvez da polícia?
– É de um amigo. Ele me ajudou este ano.
Taka rapidamente afasta as laterais da omelete da borda da frigideira escurecida.
– Um garoto?
– É só um amigo. – Ela se aproxima. – Taka-san, sério, o que quis dizer quando falou que é assustador lá fora? Você fica insinuando coisas e depois fica quieto.
Taka se concentra nos ovos.
– Bem, provavelmente é só minha imaginação, mas...
– Mas o quê?
– Certo. – Ele enche as bochechas de ar. – Bem, eu estava na zona de evacuação... lá dentro, mas perto do mar. Estava ficando escuro. E vi... uma figura. Uma pessoa.
– Uma figura?
– É, mas ela estava tipo vestida toda de branco... e estava só parada lá, olhando direto pra mim, chamei sua atenção, mas ela só ficou me encarando. E de repente eu me senti muito estranho, daí ela saiu flutuando, sabe, acima do chão. Em vez de andar. Como se não estivesse bem lá, ou como se fosse uma projeção, sabe? – Ele balança a cabeça.
Um calafrio a domina.
– Um fantasma?
– *Funayūrei*. Mas provavelmente foi só minha imaginação, certo? Este lugar mexe com a nossa cabeça.
Eles ficam em silêncio e o único som é o chiado da panela.
– Você não está brincando comigo, não é?
– Por que eu faria isso? Merda, está queimando. – Com uma colher de madeira, ele despeja o arroz cozido rapidamente na omelete, então a dobra e desliza a meia-lua amarela e fofa em um prato.
Ele o serve em uma mesa baixa próxima ao aquecedor e a chama para se sentar.
– Venha, coma enquanto está quente.

A mente de Yūki ainda está evocando imagens da figura branca e flutuante, e o calafrio persiste em suas costas.

— E você?

— Comi macarrão à bolonhesa com Komori-san. Ela é uma cozinheira fantástica.

Yūki se senta e junta as mãos:

— *Itadakimasu*.

— Se tivesse ketchup, eu teria escrito uma mensagem legal.

— O que você teria escrito?

— Sei lá. *Okaeri*! Ou *yokatta*, porque estou mesmo feliz por vê-la. Está bom de sal? Estamos quase sem, mas coloquei um pouco de molho de soja e algas. Normalmente dá certo.

Ela deposita o ovo quente com arroz na boca, sugando um pouco de ar para não se queimar. O sabor é muito, muito bom.

— *Oishii* — ela responde de boca cheia.

Taka sorri e toma mais um gole de sua lata de café.

Ela dá umas três garfadas e olha para ele.

— Então, quando viu aquela figura você estava na zona de evacuação?

— Uhum.

— Como é lá?

— De algum jeito, é meio que estranhamente tranquilo, mas está horrível em alguns lugares...

— E o que aconteceu depois? Com essa figura que você viu?

Taka arqueia as sobrancelhas.

— Ela sumiu, e depois *pensei* ter visto outras figuras surgindo das ondas ao longe. Estava tarde e tinha um pouco de névoa... e eu estava morrendo de medo. Voltei correndo pra casa e taquei um monte de sal em mim. — Ele dá outro gole. — Mas, sabe, tem várias histórias por aí. Uma mulher em Minamisōma falou para sra. Komori que alguém tocou a campainha tarde da noite... e quando ela foi abrir não tinha ninguém lá, só uma poça de água no degrau, e os sapatos da filha estavam cuidadosamente arrumados. A filha dela morreu na onda, entendeu? Muitas pessoas estão tentando voltar para casa.

— Li umas coisas assim na internet. — Ela come mais um pouco do *omurice*. — Taka-san, o que aconteceu com você?

— Comigo? — Ele ergue a mão no ar. — Não importa, não é?

– Importa, sim... quero saber. Tentei ligar para você uma dúzia de vezes. E perguntei pra Takeda-san se ela sabia de você. Daí recebi aquela ligação estranha do seu número, mas foi como se tivesse centenas de pessoas falando ao mesmo tempo. Várias pessoas dizendo *moshi moshi*, como se todas estivessem tentando ser ouvidas. Tipo, será que poderiam ser fantasmas, como naquelas histórias em que os mortos ligam...?

– Mas, se fossem fantasmas, elas não conseguiriam dizer *moshi moshi*, não é? – Taka dá de ombros. – Provavelmente foi só alguma falha técnica, isso sempre acontece. Ouça, você precisa parar com essa de "san". Só me chame de Taka, beleza?

– Certo, desculpe.

– Fico feliz de saber que estava pensando em mim. E sonhando comigo! Tem certeza de que a gente não estava dando uns amassos?!

Ela engasga com o *omurice*.

– Não!!!

Taka dá risada.

– Foi mal! Foi mal...

– Como perdeu seu celular? Você também foi pego pela onda? – Yūki pergunta, tentando recuperar a compostura.

– Acho que sim.

– Você *acha*?

Ele abaixa a voz:

– Vi Shuto ser arrastado... sabe o cara que estava no trem comigo aquele dia?

Yūki faz que sim.

– Quando a onda se retraiu, consegui sair de casa e eu o vi sendo arrastado na minha frente. – Taka gesticula para o mar. – Shuto só estava a uns vinte metros de distância, mas eu não podia fazer nada. Ele parecia só, sei lá... surpreso. Desci até o porto enquanto a água se recolhia, procurando por ele, e ajudei umas pessoas feridas. Foi horrível... vi pessoas com o rosto na lama, muito machucadas, sabe? E ajudei alguém a sair de um carro meio enterrado, daí a segunda onda veio e eu devo ter sido atingido por algo e fui pego. Daí não me lembro de mais nada desse dia. Fui levado inconsciente em uma maca para o centro comunitário. As malditas autoridades demoraram um século pra chegar, porque estavam preocupadas demais com a radiação. Daí o reator deu uma de Chernobyl na gente e fomos levados para uma escola em algum lugar de Miyagi e... vi algumas pessoas morrerem lá no ginásio.

A voz de Taka vai ficando mais grossa e baixa conforme ele fala, e está quase inaudível agora, e há lágrimas em seus olhos, mas o garoto as enxuga e abre um sorriso forçado. Timidamente, Yūki contorna a mesa para se aproximar, mas ele levanta a mão.

— Estou bem, não quero entrar nessa agora.
— Daí você foi para Osaka e depois voltou pra cá?
— Tive que voltar. Assim como você.
— Não está preocupado com a sua saúde?

Taka fica em silêncio por um tempo.

— É uma idiotice, passei minha vida toda querendo vazar desse lugar e depois mal podia esperar para voltar!
— E o seu pai?

Taka estufa as bochechas e desvia o olhar.

— Ele passou a vida toda aqui, e o pai dele também, e o pai dele... sabe, esse tipo de coisa.

Yūki volta para a sua almofada e fica ouvindo o silêncio além da sala.

— Taka-san, você não precisa ir comigo amanhã. Se não for, eu vou mesmo assim. Mas seria bom se você fosse, eu gostaria.
— Claro que eu vou! Não vou te deixar por aí sozinha! É chamada de Zona de Difícil Retorno por um motivo, sabe. A gente vai lá, presta homenagem para o seu avô e pra todo mundo que morreu e volta antes de escurecer.
— Já foi tão longe quanto a nossa casa?
— Não tanto. A estrada costeira foi destruída em alguns lugares. E há patrulhas de segurança. E sabe Deus o que mais vamos encontrar... ninguém está limpando aquela área, Yūki. Pode haver cadáveres...

Mas quando Taka a olha, a sombra de seu sorriso torto está de volta.

— O que foi?
— Quem podia imaginar que aquele garoto bobo da arminha de água e a pequena senhorita Mangá fariam uma viagem como essa juntos?! Garoto Tsunami e Garota Tsunami! — Ele pega o contador Geiger, fica olhando para o aparelho e levanta a cabeça na direção da zona de evacuação. — Vou com você sob uma condição.
— Qual?

— Que você assine alguma coisa dizendo que foi ideia sua. Não quero que seus pais me culpem quando a gente voltar. Preciso me manter fora de confusões.

— Tenho dezesseis anos.

— É, você disse. Toda adulta ela. — Ele a encara. — Não a reconheci de primeira aquele dia no trem. Ei, quer saber o que pensei?

Yūki sente as bochechas esquentando.

— O quê?

— Pensei "Nossa, que estrangeira descolada". Depois percebi...

— Depois você pensou "Ah, é só aquela garota *hāfu*" ou algo assim.

— Pensei "Uau, como ela mudou, que gata". Aliás, adorei a trança.

Ela não tem como esconder que está corada. A vergonha, a omelete, a piada de Taka sobre estarem dando uns amassos, a cafeína e tudo mais...

Mas então ela se sente estranha e estica o braço para se segurar na mesa enquanto ouve um leve chacoalhar lá embaixo, copos e louças tilintando, então a porta do corredor fazendo *tadatadatadatada*. Ela se prepara, mas o som morre rapidamente.

— Você está bem?

— Foi um tremor?

— Pequeno. Acontece o tempo todo. E sempre me assusta quando me pega de surpresa! Vamos deixar as coisas arrumadas para amanhã e vamos dormir um pouco.

— Onde?

— Aqui, claro. Só temos um aquecedor. Não quero que você morra congelada.

Yūki olha em volta. Além da exaustão, ela sente uma espécie de vertigem, algo que não consegue identificar por um tempo. Não é ansiedade, mas parece. Talvez, e só talvez, seja excitação. Tirando o gostinho que teve esta manhã ao sair correndo da estação, é algo que ela não sente há tempos, parece que há anos. A garota olha para Taka, para as sombras que formam ângulos no seu rosto.

— Taka-san? Você pensou em *mim*? Quero dizer, depois da onda e tal? Ele a encara.

— Claro. Contei que fiquei sabendo que você sobreviveu, então...

— Você podia ter me avisado que estava bem.

– Eu *não* tinha celular nem nada. – Ele aponta para o próprio nariz. – De qualquer forma, pensei que não estava interessada! Dei em cima de você no trem e pareceu nem ligar. Venha, vamos nos aquecer e ficar confortáveis.

– Eu sabia que você estava dando em cima de mim. – Ela olha para o futon.

Ele dá risada.

– Juro, vou ser um verdadeiro cavalheiro. Meu pai me criou assim.

5
Dentro da zona de evacuação

Yūki leva um minuto inteiro ou mais para se lembrar de onde está.

Pela primeira vez, ela não teve pesadelos, só um sono tão profundo como não tinha há mais de um ano. Talvez tenha sonhado? Alguém estava cantando – mas ela não faz ideia de qual era a música ou quem estava cantando. Só lembra do eco de um eco.

A primeira luz da manhã tingiu os painéis *shōji* de cinza-claro. Taka está deitado de lado, o braço na direção dela, o cabelo, uma pilha bagunçada no travesseiro. Yūki se levanta, saindo para o frio e descendo o corredor até o banheiro. As pantufas de plástico do lado de dentro da porta são como blocos de gelo, o aquecedor do assento do vaso sanitário não está funcionando, claro, e ela treme sentada ali, pensando no dia que tem pela frente. Um calendário na porta mostra uma piscina de água termal na neve no mês de março. Mas do ano anterior. Seus olhos vão até o dia 11, sexta-feira – nada está marcado no calendário. Deveria ser um dia como outro qualquer. Nada mais, nada menos.

Tudo aconteceu um ano antes.

Ela tenta se concentrar na água quente e no vapor da foto e depois volta para a sala para observar Taka dormindo. De alguma forma, ele parece mais jovem, não aquele adolescente metido do trem, nem o adulto esquelético da noite passada. Ele parece quase um garotinho todo encolhido.

– Taka-san?

– Hum. – Ele abre um pouco os olhos. – *Ohayō*, bom dia. Você disse "san" de novo.

– Desculpe. A gente devia sair logo. A gente vai, certo?

– Sim, certo. Um minuto. – Ele aponta os dedos para ela. – Ouça. Fiquei acordado à noite, pensando. Não quero que você se meta em problemas.

– Eu falei para você que preciso ir.

Ele se senta e esfrega os olhos.

– Eu sei. Mas tipo, o que você quer fazer?

– Só preciso estar lá na hora que a onda veio. E rezar, sei lá. Vou pensar em algo no caminho.

– A gente vai ter que tomar muito cuidado. – Taka assente e se espreguiça. – Vou levar uns incensos, deve ter uns em algum lugar do armário. A gente costumava rezar para os meus avós todos os anos no Obon. Vamos logo pra voltar durante o dia.

– Por quê?

– Porque fica difícil enxergar qualquer coisa no escuro, lógico.

– O que você acha que pode acontecer de ruim?

– De ruim? Pegar radiação demais e acabar com câncer ou algo assim nos próximos anos. Ou sermos presos...

Suas feições são um borrão na luz da alvorada.

– Você está bem, não é, Taka-san? Está magro.

Ele abana a mão.

– Estou bem. Precisava perder peso.

– Será que a gente deixa um bilhete para o seu pai?

– Ele não vai voltar hoje. Nevou muito mais para o norte. – Um sorriso aparece no rosto e Taka vai para o banheiro. – Você pode ferver um pouco de água?

– Claro.

– Vamos aumentar a temperatura do aquecedor. E levar uns suprimentos.

Vinte minutos depois, com bolinhos de feijão vermelho e uma xícara de chá aquecendo-a por dentro, Yūki sai para o frio enquanto Taka fecha a porta firmemente atrás de si.

– Não vai trancar?

– Está brincando? Em Osōma? Agora? A não ser que algum *tanuki* queira roubar meu tabuleiro de xadrez...

Um único corvo está sobrevoando o monte de escombros abaixo, e de algum lugar ao longe ouve-se o som de máquinas, mas, em meio ao ar nebuloso, é difícil dizer de onde vem o barulho.

Taka coloca uma mochila de cordão no ombro e liga o contador Geiger.

– Pronta?

– Pronta.

– *Ikou*. Bora.

Em silêncio, eles seguem pela estrada elevada. Montes de nuvens escuras se acumulam no céu e o ar tem gosto de neve. Yūki ajeita a mochila quase vazia, enquanto a ansiedade e a excitação fazem seu coração bater um pouco mais rápido do que o normal. Mas é bom estar se movendo de novo. Pelo bem ou pelo mal, ela está a caminho de onde queria, percorrendo os últimos quilômetros até a casa. Seu lar.

– Última chance. – Taka a olha por cima dos ombros. – Tem certeza?

– Totalmente.

– Parece que você teve uns problemas. Na Inglaterra.

– Eu... eu tenho... – Ela não se lembra da palavra japonesa para ataque de pânico. – Às vezes, fico muito assustada, sinto um aperto aqui no peito... e dou uma surtada.

– Ah, *panikku hossa*! Certo, então o que eu devo fazer se você tiver um ataque?

– Só me lembre de respirar. E converse comigo.

– Sem problemas! Então vamos conversar agora. Como se a gente estivesse fazendo um passeio pelo mar.

– Sobre o quê?

– Coisas normais. De adolescente. Namorados, namoradas, qualquer coisa.

– Para ser sincera, isso também é assustador.

Ele sorri.

– Não é?

Eles deixam o caos do porto para trás, e a estrada sobe na direção do centro comunitário, que fica num terreno mais alto. Ela puxa o gorro de lá sobre a trança.

– Certo. Então... me conte o que aconteceu em Osaka, Taka-san?

– Ah, Deus. Briguei com o novo namorado da minha mãe feito doido. Ele é um fracassado. Tive um breve lance com uma garota mais velha.

Ela sente seu estômago se contorcer e procura outro assunto.

– E aquele probleminha que você teve aqui, antes da onda? Você não me contou ontem.

– Foi outra coisa, com outra garota...

– Outra garota? – Ela ouve o eco de sua voz e estremece diante do tom.
– Não precisa falar assim! Os dois foram *lances* bem curtos! – Taka respira fundo. – Mas e você? Deve ter feito coisas no seu quarto esse tempo todo...
– Trabalhos para os tutores que a escola arranjou. Coisas que minha terapeuta me pede. – Ela hesita. – Tentei desenhar um pouco.
– Tentou? Você deve ser incrível agora!
– Não. Eu meio que desisti por um tempão, então sou muito ruim.
– Quem disse?
– Eu.
– Que tipo de coisas você estava tentando desenhar?
– Uma raposa. E uma espécie de super-herói.
– Acho que um desses dois vai dar certo! Aposto que está melhor do que você pensa. Aposto cem mil ienes! – Ele se vira e sorri, depois aponta para a frente. – Antes de chegarmos no centro comunitário e no santuário, tem uma curva na estrada. E logo depois tem um novo posto de controle. Então precisamos fazer um desvio. Está pronta?

Ela se lembra daquela noite no santuário no carro com o avô: os amuletos de papel balançando ao vento, as raposas com seus olhos afiados e o jeito como Jiro ficou olhando para o espaço escuro além do *torii*. "Vamos voltar amanhã", ele disse. "Prometo." Mas o avô nunca teve a chance.

– Gostaria de ver o santuário.
– É arriscado demais. Desculpe, Yūki. *Gomen ne*. Precisamos dar a volta. – Ele olha para o contador Geiger fazendo barulho na sua mão, mostrando os números 0,85. – Sem problemas aqui, mas se subir muito, tipo quatro ou cinco ou mais, temos que voltar. Combinado?

Ela assente, colocando a mochila no ombro.
– Só quero chegar lá. Mesmo se não pudermos ficar muito.
– Beleza, precisamos ser silenciosos.

Está um pouco mais claro agora, e o sol surge como um disco branco e pálido atrás das nuvens. A estrada sobe na direção de onde as árvores começam, mas Taka acena para ela o seguir, virando à direita na pista, passando por um portão estreito e andando por uma trilha apagada que leva a um campo abaixo da mata.

Eles estão a apenas uns vinte passos do campo quando ouvem o ronco de um motor vindo de onde a estrada desaparece entre os pinheiros.

– É a polícia. Corra, Yūki!

Taka dispara, seu capuz voa para trás e solta seu cabelo, e a garota corre atrás dele, com a mochila e a trança batendo nas costas.

Conforme atravessam o terreno aberto, o som de seus passos pesados vai sendo sobreposto pelo barulho do motor, cada vez mais alto. No meio do campo, um poste de telefonia foi sufocado por um emaranhado de arbustos e Taka vai direto para lá, se jogando no chão. Um segundo depois, Yūki mergulha feito um jogador de beisebol e cai em cima dele com um baque. Seu coração está batendo loucamente, mas, quando ela olha para Taka, vê que ele está sorrindo, tentando recuperar o fôlego.

– Já está empolgante, hein? Consegue ver alguma coisa?

Ela espia através dos arbustos e só consegue distinguir a estrada. Yūki nota um movimento entre as árvores e logo um carro da polícia aparece devagar.

– Estão parando – ela sussurra.

Eles ouvem o freio de mão sendo puxado, a porta se abrindo e então... nada. Nenhum passo, nenhuma voz, apenas o leve ronco do motor – e de algum lugar atrás deles vem outro som, parecido com um tambor abafado. Yūki se vira e vê flocos de neve caindo e bolsões de névoa se formando e se movendo na encosta gramada abaixo. As coisas já estão um pouco estranhas e os dois estão a apenas alguns minutos da casa de Taka.

– E se ele não se mexer? E se ficar de vigia ali? – ela sibila.

– A gente vai ter que esperar.

– Ele está me procurando?

– Talvez.

Os espectros da névoa avançam e Yūki se aproxima um pouco mais de Taka.

– Não se preocupe.

– Não estou me preocupando, eu...

Agora o chão está tremendo e o tambor de repente fica muito alto.

– É um terremoto! – ela fala.

Taka balança a cabeça e aponta para trás. Uma figura negra está emergindo da névoa, crescendo rapidamente e, segundos depois, um cavalo surge empinando, com as narinas dilatadas, retumbando na direção deles. Sua crina balança enquanto corre, o vapor se condensa próximo às narinas e ele dispara freneticamente, levantando torrões de terra. Algumas dezenas de passos adiante, o cavalo solta um relincho sobrenatural e então se afasta.

– O que ele tem? – Yūki sibila.

— Talvez algo o tenha assustado. — Ele balança a cabeça. — Só agradeço por estarmos juntos.

— Eu também.

Da estrada, eles ouvem um ruído de estática vindo de um walkie-talkie e a porta do carro se fecha — e então o carro da polícia acelera uma, duas vezes e segue pela estrada em direção ao porto.

Taka solta o fôlego e olha para o medidor de radiação.

— Vamos ver quem chega primeiro na mata?

Ele chega primeiro com larga vantagem e para debaixo dos pinheiros. Um amontoado de camélias silvestres os protege da estrada, com suas folhas grossas e brilhantes tremendo ao vento e, à frente, uma pequena trilha serpenteia entre os vãos escuros e silenciosos das árvores.

Uma fila de cisnes está passando, indo para o interior, batendo as asas e arrastando chamados selvagens pelo céu. Aqueles cisnes migratórios costumavam emocioná-la no inverno — agora apenas parecem tristes e desamparados.

— Já estamos na zona de evacuação?

Taka balança a cabeça.

— Por aqui. Não podemos fazer nenhum barulho.

Ele vai na frente pela mata, os tênis macios fazendo barulho nas folhas pontudas de pinheiro caídas no solo arenoso. De vez em quando, uma rajada de vento passa suspirando pelo dossel. É a primeira vez que Yūki ouve esse som desde a infinita caminhada noturna com Takeda-san. Parece que foi em outra vida, e de alguma forma também é como se tivesse acontecido só algumas noites antes. As lembranças estão começando a voltar. Tenta afastá-las.

— Acho que vim por aqui — ela diz, caminhando ao lado dele. — Na noite seguinte.

Ele abre um sorriso breve e tranquilizador.

— Deve ser. Mas fique em silêncio, não estamos longe do posto de controle.

De fato, a algumas centenas de metros, é fácil distinguir vozes masculinas na estrada à frente e em algum lugar à esquerda.

— É isto — Taka sussurra. — Eles não vão nos ver. Tem arame farpado à frente, mas está meio pisoteado. Cuidado para não tropeçar. — Ele olha para o dosímetro na mão e gesticula para que ela siga em frente.

As vozes vão ficando cada vez mais próximas, e Yūki se concentra em pisar suavemente, com a respiração quase presa na garganta. Os arbustos os protegem, mas a impressão é de que qualquer som que fizerem soará alto em meio ao silêncio da mata. Um passo, mais um, enquanto a trilha os leva a uma depressão pantanosa, onde a névoa está se acumulando e engrossando o ar frio, e logo estão do outro lado. Quando um dos homens tosse, o som está tão perto que até Taka dá um pulo de susto. Ele sorri, então sinaliza para a direita, para onde a trilha vira uma confusão de lama e folhas mortas, que fazem barulho sob seus pés.

— Shhh, silêncio total agora — ele fala só com a boca, sem emitir som.

Alguns passos adiante, o garoto aponta para fios de arame farpado enferrujado torcidos na vegetação rasteira. Ele os empurra para baixo com o pé e acena para Yūki, antes de conduzi-los por outra encosta. Aos poucos, as vozes vão diminuindo, e após uma centena de metros Taka para na escuridão, a luz do contador Geiger se derramando em seu rosto e formando sombras em seus traços.

— Quanto está agora?

— Um e meio. Aquela velha cerca marcava o limite. — Ele abre os braços. — Então, bem-vinda à Zona de Difícil Retorno. O tour começa aqui. Não vou cobrar da primeira cliente.

Ela não percebe nenhuma diferença real, nenhum formigamento e nenhuma mudança na temperatura.

— Aqui, fique com o dosímetro, Yūki — Taka diz.

Quando ela pega o aparelho, talvez *tenha* ocorrido uma mudança sutil no ar ao redor. Como se, de alguma forma, o silêncio fosse ainda mais profundo ou a névoa mais espessa.

Ela estremece.

— É meio que excitante. Assustador também.

— Não é?

— Para onde agora?

— Vamos nos manter fora da estrada, só pra garantir. De vez em quando mandam patrulhas até onde a onda chegou. Caso contrário, só preste atenção onde pisa. Precisamos tomar cuidado com os javalis, eles podem ser meio nervosos. Fique de olho no dosímetro.

— Foi por aqui que você veio quando viu o fantasma na praia?

— É.

— Não entendo por que se arriscou tanto.

Ele gesticula vagamente para o mar.

— Só curiosidade.

Aquelas sombras no rosto de Taka o deixaram tão estranho... Ela estica o braço com o punho meio fechado e cutuca seu ombro.

— Taka, você é *real*, não é?

O garoto pega sua mão gelada e a coloca em sua bochecha quente. Ele a mantém ali por um tempo e ela sente a barba macia que brotou no ano anterior. Ele segura sua mão por um instante, olhando Yūki nos olhos, então a solta.

— Tão real quanto você! Mandou bem, aliás!

— Mandei bem no quê?

— Você conseguiu não dizer Taka-san. Grande passo!

Yūki sorri.

— Conta o que aconteceu com você, Taka.

— Nah. Quero algo mais otimista. Já sei! Conta sobre o seu herói.

— Não é nada.

Ele olha para trás e volta a caminhar.

— Estamos infringindo a lei juntos e talvez nos metendo numa roubada, então pode deixar pra lá essa bobagem de "Não sou boa o suficiente". Eu quero mesmo saber.

Dessa vez o silêncio é intenso, até o vento na copa das árvores deu uma trégua enquanto eles descem outro buraco. Os passos e a respiração dos dois devem ser os únicos sons na zona de evacuação.

Taka começa a falar em um japonês superformal.

— Por favor, Hara-san, eu ficaria humildemente grato se pudesse compartilhar essa informação comigo.

Yūki sorri de novo e decide se abrir.

— Bem... eu costumava desenhar esse herói o tempo todo quando era pequena. Era um garoto que vivia no fundo do mar. Ele tinha que cantar para o bagre, sabe? Que causa os terremotos?

— Namazu?

— Mais ou menos... eram vários deles.

— E daí?

— Ele lutava contra os vilões e salvava as pessoas, coisas assim. Era bem infantil, na verdade.

– Não, parece ótimo! O que aconteceu com ele no fim?

– Parei de desenhar.

– Não, quero saber o que aconteceu na história?

– Não desenhei um começo nem um fim, sabe, era só uma coisa que eu fazia quando criança. Ele acalmava guarda-chuvas assombrados e *kappas* e lutava contra monstros malvados. E cantava músicas.

Taka dá risada.

– Cara, esses guarda-chuvas *karakasa* podem ser um pé no saco!

– Se vai ficar tirando sarro...

– Não, não. Não vou. Eu adoraria ver uns desenhos seus.

– Foi tudo levado pela onda, acho. Mas... tenho tentado desenhar esse personagem de novo. Um amigo estava me incentivando.

– Amigo? O cara que mandou a mensagem pra você?

– É, Joel.

Taka sorri.

– Namorado?

– Não, não tem nada a ver.

– Já teve namorado?

– Tive – ela mente, sem querer parecer uma garotinha, e depois muda de ideia. – Quero dizer, não. Nunca tive. E você?

– Só aquele lance com a garota de Osaka. Que foi só... físico, se entende o que eu quero dizer. E saí com a garota do restaurante antes disso, mas só por umas semanas. E deu naquele problema... – Ele solta um longo suspiro, que se condensa no ar. – Agora ela está morta... tsunami.

– Sinto muito.

– Tudo isso foi muito antes do terremoto. Mas é bem triste.

Os dois caminham em silêncio por um longo minuto.

– Taka, você falou pra gente ser sincero um com o outro, né? Qual foi o problema?

Ele suspira.

– Bem, ela estava saindo com um imbecil de Fukushima. O cara bateu um pouco nela. Eu briguei com ele, ou pelo menos tentei, e os amigos dele revidaram. Foi muito pior. Me quebraram duas costelas! Daí quebrei o para-brisa do carro dele, furei todos os pneus e escrevi algo muito grosseiro com spray na porta, e então ele me denunciou à polícia. Daí a gente saiu por um tempo. – Ele olha para cima. – Ela beijava bem, a Kizuki.

Como é que alguém pode beijar tão bem assim e morrer? Uma hora, está quente e viva, outra hora sumiu. Não faz o menor sentido.

Apesar da melancolia, Yūki o vê corar, e Taka desvia o rosto e segue caminhando na penumbra. Um único floco de neve desce em espiral na escuridão debaixo das árvores, e ela o observa por um tempo, como se fosse algo afundando devagar na água escura. Depois aperta o passo.

– Sinto muito pela sua namorada – Yūki diz quando o alcança.

– Não chegamos a isso. Mudando de assunto… Ele tinha superpoderes?

– Quem?

– Seu super-herói.

– Mais ou menos. Ele controlava o mar. E podia correr na superfície da água. Mas basicamente salvava pessoas: marinheiros se afogando ou baleias encalhadas.

– Qual era o nome dele?

– Han Nami. Meia Onda, porque ele era pequeno.

– Ou porque era tipo você, né? Meio a meio. Meio japonesa, meio inglesa.

Yūki para de novo, pisando nas folhas pontudas de pinheiro.

– Bem, não, tipo… sou um quarto japonesa.

– É, mas parte disso, parte daquilo, certo? Parte terra, parte mar, "Onde é meu lar?", esse tipo de coisa?

Parece ridículo agora, óbvio demais, mas nunca tinha pensado nisso antes! Na sua cabeça, ele era só Han Nami. Meia Onda, por ser pequeno.

– Aposto que todo mundo adorava ele, não é? Era superpopular, como você gostaria de ser?

Por um segundo, ela fica irritada por Taka ter sacado algo tão óbvio e por analisá-la como se fosse algum tipo de especialista.

– Bem, era só um hobby, não era nada sério.

Eles estão adentrando cada vez mais a depressão da mata.

– Parece ótimo, Yūki. Sério. Não estou tentando bancar o esperto!

– Meu avô falou dele aquele dia. Logo antes da onda.

– E você voltou a desenhar?

– Quero tentar fazer uma versão adulta dele. E é estranho… quando eu estava na onda, e até quando pensei que estava me afogando e tal, eu tive uma visualização muito forte dele. Nunca contei isso pra ninguém, parece tão bobo.

Taka fica quieto por um tempo, raspando o chão com os tênis.

— Bem, parece que você devia continuar trabalhando nele...

— É o que minha terapeuta disse. Mas preciso aprender a desenhar direito antes — Yūki fala. — Sou só mais uma dos milhares de pessoas tentando fazer coisas patéticas...

O dosímetro na mão de Yūki vibra de repente, e ela quase o deixa cair quando o alarme soa no silêncio. Com os olhos arregalados, a garota olha para a tela e se depara com o *kanji* de perigo: 危険.

Taka o pega.

— Merda! Esqueci que o som estava ligado. — Ele aperta um botão e silencia o bipe. — Podem ter ouvido da estrada.

— Está ruim? A radiação? — Ela estava quase relaxada, mas agora seu coração está acelerando de novo.

— Hum, não, está tudo bem. Deixei o limite bem baixo pra você. — Ele olha em volta. — Acho que muita chuva se acumula aqui, então a radiação é maior. Acho que não vim exatamente por esse caminho da última vez...

— Você *acha*? Não estamos perdidos, certo?

— Não se preocupe. De um lado está o mar e, do outro, a uns três quilômetros ou mais, está a estrada principal, sabe, a Rota 6. Então estamos em algum lugar entre eles. Mas é melhor a gente se mexer, caso tenham nos ouvido.

Algo faz barulho atrás deles, seguido por um estalo suave de um graveto ou galho, e então os dois ouvem um súbito farfalhar à direita. Mais alguns flocos de neve caem em espiral enquanto ambos se viram para olhar.

— Será que são eles?

— Não. Algum animal. Talvez uma raposa. Ou um javali. É melhor a gente sair dessa depressão. Vamos pra estrada costeira. Bora...

6
Rabecão amassado

Eles saem correndo. Seus tênis vão subindo pelo lado mais íngreme da depressão, por entre um grupo mais espesso de árvores, e os dois continuam por mais cinco minutos antes de Taka verificar o contador Geiger outra vez e, enfim, diminuir o ritmo. Ele olha para Yūki, sorrindo de forma tranquilizadora.

— Beleza, está ok aqui.

O vento voltou, produzindo o assobio de sempre nos pinheiros ou nos fios de telefonia perto do mar.

Além disso, Yūki ouve algo a mais — um barulho que é tão parte daquele mundo, da sua infância, que ela leva um longo tempo para perceber que é o que está ouvindo: as ondas quebrando e se retraindo enquanto o Pacífico se move implacavelmente contra a costa. Na noite passada, vistas do trem, aquela voz foi abafada pelo vidro. Agora não há nada entre ela e as ondas.

Yūki para, ouvindo o baque pesado das ondas se quebrando e se preparando para o ataque de pânico — mas, de novo, nada acontece, e ela se apressa para seguir Taka. Alheio às preocupações da garota, ele está caminhando com um gingado agora, cantarolando uma melodia baixinho.

Quando Yūki o alcança, seus ouvidos ficam aguçados e ela percebe que a melodia é bastante familiar.

— Conheço essa música. Vovô vivia a assobiando.

— Ouvi no rádio outra noite. Grudou na minha cabeça.

— Mas que coincidência. Deve significar algo. Sabe o nome dela?

— *Não vamos nos esquecer*. Ou algo assim. Eu achava que era só uma música velha e patética, mas vários músicos e celebridades fizeram uma versão dela para aliviar a tristeza do desastre, então tem tocado bastante no rádio.

— Como é a música? Não sei a letra.

Taka franze as sobrancelhas.

— Algo assim: "Impossível esquecer como as lágrimas borraram meus olhos", Hum... "Impossível esquecer a felicidade sob o céu estrelado".

— Não lembra do resto?

— "Há amor e felicidade para além das ondas tempestuosas, amor e felicidade..." – Ele para de falar, vacilante. – Não sei cantar, nunca soube. – Ele olha para ela. – Você está bem?

Yūki faz que sim.

— Pensei que as ondas fossem me fazer ter um ataque ou algo assim. Mas estou bem. Vamos cantar enquanto caminhamos?

— Claro. Temos que seguir para o penhasco agora. Tem uma cerca alta que contorna o terreno do asilo.

Ele recomeça a cantarolar e Yūki o acompanha, se lembrando dos milhares de vezes que ouviu o avô assobiar aqueles versos familiares. Ela marca o ritmo com os pés, ganhando impulso enquanto sua trança bate na mochila e as árvores suspiram, as ondas cada vez mais e mais perto, mas está tudo bem.

Vai ficar tudo bem, vou conseguir, ela pensa.

Provavelmente.

Depois de algumas centenas de metros de pinheiros e abetos, os dois emergem na estrada costeira. À esquerda, ela faz uma curva na direção do posto de controle de Osōma ao longe, mas, à direita, após uns cinquenta passos, o asfalto simplesmente desaparece. Um pouco além, há uma névoa fina ou um vapor pairando no vazio, e além disso Yūki vê um pedaço de estrada pendurado do outro lado de um abismo, o guarda-corpo retorcido, quebrado e balançando na direção do trovão de ondas invisíveis.

E as ondas estão quebrando com tudo agora, explodindo contra a base do deslizamento de terra. Saindo da mata, uma cerca alta de arame chega quase até a borda e depois faz uma curva de noventa graus para seguir paralelamente à descida ao longo do resto da estrada.

Yūki solta um suspiro de susto.

— Estive aqui com a sra. Takeda. Eu vi isso. Mas não me lembrava de que era tão estreita.

— Várias partes caíram num dos tremores secundários. Tem certeza de que está preparada?

— Não podemos só continuar por dentro?

Taka balança a cabeça.

— Mesmo se a gente escalasse a cerca, tem uma pilha enorme de escombros ali perto, e quando me aproximei, o contador Geiger ficou maluco. É sempre mais seguro ficar na costa.

Um eco da música ainda ressoa na cabeça de Yūki, os dois primeiros versos contínuos, preparando o terceiro.

— Não podemos parar agora — ela sussurra para si mesma.

Apesar do ânimo que a música lhe deu, a violência das ondas fez suas pernas ficarem como gelatina e sua boca secou.

As ondas crescem e quebram e uma borrifada de sal cai no rosto de Yūki. Ela avança e a água agitada lá embaixo fica à vista.

Ah, meu Deus.

Yūki sabe que Taka está falando algo, mas, por um momento, tudo o que ela consegue fazer é ficar parada ali, olhando para as ondas agitadas. Sente a mão dele em seu braço.

— Você está bem? Precisa respirar? Posso respirar com você. Yūki?

— Eu... estou bem. Só me dê um minuto.

Seus olhos cruzam o abismo e sobem o morro bruto até o guarda-corpo, até a segurança da estrada mais além. Mas ela é escorregadia, e o olhar de Yūki desliza de volta para as ondas sacudindo o morro e a estrada esmagada e as árvores caídas a uns vinte metros lá embaixo.

Tudo passa a oscilar em sua visão e então ela está novamente na onda, lutando, lutando... contra o choque, o frio e o afogamento. A respiração presa, a escuridão, a violência e o rugido, a sensação de engolir água, seus pulmões em chamas. *Não estou nada bem, nada bem, nada bem...*

— Ei, Yūki! Respire um pouco, hein? — A voz de Taka está bem no seu ouvido. — Vamos lá, inspire... expire... inspiiire... expiiire. Respire fundo.

Ela faz que sim e sustenta seu olhar e, tranquilizada pelos olhos escuros dele, se esforça para imitar a respiração deliberadamente exagerada. Ela solta um suspiro irregular, depois outro um pouco mais suave.

— Isso aí, Yūki. Respire fundo de novo. Podemos voltar. Não tem problema se você quiser voltar.

— Não, vou ficar bem.

— Tome seu tempo. Daí vou primeiro.

Sua respiração vai se aprofundando devagar, e logo ela para de sentir que o peito está preso, assente de novo e gesticula para que ele siga na frente. Mas suas pernas ainda parecem que vão ceder e sabe que está tremendo um pouco.

— Estou bem, obrigada.

— Não parece.

— Estou bem. Vamos.

Taka abre um sorriso preocupado e os conduz até o limite do buraco – e então a solta gentilmente e contorna o restante do asfalto que passa sobre a água barulhenta: um metro, dois, três.

— Veja, está tudo bem! – ele fala, olhando para trás. – Venha, segure-se na cerca, só para garantir, assim. – Taka congela por alguns segundos, então a chama freneticamente. – A viatura está voltando.

Yūki olha em volta e vê luzes azuis piscando nos últimos pinheiros atrás deles, e então, antes que perceba o que está fazendo, já está correndo, avançando pelo asfalto exposto e cheio de ervas daninhas, correndo até a cerca de arame. Taka está se movendo mais rápido agora, com os dedos firmes no arame, arrastando os pés feito um animal enjaulado e angustiado.

À esquerda, na borda da sua visão, o espaço é um vazio que quer sugá-la de volta para o oceano. Seus dedos se agarram na cerca, a alguns metros atrás de Taka, se prendem ao arame gelado, e ela volta a olhar para trás bem a tempo de ver os faróis do carro fazendo a curva.

Merda, não posso parar agora. Não tão perto!

Yūki solta a cerca e passa à esquerda de Taka, os tênis vacilam bem na beira do precipício, correndo a toda velocidade ao longo da faixa da estrada, com o oceano e o céu preenchendo um lado e a mata escura e a cerca o outro, a força fluindo de volta para suas pernas, ela está firme, quase sem fazer esforço, quase como se estivesse voando...

Ela salta sobre o guarda-corpo torcido do outro lado e mergulha em uma moita de bambu, torcendo desesperadamente para que não tenham sido vistos, com o coração martelando no peito. Um segundo depois, Taka cai ao lado dela, respirando com dificuldade, os olhos arregalados.

— Sua idiota! – ele ofega. – Falei pra se segurar na maldita cerca!

— Eu só não queria que pegassem a gente.

— É melhor sermos presos do que mortos, né?

Yūki aponta para trás, para o bambu balançando. A viatura parou a cerca de cinquenta metros antes do buraco, os limpadores do para-brisa estão varrendo de um lado para o outro a neve que voltou a cair.

– Ele não viu a gente – Yūki solta. – Acho que não. Estamos seguros.

– Está vendo aquela linha branca? – Taka sibila, apontando.

A escassa tinta branca segue bem na borda do asfalto restante, praticamente desenhada no nada. Dali, é possível ver quão horrivelmente rebaixada é a estrada do penhasco.

– Você correu em cima *daquilo*. Deus sabe como foi que aguentou seu peso. Talvez sua família seja *mesmo* maluca, no fim das contas. Merda, Hara-san. Não faça isso comigo! – Ele se deita de costas e fica olhando para o céu nublado. – O que o sr. Policial está fazendo agora?

A viatura dá a partida e começa a recuar, os faróis oscilam enquanto o carro faz o retorno.

– Está indo embora.

– Vamos ter que voltar outro dia – Taka diz, se sentando e recuperando o fôlego. – Não é seguro. Podemos subir a Rota 6.

– Você me chamou de idiota. Depois de Hara-san! Se decida.

– Desculpe, mas você me assustou de verdade.

– Eu disse que estava bem.

– Não parecia. Teve um ataque?

– Estou bem.

Yūki se sente bem, realmente bem. Sem fôlego, com o coração acelerado, mas suas pernas estão melhores. Ela afasta a trança, encara Taka e está prestes a lhe dizer isso. Mas, para sua surpresa, a garota vê lágrimas se acumulando nos olhos dele.

– *Você* está bem?

Ele enxuga as lágrimas com um movimento rápido da mão.

– Tente me ouvir, beleza? Quero que fique segura.

– Está chorando?

– Não, não. – Ele funga com força, então fica em pé, oferecendo uma mão para puxá-la.

– Estou feliz, se quer saber. Por estar aqui com você. Eu choro quando estou feliz.

Yūki o encara longamente, então sorri e se vira para observar as ondas mais uma vez.

— Então vamos.

Ela tira os olhos da água, e juntos os dois marcham pela estrada, através das ervas secas do verão passado avançando pelas rachaduras no asfalto, e atrás deles, batendo lentamente contra o sopé dos morros desmoronados, o mar ressoa e faz um estrondo e, em seguida, se dissipa, tornando-se um barulho de fundo e nada mais.

A estrada tem curvas que Yūki conhece de cor — mas a vida selvagem e a negligência começaram a transformar as coisas e a reivindicar espaço aos pouquinhos. O mato invade o asfalto e montes de papel e plástico se acumulam no acostamento, o que normalmente nunca aconteceria. Uma motocicleta preta está caída, emaranhada em gavinhas secas de amora. Uma casa à direita, na frente da qual Yūki costumava apertar o passo, pois julgava ser mal-assombrada, está meio desmoronada, o carro na garagem está coberto de sujeira e cocô de passarinho, o lugar parece ter sido abandonado por muito mais tempo do que só um ano. Além disso, um enorme pinheiro vermelho está atravessado na estrada feito uma barreira, raízes e terra expostos à maresia, e há outro além desse. Ambos pulam em silêncio enquanto o granizo se transforma em neve e depois em granizo de novo, a estrada serpenteia de volta para os penhascos e as árvores vão ficando mais escassas, revelando a ampla paisagem baixa diante deles.

Yūki fica olhando para a frente em silêncio. Há destruição por toda parte: árvores arrancadas de suas fundações e lançadas umas sobre as outras, cantos quebrados de prédios parecendo peças de Lego estraçalhadas, pilhas de escombros, carros e barcos capotados. Quase não há árvores de pé. Fora os corvos sobrevoando a cena, tudo está imóvel. As únicas estruturas que restaram são a escola de Ensino Fundamental com seu campanário de concreto e um prédio moderno.

Taka aponta para lá.

— Eu me lembro de você na escola... eu devia estar no sexto ano e você no quarto.

— Fiquei só um semestre e meio, meu pai estava fazendo algum trabalho de campo em Sendai ou algo assim. Mas acho que não me lembro de você, Taka.

— Acho que eu me misturava bem com os outros.

— E eu devia chamar atenção.

— Um pouquinho! Ouvi dizer que a maioria das crianças não estava lá quando a onda veio. As que estavam foram levadas por um caminhão bem a tempo. A onda deve ter sido enorme ali...

— Eu vi quando ela atingiu a escola — Yūki fala baixinho. — Estava na altura do teto.

Taka bate em seu ombro e aponta para uma pequena trilha que desce a encosta arborizada à esquerda.

— Dá para chegar na praia por ali. Foi lá embaixo que vi aquelas figuras...

— Os *yūrei*?

— Shhh, não fale em voz alta, Yūki. De qualquer forma, é muito melhor estar aqui com você. Ter alguém para conversar e tal.

Eles seguem em frente enquanto a estrada dá voltas por entre as árvores.

— Eu chamava mesmo atenção na escola, Taka?

— Um pouquinho. Você estava sempre... meio que sempre dentro do seu mundinho. Era bem marcante.

— Minha mãe pensou que seria bom pra mim, mas foi ainda mais difícil do que na Inglaterra. Tentar me encaixar.

— Pode crer. Tipo, nunca achei que eu me encaixava, sendo que nasci e cresci aqui. Ser canhoto talvez não tenha ajudado. Eu não achava que era igual aos outros. Por isso ficava tão nervoso, acho.

— Você amassou mesmo o carro daquele cara?

— Uhum. Perdi a cabeça. — Ele pega um longo pedaço de bambu e o sacode no ar. A neve parou e há uma fresta de sol abrindo caminho através do véu de nuvens. — Esqueça essas bobagens. Que tipo de ritual quer fazer quando chegarmos na casa?

— Nos meus sonhos, meu avô está sempre me chamando... como se eu precisasse fazer algo importante para ele.

— Certo. Então a gente vai ter que analisar a situação. Vamos tentar ser lógicos, como se fosse um problema de xadrez, beleza? Se ele não sai da sua cabeça, significa que você não está conseguindo desapegar, ou que ele não está conseguindo se desapegar, independentemente de fantasmas serem reais ou não. De qualquer forma, algo precisa ser encerrado, certo? Tem alguma ideia do que poderia ser?

— Na montanha, ele disse que tinha que buscar uma coisa ou fazer algo. Talvez tenha a ver com isso.

Taka para, balançando o bambu depressa para cima e para baixo, e de repente solta um grunhido meio estranho do fundo do estômago.

– O que foi?

Ele recomeça a caminhar de cabeça para baixo.

– Faz um favor, Yūki? Conta pra mim o que aconteceu com você naquele dia? Preciso saber.

– O que foi?

– Conta em detalhes o que aconteceu com você.

Assim – hesitante a princípio, mas depois ganhando velocidade até as palavras serem cuspidas –, Yūki lhe conta a versão mais completa que já tinha narrado. Conta como a casa sacudiu forte e que foi para a falésia com o avô, que ele parecia triste, e que de repente ficou cheio de energia e quis descer até a casa. A onda chegou. O apito idiota. Falou um pouco como foi estar na água, a sensação de desistir e a paz que sentiu quando estava prestes a se afogar. E depois como foi estar na prancha com a raposinha.

Quando ela termina, faz-se um longo silêncio, e por um minuto ou mais só dá para ouvir os passos deles, enquanto Taka vai agitando a espada de bambu entre os arbustos.

– Uau, você enfrentou muito mais do que eu.

– Eu pensei que estava morta, sabe, Taka. É bobo. Realmente pensei isso por um tempo.

Ele assente.

– Eu senti isso... quando estávamos no centro de acolhimento em Miyagi. Estava congelante e eu não podia ajudar os idosos ao meu redor e... – Ele mantém a cabeça determinadamente erguida. – Você disse que seu avô voltou para casa?

– Isso.

– Você sabe por quê?

– Para buscar alguma coisa, ele disse. É tão idiota... o que poderia ser tão importante? *Modoranai*, né? Nunca devemos voltar. Sei lá, fico pensando que é tudo culpa minha. Tipo, devia ter impedido que ele descesse. Eu me sinto tão mal...

– Você não pode se entregar à culpa – ele fala com a voz rouca. – Até as merdas dos programas de entrevistas da TV sabem disso.

– Mas eu podia ter impedido que ele voltasse, não é? Então é culpa minha.

Taka para abruptamente.

– Certo, ouça. Eu... não contei uma coisa para você.

– O quê?

– A verdade é que eu... não fui totalmente sincero. – Ele solta outro grunhido baixo. – A verdade é que é *minha* culpa seu avô ter morrido.

– O quê?! – A voz dela sai muito alta no silêncio em torno deles. Um corvo sai voando, fazendo barulho. – Como é que pode ter sido culpa *sua*?

– Sinto muuuito. Deus. Se Jiro não tivesse descido para me ligar, ele teria sobrevivido.

– Para te ligar? Como assim?

– Seu avô ligou para mim. Quando o terremoto começou, eu estava voltando da estação. Tinha perdido o 2.38 depois que papai me deixou lá. Esqueci meu celular feito o idiota que sou e meu pai me deu uma carona, mas perdi o trem mesmo assim. Daí o terremoto veio e fiquei deitado numa rua perto de casa até acabar. Depois corri pra casa para ver se estava tudo bem e saber se alguém precisava de ajuda no porto. Estava prestes a ir até lá quando o telefone fixo tocou. Era seu avô, Yūki. Ele desceu para ligar pra gente e avisar que tinha sonhado com... comigo me afogando. Sinceramente, eu fiquei apavorado, mas agradeci e subi as escadas pra olhar a janela e não fui para o porto. E é por isso que eu sobrevivi. Por causa do seu avô. E ele morreu. Ahhhhhhhh, meu Deus.

Os olhos de Yūki se arregalam atrás dos óculos.

– Então ele sonhou com *você*? Vovô me contou do sonho, mas... – Ela solta um suspiro profundo, tentando entender. – Que horas você recebeu essa ligação?

Taka funga.

– Hum, uns dois minutos antes da onda. Jiro salvou a minha vida. – Ele joga o bambu na vegetação. – Desculpa. Queria que ele tivesse sobrevivido e eu morrido. De verdade.

– Não seja idiota...

Em todas as versões dos últimos minutos de seu avô, Yūki nunca imaginou que ele estava ligando para Taka. Mas a história se encaixa: a forma como ele parecia preocupado na montanha, como decidiu repentinamente descer logo após ter tentado usar o celular. É o tipo de coisa que ele faria. E de repente parece que tudo se moveu mais um pouquinho – toda a estagnação e as lembrança repetitivas em sua cabeça foram afetadas pelo que Taka lhe contou. É meio que perturbador e bom ao mesmo tempo.

— Está brava comigo? — Taka sussurra cabisbaixo.

— Não! Claro que não. Mas por que diabos você não me contou isso antes? Por que não entrou em contato comigo nem nada?

— Não sabia como dizer. E também tinha meus próprios problemas. Não é desculpa, eu sei, mas...

— O que... que ele falou?

Taka fecha os olhos.

— Ele disse: "Vai pensar que eu sou maluco, mas ontem sonhei que você se afogava, então por favor vá para algum lugar alto", algo assim.

— Como ele estava?

— Parecia bem. Eu respondi: "E o senhor?", e ele disse que ia pegar alguma coisa e voltar para falésia com você, para ficar seguro. Daí ele desligou.

É como se seu avô tivesse voltado à vida, sussurrando novas palavras no seu ouvido.

— Está brava comigo, Yūki?

— Ele disse que ia pegar alguma coisa? Ele disse o quê?

— Não. É importante?

— Talvez. Acho que talvez seja importante para explicar por que ele desceu até a casa.

— Mais importante do que ligar pra mim?

— Não, não foi isso que eu quis dizer. Tem certeza de que ele não falou o que queria pegar?

— Eu contaria para você, se isso fizesse eu me sentir menos mal.

— Queria que você tivesse me contado antes... mas acho que não devia se sentir culpado, é o que estou tentando te dizer.

Taka abre um sorriso forçado.

— Então você também não devia se sentir culpada.

— Ele me contou que tinha tido um sonho. Mas não falou que tinha sido com você.

— Vamos andando. Continue falando se quiser.

A pálida luz do sol está manchando a estrada, e Yūki olha para Taka à sua frente, seus ombros magros puxados para cima em direção às orelhas.

— Taka?

— Hum?

— Se quer saber, eu fico feliz por você não ter morrido.

Ele retorce o rosto.

— Dificilmente compensa a dor de perder alguém tão incrível quanto seu avô, não é?

— Não, mas fico feliz mesmo assim.

— Eu também. Acho.

Taka enche os pulmões de ar e segura a respiração. Então aponta para a estrada, para as árvores à direita, e solta o ar de uma vez.

— Certo. Se importa se fizermos uma coisa rapidinho? Um favor que prometi para uma pessoa no abrigo? Daí pelo menos não preciso me sentir mal com isso também.

— O que é?

— Estamos perto do asilo. Prometi levar um recado para a esposa de uma pessoa.

— Mas com certeza não tem ninguém lá agora. E eu quero ir pra casa.

— Tinha um velho e ele estava saindo. O abrigo estava congelante e estávamos todos em cima de esteiras finas e alguns dos idosos estavam morrendo ali mesmo, foi horrível...

— Por quê? Pela radiação?

— Pelo frio e pelo choque, acho. Ele deixou as cinzas da esposa aqui e queria pedir desculpas por abandoná-la. Não vai demorar nada, e eu prometi que faria isso se tivesse chance.

— Está bem, se formos rápidos. Quero estar lá às 14h46.

— Eu sei, eu sei. Dez minutos.

Na próxima curva, uma entrada de carros dá em dois grandes pilares de pedra, com uma placa indicando "Comunidade de Idosos Sol de Osōma" pendurada no portão. O ar está mais calmo ali, protegido do mar e, ao longe, ao sul, ouve-se o som de máquinas — deve ser a usina nuclear ou algum tipo de limpeza acontecendo além, em Tomioka. Mas o barulho parece a mundos de distância conforme vão seguindo o caminho silencioso, entre arbustos desgrenhados e gavinhas de amoreira serpenteando na pista. Taka olha para trás. De vez em quando, ela sente alguma teia de aranha invisível em seu rosto e a afasta.

— Você já veio aqui antes, Taka?

— Sim, mas fiquei um pouco assustado... não consegui cumprir a promessa. Se você promete algo, precisa cumprir, né?

– Por quê?
– Porque é a coisa certa.
– Não, por que você se assustou?
– Eu me senti estranho.
– As pessoas morreram aqui?
– Acho que sim.

A estrada faz outra longa curva para a direita e surge um complexo amplo de edifícios modernos. Dois carros estão parados em um estacionamento cheio de mato – um carro pequeno e branco e um baixo, um rabecão ornamentado. Uma árvore enorme caiu em cima do capô do rabecão, espatifando o para-brisa e fazendo os dragões gravados e as nuvens douradas da traseira emergirem da folhagem morta de acálifa. Na lateral do carrinho branco alguém escreveu uma única palavra em inglês com spray preto e caligrafia trêmula: TERROR.

Yūki fica olhando para a palavra.

– Quem é que fez isso?

Taka não responde: seus olhos estão percorrendo o estacionamento e os prédios mais adiante, enquanto ele avança até onde o caminho se alarga sob um dossel na frente do prédio. Uma ambulância está parada ali, mas parece que não se mexe há anos. As portas principais estão escancaradas, e contra elas tem uma pesada maca de rodinha bloqueando a soleira. Existe outro pequeno estacionamento e Taka dá uma olhada nele antes de voltar para Yūki na entrada, seguindo seu olhar para o interior sombrio. É como olhar para águas profundas e calmas. Nem um sussurro no ar ou brisa, apenas uma quietude tão absoluta que quase parece sólida.

Taka mexe os pés com a mão na nuca.

– Certo, eu vou lá. – Ele bate as mãos suavemente uma, duas vezes. No silêncio, o som ressoa pelo corredor na frente deles. – Sra. Uemura, tenho um recado do seu marido, Susumu – Taka sussurra. – Ele diz: "Kayo, por favor, perdoe-me por abandoná-la. Você pode não me encontrar, mas irei até você. Obrigado pelo seu amor e cuidado".

Ele faz uma reverência e se mantém curvado por um longo tempo antes de endireitar a postura e olhar para Yūki.

– Acha que foi bom?
– Sim, muito bom. Ouviu alguma coisa?

Em algum lugar nas profundezas do prédio, ouve-se um sussurro – algo como água corrente, cadenciada por um leve *tap tap tap* que pode ser da neve derretendo ou de um cano estourado.

Ela espia mais uma vez a penumbra. A uns dez metros no chão polido, há uma cadeira de rodas caída e alguns sapatos e pantufas espalhados. Além disso, uma grande pilha de toalhas brancas e cobertores foi derrubada de uma caixa virada. Dá para sentir o cheiro de mofo úmido, de alvejante e do inverno à espreita.

Tap tap tap.

Ou talvez sejam passos distantes? E aquele sussurro ou água correndo fica mais alto, como um bando de pardais zumbindo.

– Foi isso que ouvi da última vez – ele murmura. – Cheguei até aqui e pensei ter visto algo no fundo do corredor, só um brilho.

Yūki dá mais uma olhada, com o coração acelerando.

– Sério? Devem ter sido vaga-lumes ou algo assim, não?

– Em fevereiro?

Taka ilumina a escuridão com a lanterna do celular, e no fundo do corredor a luz revela um enorme buquê de flores: crisântemos brancos e alaranjados explodindo em um redemoinho de plástico, deliberadamente colocados ali – e não muito tempo antes.

– Acho que alguém veio prestar homenagem pelo aniversário da tragédia – Taka fala baixinho, olhando para trás.

O som parece se dissipar de novo. Yūki está prestes a puxar a manga de Taka para chamá-lo para irem embora quando um baque alto ressoa fundo no prédio, como se uma porta tivesse batido.

– Sem chance! – Taka pega a mão de Yūki. Seus dedos magros estão muito gelados, mais que os dela.

– Vamos – ela diz.

– Consegue ver alguma coisa? – Taka sussurra. – Olha no final do corredor. Bem no final.

Calafrios percorrem sua espinha. E – sim – tem alguma coisa ali? Um leve borrão de luz do tamanho de uma bola de futebol flutuando na porta do outro lado? Vindo na direção deles? Indo embora? Parece estar se movendo e não se movendo, talvez ficando mais denso, mais claro. Ouve-se um som sibilante na escuridão, algo se aproximando, *correndo* para eles no que parece ser uma velocidade colossal. Instintivamente, Yūki se abaixa, e um segundo depois, o que quer que seja – não é o vento, mas tampouco é sólido – passa por cima da cabeça deles, levantando o cabelo de Taka. Ela quase não consegue abafar um grito, e antes que perceba, os dois estão disparando de volta.

Os olhos de Taka estão arregalados.

– Você viu?

– Pássaros? O vento? – Mas só de pronunciar as palavras, ofegante, ela percebe que não acredita no que disse. Pareceu algo fugindo, uma enorme onda de energia reprimida, ou uma emoção, ou *alguma outra coisa*.

Os dois passam pelo carro do "Terror" e pelo rabecão amassado, fazem a primeira curva e a garota arrisca dar uma olhada para trás no último minuto, mas não vê nada além da ambulância estacionada. Ela vacila.

– Calma – diz. – Não tem nada ali.

Mas Taka continua correndo e não para até ter passado pelo portão de colunas, de volta na estrada do morro.

Yūki o alcança e está prestes a fazer alguma piada sobre ele ser mais medroso do que ela, mas ele desaba no chão com a cabeça baixa. Com cuidado, ela coloca a mão sobre o ombro dele.

– Provavelmente foi só o vento, Taka. Deve ter portas derrubadas e janelas abertas e o vento entrou...

– Pare com isso. Foi estranho. – Ele balança a cabeça. – Foi tão triste... Você viu aquela coisa redonda? Talvez fosse um *nukekubi*, uma daquelas cabeças flutuantes. Ou talvez tudo isso – ele faz um gesto abarcando seu entorno – esteja me afetando.

– Então vamos rezar pra que ele encontre a paz. O que quer que seja.

Yūki se vira para o portão e junta as mãos suavemente. Aproveitando a deixa, Taka a imita e juntos fazem uma reverência na direção do asilo enquanto o vento balança as árvores acima.

Taka endireita a postura.

– Pelo menos, eu dei o recado. Acha que ela me ouviu?

– Vamos acreditar que sim.

Em algum lugar ao sul, ouve-se uma sirene à distância. Então o barulho aumenta, segura uma nota constante e desaparece no silêncio da zona de evacuação.

— Será a usina? — Yūki pergunta. — O que significa isso?

— Deve ser hora do almoço — Taka murmura, verificando o contador Geiger mais uma vez. — É preciso comer mesmo se estiver combatendo a radiação. Corajosos.

— Está tudo certo?

— Está ok. — Ele remexe em sua mochila de cordão e tira um saleiro. — Só para garantir. Sabe, tipo quando você volta pra casa depois de um funeral.

Ele despeja um pouco de sal na mão, pega um punhado e atira sobre o ombro dela e depois sobre o seu.

— Vou guardar um pouco para depois.

— Acha que precisamos mesmo fazer isso?

Taka faz que sim e se vira para o vento frio.

7
Bem-vindo ao lar

No sopé da colina, um carro está caído, tomado por ervas daninhas do último verão. Um pouco além, a devastação causada pelo tsunami começa de verdade. Pilhas de madeira esmagadas e enormes pedaços de tábuas e alvenaria estão amontoados contra pinheiros caídos, umas vans pequenas e carros estão capotados feito besouros, com as rodas inúteis no ar, manchas de lama seca e pedaços de plástico azul, cinza e vermelho emaranhados com telhados quebrados em ângulos malucos. Traineiras jazem viradas no oceano silencioso de madeira, metal, concreto e vidro.

Perto do mar, a maior parte das árvores se foi, e as que restaram têm um mortífero tom pálido laranja. Apenas os prédios da escola e uma unidade industrial de concreto permanecem intactos em meio à carnificina. O vento sopra no topo dos juncos no local em que a água ainda se esconde nos canais de drenagem, e a neve volta a cair.

Yūki desvia o olhar para a falésia, o casarão Hara ainda escondido.

Taka segue o olhar dela.

— Consegue ver alguma coisa?

— Não. Estava pensando: como é que consegui sobreviver a tudo isso?

— Ouvi que dois estudantes do Ensino Fundamental estavam voltando para casa juntos, até que se separaram e pegaram estradas diferentes, um sobreviveu e o outro morreu — Taka murmura. — Acho que você teve sorte, como eu.

— Não me senti sortuda na hora.

— Quero dizer que sempre tem um pouco de sorte envolvida, né? E de vez em quando a gente toma boas decisões…

Aqui e ali, através da extensa paisagem diante deles, há pequenas varas vibrando com a brisa, flamulando bandeiras brancas.

— Estão marcando onde a Força de Autodefesa encontrou cadáveres — ele diz.

Durante quase um ano, Yūki imaginou, lutou e esperou por esse momento – dar um jeito de voltar para a casa e tentar encontrar seu avô. Mas, agora, com o casarão a apenas um quilômetro de distância, do outro lado desse cenário alienígena, a realidade dos cadáveres é opressora demais.

– Como... como você acha que ele vai estar? Se o encontrarmos agora?

– Depois de um ano tomando vento, chuva e tudo mais, a radiação deve ter chegado ao DNA, contou Komori-san. Ou à arcada dentária. Desculpa. Tenta não pensar nisso. – Ele apoia a mão no ombro dela. – Ouça, as chances de encontrar seu avô devem ser tipo de um em um milhão. Dizem que alguns corpos foram encontrados bem longe...

– Eu sei. Vamos pra casa.

Taka olha para a frente.

– Acho que a gente devia pegar a estrada que faz a curva perto da escola. Ela foi mais ou menos limpa, e tudo está uma bagunça daqui até sua casa. Vou reconfigurar o alarme no dosímetro.

Eles descem para o chão plano, passando por montes de destroços, uma casa destruída partida em duas, as metades se afastando uma da outra. O contador estala na mão de Taka enquanto os prédios da escola surgem no ar nevado, e ele faz uma pausa para mexer no aparelho.

– Vou deixar um limite um pouco mais alto. Senão vai disparar o tempo todo.

Quando se aproximam, a piscina aberta da escola está com lama e entulho até a borda.

– Eu detestava as aulas de natação – Yūki murmura. – Sempre me senti uma inútil, comparada aos outros.

– Mas isso pode ter salvado sua vida, né?

– Acho que sim.

Ela olha mais uma vez para os trampolins ainda posicionados sobre a piscina e aperta o passo, atravessando as enormes esculturas de sapo ao longo da lateral do corredor, uma das coisas que sempre gostou nessa escola. Agora eles olham para os juncos cobertos de vegetação sussurrante.

Taka aponta para cima, para uma linha borrada de cor pretoesverdeada logo abaixo do teto.

— A água deve ter chegado até aqui – ele fala. – Foi sorte aquele caminhão ter parado a tempo.

— Sim, acho que me lembro de ter visto.

— Aquele cara deve ter salvado umas cinquenta crianças e professores. Acho que ainda estão tentando localizá-lo.

Os dois dobram a esquina, o vento assobiando nas janelas quebradas acima deles, que caminham entre a violência silenciosa dos destroços. Estar tão perto da devastação os deixa quietos, e a atmosfera vai ficando cada vez mais opressora à medida que se afastam da relativa normalidade da estrada do penhasco.

— Conta mais sobre o seu herói – Taka pede, tentando soar animado. – Então ele queria morar aqui e ajudar as pessoas, mesmo vindo do mar? Para resgatar pessoas em perigo?

— Não pensei direito.

— Ele era como você, certo? Veio de outro lugar, mas queria ficar aqui...

Ela sente uma pontada de irritação de novo.

— Eu já tenho uma terapeuta.

— Desculpa, só estava pensando em voz alta.

Taka continua caminhando, mas os pés de Yūki param de se mover e ela olha para trás, para a escola abandonada e para os escombros da comunidade litorânea, imaginando o poder da água lavando a terra, então se vira para avaliar qual é a distância até o terreno mais alto. Um quilômetro ou mais. Mesmo se as crianças de dez anos corressem o mais rápido possível, nunca conseguiriam chegar. A garota olha para o mar, escondido pelos juncos e árvores mortas, e a imagem de Meia Onda surge em sua mente, caminhando pela crista das ondas, o cabelo azul reluzente, indo para a escola. Todos contavam com ele. Um super-herói que saberia o que fazer...

— Pensei que estivesse com pressa! – Taka fala.

Ela olha para o relógio.

12h50. O tempo está fechando: tufos de névoa do mar se misturam com o ar frio da neve e edifícios destruídos, sua respiração fica pesada enquanto Yūki corre para alcançá-lo. À sua frente, o garoto está coberto pelo ar cada vez mais espesso.

— Taka!

Ele a espera.

– Pensei ouvir um cachorro. Você ouviu, Yūki?

– Não. Só estava pensando numa coisa. – Aquela imagem de Meia Onda não sai da cabeça de Yūki, e uma ideia fica pairando em algum lugar na fronteira do pensamento.

– Aqui está pior do que na mata, se quiser saber o que eu acho – Taka diz. – Vamos lá e você faz o que precisa fazer. Não foi muito longe daqui onde eu vi você-sabe-o-quê.

– Se não quiser continuar...

– Eu quero – Taka fala com firmeza. – Só não quero passar meu tempo com malditos *funayūrei*.

– Angela disse que histórias de fantasmas depois de desastres são só sua mente tentando processar tudo.

– Bem, sem querer ofender, mas eu acho que Angela, quem quer que ela seja, nunca visitou a zona de evacuação de um tsunami depois que escureceu. Nem viu o amigo afogado na lama. Ou... – Ele abana a mão na direção da carnificina. – Bem, acho que você passou por coisas piores do que eu, então é melhor eu calar a boca. Está ouvindo? Tem algo latindo.

Yūki inclina a cabeça.

– Talvez?

– Pode ser um cachorro, vários foram abandonados... alguns morreram de fome, mas acho que vários devem estar sobrevivendo por aí. Podem ser ferozes. – Ele sai da estrada e pega uma vara quebrada. – Ou poderia ser uma raposa. Você esteve mesmo numa prancha com uma raposa?

– Primeiro pensei que fosse um cachorro, mas quando peguei ele, percebi que era uma raposa. Acho que gostou de mim.

O rosto de Taka se ilumina e seu sorriso torto está de volta.

– Sua família e as raposas!

Mesmo que ainda seja dia, o ar ficou sombrio de novo. Apesar de ela ter andado por essa estrada centenas de vezes, é difícil se orientar com a falésia entrando e saindo de vista através daqueles montes de coisas quebradas. Tudo mudou. Das muitas casas que sempre estiveram ali durante toda a infância, agora só sobraram os alicerces de concreto. Algumas estão tortas ou acertaram a lateral de uma casa do outro lado da estrada. As árvores foram destruídas ou totalmente arrancadas do chão. Quando chegam ao pequeno cemitério, seus retângulos de mármore preto jazem em um caos semelhante aos blocos de brinquedo abandonados por uma criança. Perto da estrada, um pedaço de pedra clara repousa sobre um pedestal preto: é uma cabeça de Buda do tamanho de um melão, com o pescoço quebrado de forma irregular, mas a leve sugestão de um sorriso ainda anima suas feições.

Yūki pega a cabeça entre as mãos. Os dois ainda devem estar a uns bons oitocentos ou novecentos metros da casa, mas lembra a cabeça do pequeno Buda que ficava ao lado do Godzilla no jardim do seu avô. *Poderia ser, não?*

— Vamos, Yūki. Dá azar pegar as coisas dos cemitérios.

Ela coloca a cabeça no chão e a vira para o mar. E, ao fazê-lo, ouve um som fraco de garras de um animal correndo na pista.

Mas ao se virar, a garota não vê nada. Calafrios percorrem cada vértebra, alongando sua coluna.

— Você também ouviu, não? Deve ser um fantasma de cachorro...

— Taka, você faz ideia do que aconteceu com o cachorro da sra. Takeda?

— O velho e bom Pochi? Sim, ouvi que um daqueles estudantes que vieram de Tóquio para ajudar depois do desastre o encontrou. Aparentemente esse cara era meio punk ou algo assim, mas pelo menos é uma história com final feliz. Takeda-san até o abraçou, acredite ou não!

A estrada sobe ligeiramente em direção à falésia, em tramas de madeira quebrada e metal, mas seus pés encontram o ritmo, seu coração acelera fazendo *tum tum* até que Yūki tem que se esforçar para não sair correndo enquanto escala os piores trechos, tentando não olhar muito para os sapatos e pedaços de roupa presos na bagunça. Arrancados das casas ou de pessoas que se afogaram ou... *Não, não pense nisso. Continue se movendo, continue respirando.*

Algumas árvores doentes – tão longe da costa – ainda estão de pé, e ela reconhece o desengonçado pinheiro vermelho que ficava onde as três estradas se encontravam. Yūki e Taka viram à esquerda, contornando um monte cônico de coisas quebradas, e emergindo da névoa à sua frente ela finalmente vê: ainda orgulhosa contra a falésia, a casa da família Hara.

O terreno ao redor não tem mais os arbustos e as árvores familiares. Janelas escureceram, coisas estão saindo pelas portas, a casa toda parece um navio danificado por uma tempestade, flutuando na confusão marrom e cinza dos escombros. A estrada até lá foi parcialmente desobstruída e Yūki começa a correr, até que dispara a toda velocidade na direção de onde costumava ficar o portão, ziguezagueando pela bagunça, pulando sobre um caixote, o coração batendo forte enquanto cruza os últimos passos.

Então ela chega em casa.

Yūki para na soleira, pousando a mão na grande pedra ornamental, como fazia quando queria se segurar na borda da piscina. *Consegui!*

Respira fundo, absorvendo a destruição diante de si.

Nem sinal do portão. E para além de onde ele deveria estar, tudo o que formava o jardim também se foi: manequins, árvores ornamentais, a caixa de correio e as coleções de seu avô, tudo varrido e substituído por montanhas de equipamentos de pesca e pedaços quebrados de sabe-se lá o quê, tudo empilhado contra a varanda *engawa* que contorna a casa. As únicas coisas que sobraram são: o Godzilla deitado de barriga para baixo com o rosto enfiado na lama seca e as enormes lanternas de pedra, espatifadas e caídas. Mais adiante, as grandes janelas da saleta estão escancaradas, a porta da frente foi arrancada nas dobradiças. É possível ver os *shōji* rasgados pela fachada quebrada do antigo prédio, e buracos negros e cortes nos painéis de papel branco.

O silêncio é intenso.

Só se ouve o suspiro do vento e da neve no *hinoki* e pinheiros e abetos acima, o barulho de uma persiana solta em uma das janelas do andar de cima, seus batimentos leves e rápidos.

Ela espera, permitindo seu coração desacelerar um pouco, e fecha os olhos.

— Vovô, *tadaima*. Cheguei — ela sussurra.

O sino de urso sob o beiral toca suavemente uma, duas vezes, e ela volta a abrir os olhos. Ao perceber um movimento na encosta acima, Yūki olha bem a tempo de ver um grupo de corvos se dispersando e levantando voo.

E nada mais. Mas, por um instante, é como se estivesse sendo observada — algo como aquele cutucão que se sente quando alguém está com os olhos fixos em você.

Só imaginação.

Nunca diga a palavra "só" antes de "imaginação", Yū-chan.

Taka está se aproximando por trás, correndo ofegante.

— Uau — ele fala. — A casa aguentou bem a onda. Mas que bagunça. E aquele grande monte de coisas lá atrás fez o contador estalar feito doido. Não parece tão ruim aqui, mas a gente não devia ficar muito tempo, Yūki.

— Quero dar uma boa olhada ao redor.

— Para quê?

— Tipo, seria realmente terrível se ele estivesse jogado por aí. Procurei meu avô aquele dia, mas talvez não o tenha visto.

— Certo. Mas... como eu disse, não tenho certeza se restaria muito para ser encontrado. Sinto muito.

— Nem um esqueleto? Ou...

Ele faz uma careta.

— Sei lá. Uma vez vi uma daquelas múmias budistas numa excursão da escola, perto de Yamagata. A pele estava toda seca e tal e tive pesadelos por semanas e semanas. Cometi o erro de contar para o Shuto e ele ficou tirando uma com a minha cara.

— Muito obrigada por isso.

— De qualquer forma, duvido que seu avô esteja por aqui. Mas vamos dar uma olhada, só pra garantir.

Ela afasta as imagens de esqueletos e cadáveres mumificados — e se esforça para imaginar a voz rouca de seu avô sussurrando em seu ouvido:

Okaeri, Yū-chan. Bem-vinda de volta.

Yūki olha para o tênis em sua mão. Está coberto de lama, mas os detalhes prateados reluzem quando ela limpa a sujeira. Sem dúvida é do seu avô. Ela se lembra dele fingindo correr, sorrindo, vivo.

Ela olha para a falésia. Jiro só estava brincando quando disse que iria buscá-los, mas é como se tivesse dado um grande passo na direção de Yūki. Depois de todos esses meses de sonhos, pesadelos e imaginação, isso aqui é algo sólido e real. Nada de mais, mas é algo. Um pé direito imundo, talvez a última coisa que ele comprou.

Taka se posiciona ao lado dela.

— Vi esse tênis aquele dia na estação. Pensei: nossa, o avô dela é descolado... Onde você achou?

— Tinha um no *genkan* e este estava aqui. Não sei como não vi quando entramos.

Ela o coloca junto com o pé esquerdo, como se seu avô tivesse acabado de tirá-los e os deixado na porta.

— Yūki, só para te tranquilizar. Dei mais uma olhada na casa para garantir que seu avô não está mesmo aqui. O corpo dele, quero dizer. Acho que não está em nenhum lugar aqui perto. — Ele coloca a mão no seu braço. — Então pelo menos não precisa se preocupar com isso.

— Obrigada. Muito gentil.

Taka estufa as bochechas, olhando para o caos.

— Não consigo me livrar da maldita culpa. Deus, este lugar está uma bagunça... pior que a minha casa. O que quer fazer?

— Vamos montar uma espécie de santuário. Encontrar coisas úteis. — Ela olha para a casa. — Já tenho isto... — Ela ergue a foto da moldura quebrada caída no patamar: Jiro e Anna olhando para uma lâmpada, com seus sorrisos jovens congelados e os óculos erguidos para sempre em algum tipo de clube esfumaçado na Tóquio de 1970. — Pode pegar o incenso?

— Seu avô gostava de *shōchū*?

— Talvez. Lembra uísque, né? Ele gostava de uísque.

— Lembra. Então também tenho uma oferenda. — Taka sorri, enfia a mão na bolsa e pega uma latinha comprida. — *Kanpai*. Saúde, Hara-san.

Yūki ouve o ruído do anel da latinha sendo puxado enquanto sobe os degraus e segue pelo corredor, pisando nos vidros quebrados da sala de estar. Os livros de arte de seu avô foram reduzidos a uma bagunça encharcada no chão, as revistas *Garo* e os *gekiga* estão ensopados e cobertos de lama e mofo. Ela escolhe uma que não parece tão danificada pela água e limpa a capa com a manga, revelando uma linda princesa guerreira Ainu, sua boca delineada com um sorriso feroz. Está assinada: "Hara Jiro, 1970". *Perfeito*.

Ela segue em frente pelas salas de jantar e de estar, vasculhando o lodo em busca de algo útil ou significativo. Mas pouca coisa está visível acima da lama, não há sinal das cerâmicas de sua avó nem do prêmio Tezuka, que ela sabe – apesar da indiferença fingida de seu avô – que o deixava com muito, muito orgulho, e que nunca estava fora do alcance de suas mãos. Yūki pensa na lata de biscoito preta e a procura rapidamente pela sala de jantar, mas desiste depois de cinco minutos. Sem chance. A essa altura, provavelmente está enterrada no fundo do mar e, além disso, os ponteiros do seu relógio estão se aproximando das 14h46.

Ela volta para o corredor, e Taka está enfiando um feixe de incenso em um vaso de flores quebrado cheio de terra.

– Está bom assim?

A garota assente e se agacha, estendendo a fotografia enrolada e colocando os tênis prateados nas pontas para fazer peso, pousando o gibi encharcado cuidadosamente ao lado.

– Uau, perfeito – Taka diz, tocando a capa. – Ela é incrível, muito legal mesmo! Eu não ia querer mexer com ela!

Yūki olha para o sorriso de guerreira da garota, imaginando seu avô inclinado sobre a mesa de desenho dando-lhe vida. As linhas são tão seguras e firmes que trazem um sorriso ao rosto da neta, mais de quarenta anos depois que ele as desenhou.

– Você trouxe fósforos, né?

– Claro! – Taka responde, pegando um grande isqueiro vermelho do bolso. – Hum, você quer falar alguma coisa? Ou só acendo?

– Que horas são?

– Bem na hora. 14h46.

– Então acende e vamos pensar no que aconteceu. Lembrar do meu avô e de todos que morreram.

– Para ser sincero, nunca sei o que devemos fazer ao rezar.

– Acho que você só tem que fazer o que achar certo. Pronto?

Taka se agacha, protegendo a chama com a mão. O incenso preto acende e começa a soltar fumaça de cedro, e eles ficam ali, lado a lado, encarando a foto, e Yūki faz uma reverência. Seus olhos pousam de novo nos tênis, no jovem olhando para a lâmpada e na mulher se apoiando nele.

Ao lado, a guerreira Ainu a encara, orgulhosa – é uma forasteira, alguém que se destaca, assim como o homem que a criou.

Yūki respira fundo e fecha os olhos e se lembra da casa sacudindo e dançando ao redor deles durante aqueles longos, longos minutos, e quão sólido e real seu avô lhe pareceu durante a provação. Sua mão era quentinha e forte...

O que ele estava pensando quando desceu até a casa? O que estava pensando quando morreu?

O vento se agita um pouco e então para. A garota inspira o aroma do incenso e então solta o ar.

– Vovô... – ela fala baixinho. – Por favor, descanse.

– E por favor, aceite minhas desculpas – Taka murmura, depositando a latinha ao lado da foto. – Que o senhor e todos possam... ficar bem... onde quer que estejam. Sentimos muito por não termos o encontrado ainda.

Yūki encara a foto e desvia o olhar para o topo da falésia.

Imagine ser um corvo, e você pode ser um corvo.

Imagine estar apaixonada, e você pode se apaixonar. Imagine ser um super-herói, e você pode voar pelo céu!

Ela deixa a mente passear acima da neve da casa.

No relógio de Yūki, já passava das 14h55. Ela e o avô estariam indo para a falésia nesta época do ano passado, ele ainda caminhando, falando... *Talvez a gente devesse ter feito algo ali no morro*, ela pensa. *Algum tipo de ritual. Talvez não importe, o principal é que estou aqui.*

Mas, na verdade, agora Yūki está meio desmotivada. Como se algo mais devesse ter acontecido, ou eles devessem ter feito algo mais específico. Era demais esperar que o avô se materializasse como se fosse um anime?

— Taka?

— Hum?

— Meu avô falou mais alguma coisa no telefone? Você provavelmente foi a última pessoa com quem ele falou...

— Acho que sim. — Ele faz uma careta, refletindo. — Perguntei se você estava bem.

— O que ele disse? — Yūki sussurra.

— Ele falou que você ficaria bem, algo assim. Porque era mais forte do que pensava.

A fumaça do incenso se espalha ao redor deles, se moldando no ar frio, e seu coração acelera no peito.

— Legal. Mais alguma coisa?

— Como eu disse, Jiro falou que ia pegar alguma coisa e depois se juntar a você.

— Ele não falou mesmo que coisa era essa?

— Eu teria te contado. Você está bem?

Yūki olha em volta, a neblina que vem do mar envolve a paisagem. A falésia aparece e desaparece de vista.

— Quanto está a radiação?

— 3,8.

— Eu meio que senti que ele estaria aqui, sabe? — Ela olha mais uma vez para os tênis. — Talvez a gente devesse esperar dar a hora que a onda veio... afinal, é quando...

— Certo, só que eu não quero estar aqui quando a luz for embora.

Yūki concorda com a cabeça.

— Você realmente acha que viu os *funayūrei*?

— Você viu o que eu vi lá no asilo. — Taka coça a cabeça. — O que seu avô faria? Se estivesse aqui?

— Ele seria criativo ou faria o oposto do que a maioria das pessoas fizesse...

— Ah, um *amanojaku*, né?

Ela fica confusa.

— É quando você faz algo de um jeito porque todo mundo faz o contrário. *Amanojaku* na verdade são demônios.

— Ele não era um demônio.

— É só uma expressão, era para ser um elogio! Então, o que ele faria?

Yūki aponta para a montanha.

— A gente costumava fazer uma fogueira lá em cima no Obon, para enviar os espíritos pra casa.

— Então vamos fazer isso — Taka sorri. — Só que isso talvez chame atenção.

Claro, é perfeito!

— Eu não ligo. Vamos fazer uma aqui, a maior que conseguirmos.

Taka ergue o isqueiro com a mão esquerda e o acende duas vezes, sorrindo.

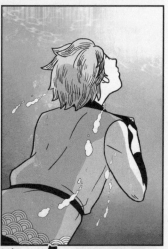

Montar a fogueira deixa Yūki aquecida e ela tira o capuz para olhar as chamas. Taka está jogando mais um pedaço de madeira no fogo, e a labareda sobe alto enquanto as faíscas dançam pelo ar quente. Ele se vira para Yūki, e seus olhos brilham quando encontram os dela.

— Mais, Yūki?

— Mais! Muito mais.

Enquanto os minutos se alongam e o estalar do fogo substitui a conversa, seus braços e pernas ganham mais energia. Ela arrasta um pedaço quebrado de estante, põe ali no meio do fogo e fica observando as chamas o engolirem.

O contador Geiger fica esquecido na varanda junto com um álbum de fotos antigo que surgiu debaixo de uma cômoda espatifada no jardim. A maioria das fotos se foi, mas algumas ainda estão nos bolsos de plástico, manchadas pela condensação e pelo mofo — vislumbres de seu avô e sua avó de férias, há uns trinta anos ou mais, caminhando de mãos dadas com as duas filhas pequenas. A imagem desbotada de um Natal ali e sua mãe, seu pai, Jiro e Anna enfileirados nesse mesmo local. A casa quando as árvores eram menores.

Quanto mais alto a chama sobe, mais o coração de Yūki se acelera. A fumaça forma um véu sobre ambos, fazendo seus olhos arderem e então clareando novamente. Na beira do fogo crepitante, ela pensa ouvir algo vez ou outra — um som parecido com o vento fazendo as folhas do verão farfalharem ou água correndo. E, de quando em quando, vem aquela sensação de que estão sendo observados, o que a faz se deter na falésia ou na luz turva do mar.

Ela se lembra do grunhido evasivo que Jiro soltava enquanto esperavam pelos espíritos. "Não assuste nada que possa estar por aí, Yū-chan, só espere, só espere."

O vento esmorece e a chama e a fumaça sobem direto para o céu. Algo na fogueira cede, e o estrondo lança mais faíscas confusas pelo ar.

— Está bom? — Taka pergunta. — Estou exausto. E a gente devia pensar em sair daqui a pouco.

— Podemos nos sentar e ficar observando a fogueira um pouquinho? Ali da casa.

Taka olha o mar.

— Está bem, só um pouquinho.

— Esperei tanto tempo, não posso ir ainda.

— Claro. De qualquer forma, a gente precisa comer alguma coisa. E tenho outra latinha daquele *shōchū*. Meu pai tinha umas escondidas... — Ele pega os suprimentos na bolsa e apoia a latinha no chão.

— Você bebe muito?

— *Nah*, só em ocasiões especiais. Esta é uma ocasião especial, não é?

— Muito.

Ela olha para o rosto magro de Taka, para seus olhos escuros que procuram os dela.

— Como você está, Yūki?

Suas bochechas estão quentes pelo fogo.

— Estou muito bem, graças a sua honorável presença, Taka-san.

— Ei, fala sério, pensei ter falado para você deixar pra lá essa coisa formal.

Ela dá um soquinho no ombro dele.

— Só estava brincando.

Ele sorri.

— Bem, então você me pegou.

Eles se sentam na beira da passarela em frente à velha casa, sob o *shōji* rasgado e as janelas quebradas, mas ainda ao alcance do calor do fogo, e comem *onigiri* — bolinhos de arroz — e biscoitos em silêncio.

Taka dá um gole na latinha e oferece a bebida para Yūki.

— Sabor pêssego. Se importa se compartilharmos?

Ela dá uma olhada na latinha, limpa com a manga e dá um golinho — e engasga quando a bebida ardente atinge sua garganta.

— É forte!

Taka estica o braço gentilmente para pegar a latinha.

— Não beba muito, se não está acostumada.

— Taka?

— Hum?

— O que *você* acha que acontece quando morremos?

Ele olha para cima, pensativo, e fecha os olhos por um momento.

— Andei pensando bastante nisso. Li e refleti muito quando estava lá no sul. — Ele olha para ela. — Certo, isso é tipo outro experimento mental, beleza? Onde está *konoyo*? Neste mundo?

– Bem, aqui. Bem aqui. – Yūki aponta para o chão à sua frente.
– E se pensar no clássico paraíso? Em Deus e nuvens e tal.
Ela aponta o indicador para cima.
– E o inferno?
Ela aponta o dedão para baixo.
– Fácil, certo? Então a pergunta é: onde é *anoyo*? O *outro* mundo? Para onde os espíritos retornam depois do Obon?
– Hum, bem...
– Você não sabe para onde apontar, né? É meio que aqui, à nossa volta. Mas não é *konoyo*. Está ao nosso lado de alguma forma.
– Você não respondeu à minha pergunta.
– Porque não faço a menor ideia.

O fogo crepita em um ritmo constante, e Yūki o observa por um longo tempo, então olha para trás, para o interior sombrio da casa.

– Vai demorar um século para consertar tudo isso. Vou dar um jeito, se ninguém quiser. Um dia.
– Eu te ajudo – Taka fala baixinho.

Ele oferece a latinha de novo e Yūki dá mais um gole. Agora ela sente o *shōchū* aquecendo seu estômago, ao tomar outro gole do líquido frio e ardente. Percebe Taka se aproximando, a lateral do corpo dele encostando nela de leve.

– Tudo bem, Yūki?
– Sim. *Daijōbu*.
– Não estou tentando nada – Taka diz. – Só preciso ficar mais perto.
– É bom.
– Tenho me sentido solitário. Tipo, todo mundo da minha idade foi embora ou morreu.

Algo faz um barulho alto no fogo e ambos dão um pulo de susto e se olham e sorriem – depois se acalmam. Yūki se apoia um pouco mais nele.

– Parecia que você ia dizer alguma coisa quando estávamos acendendo o incenso, daí você mudou de ideia.
– Não importa. Vamos ficar em silêncio.
– Tem certeza?
– Está gostoso assim.

Ela sente o brilho do fogo no rosto e nas mãos, Taka ao seu lado, e fica olhando para as chamas, observando como dão vida à fachada da casa, e os minutos vão passando e se alongando. *A onda já teria vindo*, ela pensa. *Talvez a essa hora eu já estivesse sendo arrastada. Ou foi quando vovô morreu...*

A respiração de Taka fica mais pesada e ele se apoia nela.

Talvez esteja dormindo.

Deve ser umas sete horas na Inglaterra. Joel passou a ser muito importante nos últimos meses: sua amizade a ajudou a chegar ali. Mas ela nunca se sentiu tão próxima – nunca esteve tão próxima – de um garoto quanto agora. Yūki pensa sobre as coisas "físicas" que Taka viveu com aquela garota em Osaka, sobre a garota do restaurante que beijava bem e mais uma vez sente uma pontada de inveja no estômago. *Talvez eu precise dar algum sinal?* Um instante atrás pareceu que ele ia lhe dizer algo ou até mesmo que iam se beijar quando ele a olhou, mas então o momento passou.

– Taka?
– Hum?
– Está dormindo?
– Sim.
– Sei lá, você poderia... meio que... me abraçar?

Ele se recosta na construção antiga e solta o peso para que ela se apoie no seu peito e depois coloca o braço ao seu redor.

– Assim?
– Sim, obrigada.

A neve cai mais pesada, o movimento é hipnótico, os flocos derretem ao atingirem o chão. De vez em quando, pequenas rajadas de vento fazem os flocos dançarem, mas, fora isso, tudo está tranquilo. Taka se ajeita.

– Então, me conta como era o Obon aqui, Yūki.
– Era... mágico.
– Mágico? A gente só ia limpar o túmulo da minha família, sabe, nada de mais.
– Era quentinho e a gente ficava sentado numa mesa enorme na casa antiga e minha tia Kazuko contava histórias sobre shows que davam muito errado de um jeito idiota, meus pais e ela bebiam um pouco e davam risada pra variar, em vez de serem tão certinhos como sempre. Daí a gente fazia uma fogueira no morro, meu avô e eu.

— Que maravilhoso.

— Bem, às vezes rolava umas brigas também. Meu pai achava que não se encaixava e o japonês dele era pééssimo. E minha mãe e tia Kazuko discutiam... Não era perfeito.

— Família, né? Ei, me passa a bebida, por favor? — Taka pega a latinha.

— Desculpe, fique com o resto. Você me ajudaria mesmo a consertar esse lugar?

— Talvez a gente tenha que esperar um pouco. Mas sim.

— Está ouvindo algo? Shhh.

— É só o fogo.

— Não, é outra coisa...

Para falar a verdade, Yūki não está muito confortável nessa posição, e o *jet lag* ou a exaustão ou talvez a bebida esteja bagunçando um pouco sua cabeça — mas ela não quer se mover nem quebrar o contato. *Será que devo fazer algo mais? Só aproveite esse momento. Pense no seu avô. Pense no fogo e em Taka. Pense em Anna e em mamãe e em Kazuko crescendo ali, brincando por aí...*

Ela fecha os olhos, ouve o fogo crepitando, sente o aroma persistente do incenso e da fumaça. O vento sussurra através dos pinheiros. Mais algum outro som além disso? Parece perto e ao mesmo tempo longe...

Ela ouve a respiração de Taka, e juntos os dois mergulham em sonhos que não vão se lembrar conforme a neve cai gentilmente e a luz esmorece e o contador Geiger estala nos degraus atrás deles e o vento vira as páginas do álbum de fotos manchado.

Lá fora, no velho pântano, os juncos estão murmurando.

Um carro para mais abaixo nos destroços, com um gemido, enviando flocos de ferrugem para o buraco salgado sob ele.

Sapos de concreto acumulam neve nas pálpebras, olhando para o mar.

Ao longe, o oceano mantém seu ritmo implacável, e cada onda vai crescendo, quebrando e se retraindo do paredão destruído, o barulho das ondas vai ficando mais alto, mais alto...

Uma coruja branca desce do morro, caçando ratazanas radioativas na noite.

E uma pequena raposa abre caminho até adentrar o círculo da fogueira.

Ela fareja a bolsa de Taka, se aproxima das figuras adormecidas, seus bigodes a milímetros da mão de Yūki. Gentilmente, lambe-lhe os dedos, então – quando a garota se move – o animal dispara para os fundos da casa em um borrão laranja.

De repente, Yūki acorda, lutando contra a nuvem de sono, sentindo na boca o gosto forte da bebida de pêssego.

A escuridão preencheu o horizonte a leste. Ainda não é noite, mas o dia já quase se foi. Taka está respirando profundamente atrás dela, seu peito subindo e descendo.

E aquele som está de volta – uma cadência familiar que ela não consegue se lembrar de onde conhece.

Yūki ouve com atenção.

Talvez venha de cima? Sim, é como se estivesse vindo da falésia.

Com cuidado, ela levanta o braço de Taka e fica em pé, um pouco instável. O som vai aumentando, Yūki contorna a passarela e desce os dois degraus de pedra da parte de trás da casa. Então se vê diante do jardim dos fundos, cheio de detritos e lama seca e cinzenta, a carcaça vazia do estúdio à sua esquerda.

Seria um vislumbre fugaz de algo ou alguém disparando em alta velocidade pelo antigo caminho na falésia? Ela pisca. Talvez não passe de uma sensação, mas isso a põe em movimento e a garota corre em meio ao caos e escala a terra que desmoronou no terremoto, a lama agora coberta de mato. Sobe depressa até onde costumavam ficar os comedouros de passarinhos, a encosta foi varrida pela onda, então ela sobe cada vez mais, ofegando conforme o caminho fica mais íngreme, atravessando redes azuis e emaranhadas e baldes e pedaços de gesso esverdeados. Não se ouve nem o sussurro do vento, apenas seu coração acelerado, o farfalhar da vegetação rasteira e sua respiração irregular, e no meio desses ritmos todos vem a música de seu avô sobre lágrimas, que se repete sem parar na cabeça de Yūki. Parece que algo especial está prestes a acontecer e ela murmura a melodia baixinho, hesitante, enquanto sobe até o topo da Pequena Montanha.

Ela para sob o paredão de pedra.

– O-lá? Tem alguém aí?

Talvez tenha sido só alguém fazendo a ronda. Ou alguma outra pessoa prestando homenagem ao aniversário do desastre. Ou a polícia.

Yūki respira fundo duas vezes e avança, braços e pernas feito pistões, o som audível de novo preenchendo seus ouvidos.

Quando seus olhos pousam no velho posto de vigia, seus joelhos cedem.

Fincado firmemente no chão, onde ela e seu avô sempre ficavam de vigília, quase no exato local onde se separaram um ano atrás, está o velho cata-vento de plástico. As hélices giram loucamente, e o som preenche o morro e os ouvidos e a cabeça de Yūki – abafando todo o resto, até mesmo a melodia.

8
Anoyo/Konoyo

Yūki fica olhando para o brinquedo a girar.

O vento está aumentando, soprando cada vez mais forte conforme se aproxima, a coluna dela vibra, qualquer sinal de sono e confusão são afastados pela onda de adrenalina. Ela ouve um farfalhar no mato à esquerda e seus olhos vasculham a área, notando folhas se mexerem, como se algo ou alguém tivesse acabado de passar por ali.

– Olá? – chama, não muito segura. – Tem alguém aí? Olá?

Ela se vira para olhar a paisagem desolada até o mar. Não há nada além do borrão do crepúsculo, da névoa e da neve. O cata-vento chama sua atenção de volta, as cores se fundindo enquanto gira.

Yūki se aproxima. Quanto mais perto dele, o ar vai se transformando – mais quente e mais doce, como se de algum modo o brilho da fogueira subisse até lá, a envolvendo e a puxando...

Dias veranis ali em cima, o ar úmido e quente, o suor em sua pele, as cigarras ciciando *gri griiii gri griii gri* enquanto a noite avançava, o musgo macio e verde, Yūki olhando para o imenso Pacífico se agitando em mil tons de azul até o horizonte, nuvens se elevando, tempestades se formando e, ao longe, o som do festival Osōma *matsuri*. Os canais de drenagem correndo para o mar onde os *kappas* travessos espreitavam para puxar você e dar um susto, a noite chegando e as páginas de um mangá esvoaçando na brisa morna. O som do seu lápis rabiscando furiosamente, tentando terminar uma história antes do pôr do sol. Vozes da casa abaixo, talvez risadas e vovô a chamando conforme subia a montanha, carregando um saco de fogos Susuki, sua voz atravessando os pinheiros que ainda retinham o calor do dia abaixo deles. Ela colorindo as últimas partes do desenho e se preparando orgulhosa para mostrar seu trabalho a Jiro. O último raio de sol no oceano além, ondulando azul, cinza e prata...

"Ok, Yū-chan. Agora é hora de trabalharmos nosso *ma-ji-kku!*"

A sensação de companheirismo e pertencimento, de proximidade – não só com seu avô, mas com a magia do lugar.

No ponto onde o bastão do cata-vento está cravado no chão, a terra parece ter sido revirada recentemente.

Yūki dá mais dois passos na direção dele e, enquanto estica o braço, as hélices vão diminuindo o ritmo e as pás cor-de-rosa e laranja, muito desbotadas, com suas minúsculas florzinhas na ponta, tomam forma a partir do borrão. Gentilmente, ela o arranca do solo.

A brisa faz as hélices voltarem a girar e ela a sente vibração. Parece o mesmo brinquedo do jardim, mas como diabos poderia ter parado ali? Talvez alguém o tenha encontrado e enfiado no chão – um membro da Força de Autodefesa ou algum parente enlutado. Talvez seja melhor pôr de volta.

A garota enfia o cabo no solo macio e sente a ponta acertar algo duro. Confusa, tenta mais uma vez e ouve um som metálico bastante nítido e, no segundo seguinte, ela está cavando com a mão feito uma raposa selvagem, afastando a terra solta, as pedras e as agulhas de pinheiro mortas, revelando um amarelo cintilante.

Yūki solta um suspiro assustado – então cava um pouco mais, enfiando os dedos na terra até que a velha lata de biscoitos preta de seu avô emerge. Amassada, mas intacta – a tampa está presa com fita transparente, o sol redondo ainda irradiando seu amarelo brilhante.

Ela fica chocada.

– Ah, meu Deus.

É a lata que estava em cima da mesa, um ano atrás, antes do terremoto, antes da onda e da radiação. Ela se inclina para a frente e a tira do chão, afastando a trança do rosto com a mão suja, o coração batendo loucamente, solta a fita quebradiça e arranca a tampa apertada.

Calafrios correm feito água gelada por toda a sua pele: os cadernos estão todos empilhados ali, como Yūki esperava – com as capas laranja-avermelhado, verde e índigo e sua caligrafia infantil. Mas ela *não* esperava ver o que está no topo da pilha: um pequeno boneco *kokeshi* meio desbotado e muito bonito. Suas feições são suaves, ele tem cabelo azul – azul! – sobre uma cabeça redonda. E, mais abaixo, ondas agitadas foram pinceladas em seu corpo em um tom de azul mais escuro.

– Ah, meu Deus! – ela sussurra de novo.

Ela vira o boneco com os dedos trêmulos, observando as ondas quebrarem, e imediatamente sabe que é o boneco que seu avô e sua avó guardaram embaixo do estúdio depois de se mudarem para cá, depois de terem perdido seu menininho.

Mas é mais do que isso.

O rosto – a sensação – do boneco é superfamiliar, como se o conhecesse a vida toda, como se estivesse cara a cara com alguém que não vê há muito, muito tempo.

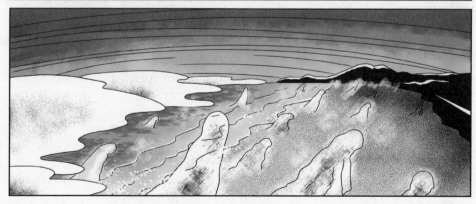

O vento está agitando as páginas do caderno de desenho sanfonado, revelando imagens de Meia Onda, do monstro *kappa* agarrando um brilhante pepino verde, dos mares azuis ondulados e das montanhas serrilhadas.

– Não entendo – Taka diz. – Você enterrou isso aqui em cima no dia da onda?

Yūki balança a cabeça.

– Não... eu... só achei a lata. Alguém *colocou* lá. Sei lá, não faz sentido.

– Talvez seu avô tenha enterrado antes de tudo? Nossa, você está tremendo sem parar, Yūki.

Ela balança a cabeça de novo.

– O cata-vento estava ali *embaixo*. – Ela aponta para o jardim. – Os cadernos estavam em cima da mesa... talvez meu avô tenha sobrevivido, subido até aqui e enterrado o boneco e... mas não é possível. A casa estava destruída. Talvez alguma outra pessoa...?

Ela olha para Taka e percebe que seus olhos estão vermelhos, como se ele estivesse chorando.

– *Você* está bem?

– Fiquei chamando você por um tempão, Yūki. Pensei que tinha me deixado aqui sozinho. Tive um sonho estranho, tinha uns olhos me encarando na casa e quando acordei você não estava. Procurei em todos os lugares. No final, adivinhei que talvez tivesse subido aqui.

– Desculpe. Não queria te deixar preocupado. – Ela gesticula para a lata. – Mas não consigo entender, Taka.

Yūki está sentindo calafrios, mas aquela sensação de ser envolvida pelo calor e pelo ar úmido ainda permanece nela. Ela vasculha a montanha com o olhar mais uma vez, depois a paisagem escurecida – e sua cabeça flutua por um instante. Semicerra os olhos através da neve que sujou seus óculos e abaixa o caderno para limpá-los rapidamente com o moletom.

Taka apoia uma mão em seu ombro e dá um apertão.

– Estou confuso, Yūki. Você não acha que está estranho aqui em cima? É como se tudo estivesse zumbindo, produzindo estática ou algo assim.

– Não está mais quente? Sei lá...

– Pensei ouvir cigarras quando estava subindo, mas é impossível em março. A não ser que a radiação tenha bagunçado tudo... – Taka olha para o mar e faz uma careta. – Acho que a gente deveria ir.

– Está com medo?

– Estou. – Ele tenta abrir seu sorriso torto, o que não dá muito certo. – Ouça, tem uma coisa que eu queria te contar, mas...

Porém, os olhos de Yūki estão de volta ao caderno azul, virando uma página e revelando outra onda do tamanho de uma montanha e Meia Onda saltando triunfantemente de suas cristas.

– Não está nem molhado – ela murmura, pegando mais uma vez o desbotado boneco *kokeshi* azul. – Taka, é isto que ele queria.

– Esse boneco velho?

– Eu costumava brincar com ele. Não com o boneco, mas com o menino.

– Certo, você não está falando nada com muito sentido e está quase me deixando apavorado, Yūki. Faz tempo que não verifico o dosímetro...

– Só me dê mais um segundo.

Mais uma onda de formigamento corre pela pele de Yūki e sua cabeça flutua de novo. Mas algo maravilhoso está tomando forma ali dentro: uma história vai se construindo a partir da destruição ao redor, das faíscas da fogueira, das pilhas de vidas destruídas, dos juncos sussurrantes, dos pinheiros na montanha, das nuvens de neve, do cata-vento de brinquedo e da terra destroçada. Uma nova história sobre seu avô – e um garoto de cabelo azul brilhante.

Um garoto que podia salvá-la...

– Ouviu o que eu disse? – Taka pergunta com gentileza. – Desculpe. Seu super-herói parece incrível, mas a gente pode olhar para ele lá na minha casa?

Ela observa os arredores mais uma vez. As últimas faíscas estão subindo do fogo abaixo, vaga-lumes espiralando no ar sombrio...

Yūki fecha os olhos e inala a estranha mistura de aromas – verão e inverno, fogueira e terra – conforme o vento faz os pinheiros dançarem. Ver Jiro era esperar demais, é claro, *isto* sim seria só imaginação.

Ela sente Taka sacudindo seus ombros outra vez.

– Já está escuro, Yūki. Como foi que ficou escuro tão rápido? Precisamos...

Ele para de falar e ela sente claramente o corpo dele tensionar ao seu lado.

– Taka? O que foi?

– Estou ouvindo um carro. Ali nos pântanos.

– Não pode ser.

Ela abre os olhos e se levanta, seguindo o olhar dele através da neve que cai e da noite que se adensa. Parece mesmo que algo está se movendo – na fronteira do visível, como se um pedaço da escuridão estivesse se mexendo –, e então Yūki vê uma luz bem fraquinha tremeluzindo na frente. Se for um carro, está avançando bem rápido, piscando para dentro e para fora da existência enquanto abre caminho através das pilhas de detritos do tsunami. Ela volta a sentir aquela vertigem e se agacha, colocando uma mão na terra. Qualquer sinal da bolha de calor se foi, o solo está frio e duro.

– É meu pai! – Taka solta. – Venha, temos que alcançá-lo.

– Não pode ser, pode? Como foi que ele conseguiu passar pelos bloqueios?

Mas Taka já está correndo, pisando na parede inclinada de pedra e descendo pela trilha que dá na casa.

– Venha! Meu pai veio nos buscar!

– Mas como é que ele saberia onde nos encontrar? Espere!

Yūki fica olhando para a escuridão, mas não enxerga nada. Quando vira o rosto, Taka já sumiu de vista e ela pega a lata, o boneco e o cata-vento e dispara atrás dele. A neve gruda nos seus óculos, e a garota escorrega na grama molhada e nas agulhas dos pinheiros, disparando pedra abaixo, tentando não derrubar seus tesouros, desesperada para alcançar Taka.

– Espere! Espere!

Ela encontra Taka esperando-a impacientemente no meio da encosta escura.

– Aqui, deixa eu carregar um pouco disso. Mas vamos logo, pelo amor de Deus. Precisamos correr.

Ele está espiando entre os galhos e apontando. A cerca de cem metros de distância, a silhueta do carro fica visível por um ou dois segundos, deslizando pela noite, acelerando novamente para o sul no labirinto de estradas tomadas por destroços.

— Ele está nos procurando, Yūki.

Ela lhe entrega o cata-vento, limpa os óculos mais uma vez na manga e olha para o mar atrás — e congela. Ao longe, além do farol tremeluzente, há formas brancas se movendo na escuridão — figuras pálidas e esguias avançando lentamente na direção deles.

— Taka, está vendo? — ela sussurra, atônita.

Mas Taka não está mais lá, desce a encosta o mais rápido que consegue. Yūki dá mais uma olhada — não vê as formas espectrais, em seguida as revê — e dispara atrás dele, segurando firmemente a lata em uma mão, a outra agarrando galhos e mudinhas para se equilibrar, descendo cada vez mais, atravessando a terra desmoronada, a extensa grama sussurrante, passando pelo estúdio destruído, saltando para o *engawa*. Contorna a casa e alcança a fachada e vê Taka olhando para o dosímetro.

— Taka, acho que vi…

— Só pegue a mochila, enfie tudo lá e vamos embora. Vamos!!! — Ele olha para a noite. — Ele acabou de passar… por ali! Dá para ouvir o motor.

— Você ligou pra ele?

— O quê?! Não.

— Então o que ele está fazendo aqui?

— Procurando por mim. Acho que ainda consigo ver as luzes traseiras…

Ele pega a mão de Yūki e praticamente a arranca da passarela, descem os degraus e atravessam os escombros, passando pela fogueira fumegante e adentrando na noite.

— Taka — ela solta, ofegante. — Acho que vi os *funayūrei*. Eles estão vindo.

Taka olha para trás com olhos arregalados e meio apavorados.

— Eu disse para você.

Então ambos saem correndo — a mochila pesada bate nas costas dela —, se afastando da casa dos Hara e se aprofundando na noite, perseguindo dois pontinhos vermelhos cintilando em meio aos escombros enquanto a brisa do mar sopra no rosto deles.

9
Reino das galáxias

Yūki e Taka ficam em silêncio observando o táxi pálido que bateu de frente nos juncos e treme no leito do rio. Uma porta está escancarada, a água e a lama estão obstruindo os arcos das rodas. Em algum lugar à esquerda, algo espirra na escuridão e, um momento depois, alguma espécie de pássaro grita alarmado. Yūki pula assustada, desvia o olhar na direção do som e depois se volta para Taka, mas seus olhos permanecem fixos no que está diante deles.

— É meu pai.

— Não entendo, Taka… ele está aqui faz tempo, dá para perceber isso.

Mas o garoto já está descendo a margem até os destroços do carro, o capô enfiado na outra margem do canal, o para-brisa quebrado e congelado sob a luz bruxuleante da tocha. Letras vermelhas e desbotadas no teto informam: Táxi do Jimi – Osōma.

De olhos arregalados, Yūki fica olhando para o carro, preso por juncos e pelo mato emaranhados ao leito lamacento do rio, e logo ela também está deslizando pela margem, encontrando Taka já quase dentro do carro quebrado, sacudindo a tocha ao redor na escuridão.

— Taka, o que está acontecendo?!

Ele olha para ela com olhos reluzentes.

— É o carro dele, Yūki. Ajude-me a procurar no canal!

— Não entendo.

— Ele morreu no tsunami, Yūki, não percebe? A gente precisa tentar encontrá-lo agora que achamos o carro. Nunca cheguei tão longe, mas ele está aqui em algum lugar…

Seu tom é meio selvagem, mais ainda do que na montanha, e então Yūki enfim entende.

Seus ombros se curvam. Esse tempo todo, parecia que Taka ainda estava se segurando a alguma coisa, prestes a lhe dizer algo – e agora tudo faz sentido. Ela desce até a lama e a água e se junta a ele, espiando dentro da cabine mofada.

— Taka, sinto muito.
— Vou olhar em volta, me ajude.

A lama chega a uns bons trinta centímetros dos pés. Na luz diminuta, Yūki vê o cordão de um rosário emaranhado no retrovisor e o tira dali com cuidado. Ela fica olhando para o objeto, vai até Taka e o deposita entre seus dedos trêmulos.

— Não consigo encontrar ele, Yūki.
— E os *funayūrei*?
— Não ligo, preciso encontrar ele.
— Eu vou te ajudar. Mas você disse, sabe... que pode não ter restado muito pra gente encontrar. E a radiação está alta, então...
— Só uns minutos, por favor...

Juntos, os dois vasculham as margens do rio, a lama e a água encharcando suas pernas, entrando nos sapatos, enquanto a tocha ilumina pedaços de plástico esvoaçantes e peças soltas de carros e casas.

A cerca de vinte passos do táxi destruído, uma jaqueta preta e amassada nos juncos faz com que ambos prendam a respiração – mas é apenas uma casca vazia.

— Era dele, Taka?
— Não tenho certeza. Poderia ser...

Mas não restou mais nada de Jimi.

Até que, depois de uns dez minutos, Yūki coloca a mão gentilmente no ombro de Taka.

— Você viu, né? Viu o carro se movendo lá atrás, Yūki? Tenho certeza de que vi.

Ela pensa na confusão da última meia hora ou mais: a descida desesperada da montanha, o vislumbre daquelas figuras pálidas em meio aos pântanos e o farol tremeluzente. Será que foram reais – ou foi só a exaustão e a emoção tomando conta deles? Tudo *parecia* real. E talvez ela *tenha* visto o carro – só por um segundo –, um farol oscilando por entre o mar de escombros, e tudo foi superintenso enquanto disparavam para a casa, o alarme de radiação ainda estalando conforme os dois corriam na direção do que poderiam ser os faróis traseiros do táxi dançando à distância. Taka olhou para além do ombro dela e seus olhos se arregalaram ainda mais, ele a chamava freneticamente, e com o alarme de radiação estrilando, o *shōchū* e a adrenalina pulsando pelo corpo, Yūki cedeu ao medo e só correu, correu e correu. Vez ou outra, pensou ouvir um motor, outras vezes não, mas Taka não parava e eles continuaram correndo, tropeçando, correndo de novo, adentrando a zona de evacuação por uma estrada que começava ao sul em direção à usina nuclear antes de virar para o interior em direção à Rota 6. Duas vezes depararam com vias sem saída, com pontes destruídas, e tiveram que voltar. Carros capotados emergiram da escuridão e um barco de pesca branco estava empinado em uma grande onda de destroços pretos e, pela terceira vez, eles se viram avançando para o vazio do oceano. Taka hesitou e Yūki ficou olhando para as ondas do Pacífico. Não havia sinal daquelas figuras, mesmo que estivessem por aí em algum lugar – e ambos correram mais uns cem metros, fazendo uma curva para o interior e subindo uma ligeira elevação no terreno, um canal de drenagem mais largo vindo para a estrada. Yūki sentiu uma pontada nas costelas inferiores esquerdas e, de repente, Taka estava correndo com tudo novamente, chamando-a por cima do ombro.

– Tem um carro ali na vala! É do meu pai!

Sua mão ainda está no ombro de Taka.

– Acho que vi. Acho que eu vi as luzes traseiras... sei lá. Pelo menos encontramos o carro.

– Tenho certeza de que vi o carro em movimento. Você também deve ter visto, Yūki. Só que não consegui ver meu pai no volante, só vi o táxi dele. Ah, meu Deus... – Sua voz fica rouca e falha, seus ombros se curvam e começam a tremer. No começo de leve, até que estão chacoalhando com força.

Yūki espera por um longo tempo.

– É por isso que queria vir pra cá, Taka? Para procurar seu pai?

Taka funga ferozmente e limpa o nariz com o dorso da mão.

– Desculpe. Eu não consigo... acreditar. É real demais, o carro e tudo...

– Não tem pressa. Tente respirar um pouco – Yūki diz, esfregando a mão dele, que parece uma pedra de gelo, entre as suas.

– Eu procurei e... procurei – Taka diz, entre palavras entrecortadas. – Procurei... nas fronteiras da zona de evacuação, em todos os lugares, eu tentei de tudo. Não podia suportar a ideia de que ele... ainda estava por aí. Mas nunca cheguei tão longe. Fiquei apavorado demais e... a radiação era alta. — Ele respira fundo, pega o contador Geiger do bolso e verifica a tela. — Merda. Ainda está alto. Precisamos ir.

— Então vamos fazer uma oração antes. Podemos voltar depois...

Os dois ficam em silêncio na margem oposta, olhando para o táxi, juntam as mãos e fazem uma reverência.

Mais uma vez, Taka funga com força e depois sussurra:

— Desculpe, pai.

— Você fez o melhor — Yūki diz. — Não dava para fazer mais. Ninguém poderia fazer mais.

Ele balança a cabeça, dá mais uma olhada no táxi entre os juncos agitados e se vira para o outro lado.

— Quer falar sobre isso, Taka?

— Só me dê um minuto, por favor. Preciso garantir que a gente vai para o lado certo.

A estrada serpenteia pelos restos de casas destruídas do outro lado do rio, depois sobe ligeiramente para um terreno mais alto. Lentamente, as pilhas de destroços ficam para trás e casas surgem intactas, mas todas escuras, vazias e silenciosas. A lama nos tênis de Yūki a lembra da longa noite caminhando com Takeda-san, mas, de alguma forma, não há sombra de pânico em sua memória. Até o medo dos *funayūrei* está se dissipando conforme sobem devagar, se afastando da terra plana e da zona do tsunami. Ela olha para trás e tudo o que vê é a noite e o brilho fraco do oceano ao longe.

— Como você está, Taka? Quer me contar mais alguma coisa?

— Estou bem. Com um pouco de frio. Muito frio.

— Eu também. — Ela para e olha para a escuridão atrás. — Mas por que não me falou do seu pai antes? Ainda não entendi. Desculpe, mas eu podia ter ajudado mais.

Taka está tremendo muito, ainda lutando para controlar as lágrimas, e Yūki estica o braço para colocar a mão dele entre as suas mais uma vez.

— Sei lá. Pensei que se dissesse para todo mundo que ele estava fora, de algum jeito, meu pai só estaria fora. Assim, poderia voltar. Ou pelo menos eu poderia ficar na casa. – Ele funga. – Foi tão difícil não encontrar nada, então... sei lá, eu só gostava de imaginar que ele estava por aí dirigindo o táxi. Quem sabe dando carona para quem precisasse de ajuda. Bobagem.

– Não é bobagem. Mas a gente não devia guardar segredos. Não depois do que passamos. Somos amigos, não é?

– Claro. – Ele abre um sorriso forçado e verifica o contador de novo. – Precisamos continuar andando. Eu estou bem.

A estrada corta uma área industrial deserta, edifícios danificados pelo terremoto ou pela negligência, portas escancaradas para interiores escuros como breu, e os dois seguem em frente. Além disso, há uma esteira rolante abandonada de algum restaurante de sushi, com sua placa caída diagonalmente na estrada. Eles rastejam sob o metal enferrujado e logo estão na pista deserta da estrada maior, a Rota 6.

Uma placa de trânsito aponta para Namie, Odaka e Osōma, e eles passam por uma garagem deserta, uma loja de conveniência e uma máquina de macarrão instantâneo com todas as luzes apagadas. Não há nenhum veículo à vista e nenhum som, exceto os passos e a respiração deles enquanto caminham pelo asfalto. Uma lata desce rolando com o vento frio na direção do vazio atrás e da usina nuclear mais ao longe.

– E se alguém notar a gente? – Yūki pergunta.

– A estrada ainda está fechada. E se a polícia ou alguém vier, a gente vai chegar em casa mais cedo. Agora não importa mais, né?

– Aquela história de você ter ido ficar com a sua mãe e o namorado novo dela era verdade?

– Era, passei boa parte do ano passado lá. – Ele funga de novo. – Mas voltei algumas vezes para tentar chegar o mais perto possível. Voltei assim que liberaram um pouco a zona de evacuação. Menti pra eles falando que ia para Tóquio. Está tudo tão estranho aqui... conheço essa parte da estrada desde que nasci, mas agora é como se eu estivesse num filme ou algo assim.

Depois de uma ligeira curva, os dois veem um grande prédio quadrado afastado da Rota 6, a palavra pachinko no telhado em letras neon apagadas contrastando com as nuvens meio borradas iluminadas pela lua. O salão do *pachinko* em si é uma forma escura e pesada ali embaixo, e pedaços de revestimento azul-claro estão caídos no asfalto abaixo.

Taka hesita e depois começa a caminhar até ele.

– Taka? O que está fazendo?

— Espere só um minuto — ele fala por cima do ombro.

De algum lugar nas profundezas do prédio deserto, uma folha de metal faz um barulho ritmado e lento com a brisa.

— O que está fazendo? Pensei que a gente tinha que ir embora. — Yūki ofega, correndo atrás dele.

Taka para no meio do caminho, no estacionamento tomado pelo mato, e fica olhando para o salão do *pachinko*, brincando com as contas do rosário entre os dedos.

— O negócio é que... meu pai estava a caminho do asilo, Yūki, e depois de Tomioka. Ele estava ao ar livre quando a onda chegou... se eu não tivesse esquecido meu celular aquele dia, ele não teria que me levar de volta para estação e talvez...

— Para com isso, Taka! Não pode pensar essas coisas. A onda provavelmente o teria pegado de qualquer forma. E talvez você tivesse se afogado no trem. *E talvez e talvez...* é uma perda de tempo...

Os ombros de Taka murcham e suas feições desmoronam, seu rosto está pálido.

Yūki esfrega seu braço.

— Vamos embora. Precisamos nos aquecer.

Mas os olhos de Taka ainda estão no salão do *pachinko*.

— Sei lá... é como você disse, sinto que não fizemos o suficiente pelo meu pai, para lembrar dele ou qualquer coisa assim. Eu só queria encontrar ele... Por que ele? Por que não *eu*? Sinto tanta saudade, Yūki.

— Ele sempre pareceu tão legal. Deve ter sido um bom pai.

— É, ele foi.

— Sempre me perguntei por que o chamavam de Jimi.

— Por causa do Jimi Hendrix, o guitarrista, sabe? Meu pai tinha o mesmo cabelo doido dele, daí colocaram esse apelido nos anos 1970, quando ele era jovem. E todo mundo passou a chamar ele assim pra sempre. — Ele estufa as bochechas.

Yūki olha para trás, na direção da casa da família Hara.

— Olha, eu meio que tive uma ideia lá na montanha. Posso te perguntar uma coisa estranha?

— Certo.

— Se você pudesse ter mais um momento com seu pai, como seria?

Taka a encara.

– Isso importa agora?

– Claro que importa. O que você faria? Onde gostaria de estar com ele?

– Sei lá, acho que só gostaria de dar uma volta de carro. Ou ir naquele restaurante de sushi com esteira rolante para bater um papo. Ou vir a um *pachinko* pra jogar um pouco com ele. Tipo esse. Agora já tenho idade...

– Então vamos imaginar que ele está aqui, Taka, jogando no *pachinko*. Normal. Contente. Imagine que tudo está iluminado e cheio de vida e seu pai está aqui.

Aquele pedaço de metal volta a fazer barulho nas profundezas do prédio sombrio.

Taka se mexe ao seu lado.

– E depois?

– Daí ele meio que vai estar aqui, né? É o que eu acho. Podemos deixá-lo aqui por enquanto.

Taka fica em silêncio por um instante.

– Tipo, não quero te dizer o que fazer, Taka...

– Não – ele diz. – Não, é uma boa ideia. Estou dentro.

– Imagine que seu pai está mesmo aqui, Taka. Daí ele vai estar.

Juntos, eles ficam ali olhando para a forma escura do prédio, e Yūki fecha os olhos e faz as luzes se acenderem em sua cabeça.

A Rota 6 ainda está silenciosa e vazia quando os dois passam por uma loja 7-11 abandonada, um cassino e uma fileira de restaurantes de janelas escuras com nomes tipo "Paraíso do Surfe" e "Bela Vista", já tomados por bambus e mato. Yūki olha para cima e vê que as nuvens clarearam, a lua está baixa e um enorme conjunto de estrelas está pairando sobre a cabeça deles.

– São tão brilhantes – Yūki fala, tentando animar Taka. – As estrelas são tão brilhantes, olhe!

– Sim, porque tem pouca poluição luminosa agora. Devia ser assim há uns cem anos.

– Mas não consigo ver a Via Láctea. Eu sempre conseguir ver na Pequena Montanha...

– Não estamos na época certa. Estamos olhando *para o outro lado* do meio da nossa galáxia agora. – Ele toma fôlego e ajeita a postura, apontando para cima. – Essa parte do céu é chamada de Reino das Galáxias. Tem um cometa também, mas meu telescópio foi levado pela onda, então...

– Então você é *mesmo* muito esperto.

Taka bufa, mas um sorriso ilumina um pouco seu rosto.

– Eu disse para você.

– Seu pai ficaria orgulhoso.

– Pare com isso ou vai me fazer chorar de novo, Yūki. Já chorei o suficiente hoje.

Os dois voltam a caminhar em silêncio, olhando para o vazio à sua volta. Um barulho repentino os faz pular de susto, e quando Yūki vira a tocha para ver o que é, um guaxinim pisca para eles e dispara para dentro da noite com algo na boca.

Do lado de fora de uma pequena loja *konbini* em uma esquina, há uma pilha de jornais ainda embrulhados e amassados pela chuva e pelo vento. Yūki para e nota a data: 11 de março de 2011.

– Como está a radiação agora?

– Melhorando... se virarmos à direita aqui, vamos chegar ao Centro Comunitário do Porto. Eles limparam o solo aqui.

– Já saímos da zona de evacuação?

– Ainda não, mas estamos perto. – Taka verifica o relógio. – Nossa, são 3h30 da madrugada.

A escuridão é mais densa ali debaixo das árvores, mas, depois de mais uma hora, Yūki vê que as estrelas ao longe estão desaparecendo no céu oriental à frente.

Taka olha em volta e fala:

– Você está bem?

– Sim.

– No que está pensando?

– Taka, foi você?

– Eu o quê?

– Que colocou a caixa e o cata-vento lá em cima da montanha? Quando veio aqui das outras vezes?

Ela olha para o seu rosto magro e ele desvia os olhos para as árvores.

– Claro que não.

– De verdade?

Ele a encara, com as feições encobertas debaixo dos pinheiros.

– Como é que eu poderia saber onde achar aquelas coisas e onde enterrar?

– Talvez meu avô tenha falado quanto ligou pra você... ele não falou nada?

– Eu literalmente não faço ideia do que significam. Qual é a do cata-vento?

– Meu avô tinha um igualzinho no jardim da frente.

– As pessoas costumam colocar em homenagem às crianças que morreram, sabe. Já foi para Osorezan, no norte? O lugar está cheio deles, zunindo na paisagem totalmente desolada para lembrar das crianças que morreram. – Ele estremece.

Yūki para abruptamente.

– Sempre pensei que tinham posto o cata-vento lá pra mim quando eu era pequena. Mas era para outra pessoa.

– Como assim?

– É uma longa história. Conto depois.

Faz sentido: o *kokeshi* e seu amigo *zashiki warashi* da infância e o irmãozinho morto e o cata-vento. Estavam todos ligados. Meia Onda também.

– Se importa se eu segurar sua mão, Yūki?

Ela arqueia as sobrancelhas.

– Por quê? Está com medo?

– Não, sua boba. Porque tem coisas em você que eu gosto, é claro.

– Legal.

Quando sua mão encontra a dela, Yūki se aquece, e eles seguem em frente, cada um perdido nos próprios pensamentos conforme o mar se aproxima e a luz aumenta através das árvores. Ela aperta a mão de Taka.

– Conseguimos, Taka.

– Foi bom encontrar o táxi do meu pai, mas...

– Está se sentindo melhor?

– Mais ou menos. Não muito. Sei lá, no xadrez, dá para encontrar umas soluções perfeitas que você pensa, ahhh, entendi, e tudo se encaixa. Mas isso aqui é uma bagunça.

– Uma bagunça?

– Talvez um pouco menos que isso. – Seus olhos procuram os dela.

– E você?

— Achei que meu avô estaria LÁ, sabe. Tipo, foi como se ele estivesse me chamando sem parar por meses e meses.
— Você viu aquelas coisas lá fora, Yūki? Fala que sim ou vou enlouquecer.
— Vi.
— E o táxi do meu pai? Ele estava se movendo, não?
— Eu vi — ela fala, apertando de novo a mão dele. — Por um instante.

Quinze minutos depois, os dois chegam em um cruzamento que Yūki reconhece. À direita, a velha estrada costeira segue em direção à área desbotada e à casa dos Hara, agora bem longe, e à esquerda está o porto e a cidade de Osōma. As ondas voltam a se agitar, a aurora marca o horizonte e, um segundo depois, o oceano fica visível. Seu olhar vagueia pela luz que se estende no mar, e então eles se voltam para Osōma.
— A gente devia desviar do posto de controle — Taka aconselha. — Por dentro da mata.
Diante deles está a forma sombria do pequeno santuário Inari, o *torii* reluzindo vagamente, uma raposa guardiã ainda ao lado, outra os encarando de um jeito penetrante, as ondas suspirando à direita.
— Vamos dar uma olhada no santuário — Yūki murmura. — Não importa se formos pegos agora. Meu avô e eu viemos aqui na véspera do desastre e ele disse que precisava voltar. Vamos prestar nossa homenagem.
— Não tenho energia para discutir com uma Hara — Taka diz, sorrindo em meio à exaustão. — Se é o que você quer, que seja.
Enquanto se aproximam, dá para ver que um punhado de buquês de flores frescas foi colocado no degrau do topo. Algumas fotos estão aninhadas no embrulho enrugado do papel celofane, junto com garrafas de água e saquê e quatro ou cinco frutas *mikan*, brilhando feito sóis alaranjados ali no meio.
O ritmo do mar fica mais audível, se misturando às batidas do coração de Yūki.
Quando ela se inclina para olhar as fotos, pessoas desaparecidas e mortas a encaram através do plástico: duas crianças pequenas — um menino e uma menina, um homem de meia-idade sentado em uma motocicleta sorrindo de orelha a orelha para a câmera, dois homens idosos e uma mulher grisalha, cada um em uma imagem separada, distinta e silenciosa.

Taka junta as mãos para rezar e fecha os olhos, e ela o imita, fazendo uma reverência baixa.

A garota pensa em seu avô visitando o santuário naquela noite e na expressão estranha em seu rosto – e o imagina ali em algum lugar no oceano. Ou lá no alto olhando para baixo. Ou caminhando devagar, se aproximando por trás.

Nunca diga a palavra "só" antes de "imaginação".

Ela ergue a cabeça. A luz está mais forte agora no mar, que recupera suas cores, seus suaves tons de azul e turquesa ondulando para o céu, emoldurado pelo *torii* escarlate, um pouco borrado pelo vento em seus olhos...

Ela olha em volta e vê:

...uma raposa a encarando

...a nuvem preta de cabelo do Taka ao vento, seus lábios se mexendo silenciosamente em alguma oração ou pensamento

...os pinheiros balançando, balançando, a estrada seguindo para o penhasco e para casa.

E seu avô parado bem ali no meio da pista, tão claro e visível quanto o dia.

Jiro bate no asfalto com a bengala, seus tênis prateados reluzindo – e então sorri e aponta para o canto alto da entrada do santuário. E ela sabe o que deve fazer.

Yūki sai correndo, pega a mochila e tira de lá o cata-vento de plástico.

– O que está fazendo? – Taka pergunta, disparando atrás dela.

– Vou mandar o menininho pra casa.

– O quê?

– O lugar dele é aqui. Com vovô. Com o mar.

Ela pega o *kokeshi* azul desbotado do bolso e fica olhando para ele por um longo tempo. As ondas pintadas no corpo do boneco ficam visíveis à luz do dia, suas feições são calmas: a boca está levemente erguida e os olhos estão quase sorrindo.

– Minha avó e meu avô o colocaram debaixo do estúdio – ela explica. – E eu brincava com ele quando era pequena. Era um *zashiki warashi*, sabe?

– Sério?

– Vamos deixar aqui.

– Não quer levar?

– Não. Ele precisa ficar aqui. Segure.

Yūki sobe o último degrau e escala uma das pedras da fundação que apoia um dos principais pilares do teto.

— Pronto, agora me dê.

A garota pega o boneco com gentileza, então, na ponta dos pés, o deposita no alto de uma viga e o enfia no canto para que fique protegido do vento e dos olhares. Dali dá para ver um pedaço do mar.

Ela garante que ele esteja seguro e que consiga ver as ondas, então o solta devagar e desce, com lágrimas se acumulando nos olhos.

— E agora? — Taka pergunta.

— Agora a gente... deixa alguma coisa para ele brincar, é claro.

Yūki pega o cata-vento e o deixa com as oferendas, e de súbito o vento agita suas pás, que começam a girar — o zunido familiar se mescla às ondas. As lágrimas dela estão finalmente fluindo, transbordando.

Taka a deixa chorar por um tempo, então a envolve com um braço.

— *Daijōbu?*

— *Daijōbu.*

— Sei o que aconteceu — ela sussurra. — Sei como aquela lata foi parar na montanha.

O zumbido do cata-vento preenche seus ouvidos e olhos, e ela se permite chorar mais um pouco. Então ergue a cabeça para olhar o céu matinal.

Ambos pulam assustados ao ouvir o som da sirene da viatura, e as luzes azuis iluminando o santuário às escuras. Em meio às lagrimas secas, os faróis são um borrão, e Yūki não consegue enxergar o policial. Ele passa e para um pouco além do santuário. A porta traseira se abre e eles ouvem alguém falando:

— Vocês dois, entrem. Procurei vocês a noite toda. Vamos para a cabine policial em Osōma.

Taka pega a mão de Yūki e os dois seguem para o carro.

— Só um minuto.

— O que foi?

Ele pega o saleiro na mochila e despeja um punhado na mão esquerda.

— Coloque um pouco no seu ombro, posso dizer pra eles que foi ideia minha.

Yūki pega um pouco e deposita no ombro direito de Taka.

— Estamos nessa juntos.

Ele sorri e joga o resto no ombro dela, seguindo para o carro.

— Olá, senhor — Taka fala alegremente ao entrar. — Que lindo dia!

— Contanto que estejam seguros — o policial responde com um grunhido.

Yūki dá uma última olhada no santuário e no cata-vento girando — e entra atrás de Taka. A energia do último momento ainda corre pelo seu corpo.

O motorista tosse.

— Diga-me, você é Hara Yūki, certo? A neta de Hara Jiro?

Yūki olha para o retrovisor, mas está num ângulo em que ela não consegue ver o rosto do homem.

— Hum, sim.

— Até que enfim, prazer em conhecer você. Seu avô me falou muito de você.

Que estranho.

— Me desculpe por ter lhe causado problemas — Yūki diz. — Foi tudo ideia minha. Taka-san só me ajudou a ficar segura.

O policial balança a cabeça.

— Tem muito mais do que radiação aqui fora. — Ele ri. — Suponho que o caractere para "Yū" no seu nome não é o mesmo que fantasma?

– Não. É o mesmo que coragem.
– Claro. Coloquem os cintos, por favor.
A viatura segue para a zona portuária e Taka se aproxima dela.
– Ei, Yūki-san. Então você está feliz de ter vindo?
– Muito.
– O que vai fazer agora?
– Vou começar a desenhar de novo. De verdade.

Ela se vira para olhá-lo – e ele arqueia a sobrancelha daquele jeito maroto que ela viu pela primeira vez no trem, daquele jeito de quem diz "Bem, aqui estamos nós". Yūki sente uma espécie de vertigem – não é cansaço nem *jet lag*, é só aquela sensação de quando se está prestes a assumir um risco, sabendo que é uma coisa boa. Tipo quando subiu naquela corda para escalar o totem e a vida lhe pareceu maior.

Muito maior.

Ela se aproxima dele.

Epílogo

Três anos se passaram, é junho de 2015, um dia brilhante de nuvens altas e calor repentino e inesperado.

Yūki está seguindo para o meio de Leeds, vinda do Art College com um pacote debaixo do braço. Dá para sentir o cheiro da tinta das páginas recém-impressas flutuando do envelope acolchoado, ainda com a emoção de montar o livreto finalizado e grampeá-lo no ateliê. Ela demorou três anos e está longe de estar perfeito, sabe disso, mas *As incríveis aventuras de Meia Onda* estão concluídas – seu projeto de ilustração do primeiro ano.

Faz três anos que a garota não volta ao Japão, mas Osōma, seu avô e Taka não saíram da sua cabeça um instante sequer. Durante o retorno aos estudos e a mudança de matérias para incluir Arte no currículo básico, Yūki se manteve determinada, desenhando, desenhando e desenhando. Joel sempre a encorajou, e os dois ainda são amigos, e foram mais do que isso por um breve momento, e depois voltaram a ser apenas amigos, porque Taka está com ela o tempo todo. E, se Joel se decepcionou, ele esconde bem, enquanto vão juntando alguns amigos ao redor. Os ataques de pânico não sumiram por completo, mas estão diminuindo e rareando.

Metade de sua cabeça está sempre em Osōma.

E nas centenas de desenhos que disse que desenharia, mas ainda mais em Meia Onda e no seu avô e na nova companheira do seu herói – trechos foram enviados para Taka pelo Facebook, e eles passaram longas horas de bate-papo no Messenger e no Skype tecendo uma história juntos.

Yūki lhe mostra seu progresso e ele compartilha os esforços da comunidade que tenta retomar a vida no entorno, lidando com a falta de água, o luto e o trauma, monitorando a radiação de milhares de sacos de resíduos nucleares se acumulando nos campos. E também com o frio do inverno, o calor do verão, as histórias de fantasmas, é claro, e outras narrativas terríveis sobre pessoas que acharam difícil demais seguir em frente e desistiram de lutar...

E com o dia que o corpo de seu avô finalmente é encontrado e identificado, cerca de vinte meses depois do desastre.

Mas há coisas boas também: o retorno maluco do festival do cavalo samurai em Minamisōma e Odaka, pessoas voltando para casa conforme a zona de evacuação vai se reduzindo.

Ontem, Taka lhe contou sobre uma grande árvore plantada no litoral, levando consigo milhares de mudas para o solo macio para substituir as que foram perdidas nas ondas. E falou de um show no qual um músico de jazz italiano colocou todo mundo em pé na sala de jantar do Kujaku e todos dançaram.

— Talvez você devesse incluir isso na história? — ele escreveu.

— Tarde demais! — Yūki respondeu. — Já terminei! — E disparou uma série de emojis sorridentes e de fantasminhas. E um coração.

E agora a obra está em suas mãos.

No correio, ela verifica o nome japonês e inglês de Taka e o endereço mais uma vez, então vira o envelope no balcão e cuidadosamente, perfeitamente, desenha Meia Onda na crista de uma onda suave.

Abaixo, em japonês, ela acrescenta:

Te vejo no Obon. Mal posso esperar. Yūki bjs

終 FIM

Glossário

bentô (bentō): marmita japonesa compartimentada, que pode ser caseira ou comprada em restaurantes, estações de trem etc. Em geral tem arroz, peixe, vegetais em conserva e cozidos, sushi, algas marinhas e um pacotinho de molho de soja.

biwa: alaúde japonês de quatro ou cinco cordas, o instrumento tem formato de lágrima e é tocado com uma grande palheta. Costuma ser usado para acompanhar histórias clássicas cantadas.

engawa: tradicionalmente, refere-se ao piso de madeira ao redor do tatame, mas é mais comumente associado à passarela elevada, externa ou interna, ao redor de uma casa. Fica fora do *shōji* (telas de papel), mas geralmente está protegido sob beirais e, em construções modernas, às vezes fica protegido por paredes de vidro. O da casa de Jiro está exposto às intempéries...

escala Shindo: diferentemente da escala Richter – que mede a magnitude de um terremoto ou a energia que ele libera –, a escala Shindo japonesa dá uma medida de intensidade, como um terremoto realmente é percebido na superfície. Começa no 1 e vai até 7, com adicionais como "5 superior, 6 inferior". Em 2011, o Grande Terremoto no leste do Japão mediu 9,1 na escala Richter e 7 na escala Shindo em Kurihara, no município de Miyagi. Em Fukushima, foi um 6 superior, que a Agência Meteorológica do Japão descreveu como "impossível ficar em pé, só se pode mover rastejando".

funayūrei: literalmente, significa "espíritos do barco", são espíritos vingativos ou *onryō*, geralmente de marinheiros afogados, quando aparecem no mar, mas também podem surgir na terra. Taka usa o termo livremente, referindo-se a qualquer fantasma ou espírito errante de uma pessoa afogada.

ganbaru, ganbarimasu: formas simples e educadas de verbos que significam "fazer o seu melhor". Como todos os verbos japoneses, diferentes níveis de polidez e intenção podem ser obtidos alterando sua forma. *Ganbarō* é o simples volitivo "vamos fazer o nosso melhor". *Ganbare* é um comando muito direto, usado apenas para encorajar a si mesmo ou seu time. *Ganbappe* é a versão do dialeto de Tōhoku.

gasshō: mãos unidas em posição de oração budista com os dedos para cima, expressando reverência, gratidão, pedido e respeito.

genkan: fica próximo à porta de entrada, é uma espécie de varanda japonesa, geralmente mais baixa do que o resto da sala, onde os sapatos devem ser retirados e guardados. O desnível ajuda a conter qualquer sujeira vinda de fora e marca a importante transição de *soto* (exterior) para *uchi* (interior). Visitas breves, incluindo entregas, geralmente ocorrem no *genkan*.

hedoro: lodo, limo ou lama, neste caso do fundo do mar.

ittekimasu: típica expressão japonesa que se diz ao sair de casa ou do escritório por um curto período de tempo. (Usada no lugar de *sayōnara*, que implica uma separação mais longa.) Significa, literalmente, "estou indo e já volto".

kami: palavra usada para designar deuses ou espíritos do xintoísmo japonês. Um *kami* pode ser qualquer coisa, desde uma cachoeira, uma força da natureza, uma velha árvore e até um guerreiro ou imperador morto, um ancestral de clã, um animal mítico ou divindade. Com aspectos positivos e negativos, eles devem ser respeitados e apaziguados.

karakasa: guarda-chuva abandonado que desenvolve vida própria, o *karakasa* é um *yōkai* (fantasma/monstro) que pode facilmente dar uma mordida nos incautos.

kokeshi: tradicionalmente produzidos na região de nordeste de Tōhoku, bonecos *kokeshi* têm a forma arredondada e são conhecidos tanto por serem uma lembrança das águas termais como um presente para crianças recém-nascidas. Recentemente, eles serviram de inspiração para os avatares Mii da Nintendo.

konbini: da palavra inglesa "conveniência", pode ser qualquer mercadinho ou loja de conveniência.

kotatsu: mesa baixa japonesa com um espaço rebaixado para as pernas. Frequentemente, nas partes mais frias do Japão, uma colcha e um aquecedor mantêm a parte inferior do corpo confortável e quentinha. Bem aconchegante!

mokumokuren: uma casa descuidada, particularmente abandonada, pode desenvolver *mokumokuren*. *Shōji* quebrados ganham vida de repente, cada um iluminado por um olho sem corpo e geralmente com consequências indesejáveis para quem os vê.

moshi moshi: tradicional saudação japonesa ao se atender o telefone, do verbo *mōsu,* "falar ou declarar". Há vários mitos sobre o termo, incluindo a crença de que fantasmas não conseguem dizer "*moshi moshi*" e, portanto, seria uma maneira de provar que você não é um yōkai.

Obon: ritual e festival budista, geralmente realizado em meados de agosto, quando os espíritos desencarnados são recebidos nos santuários familiares. Túmulos são limpos e lavados e danças rituais acontecem em todo o Japão. No final do Obon, os espíritos são encaminhados de volta para o outro mundo com *okuribi* – "fogo". Como sempre, vovô Jiro inventou sua própria versão criativa do festival.

Osorezan: montanha no extremo nordeste de Honshu – geralmente traduzida como Monte do Horror –, situada em uma paisagem desolada e árida de rochas brancas e cinza, piscinas tóxicas borbulhantes e fontes termais. Tem sido tradicionalmente vista como uma entrada para o submundo. Médiuns cegos e sacerdotes budistas esperam ali para orientar as pessoas que querem saber dos entes queridos que partiram.

pachinko: junção de *mini pinball* vertical com máquina caça-níqueis. Os salões de *pachinko* são tipicamente dominados por muita luz e som. Uma brecha na lei permite que fichas sejam trocadas por prêmios fora do salão, o que é, portanto, uma forma de jogo de apostas. Como Jiro diz, porém, jogos de azar são uma perda de tempo...

prêmio Tezuka: prêmio que leva o nome do pioneiro do mangá, Osamu Tezuka (1928-1989), concedido pela editora Shueisha desde 1971.

ryokan: pousada japonesa – desde a mais humilde e barata à mais luxuosa e cara, geralmente com quartos de tatame e futons, culinária japonesa e, muitas vezes, com banheiras comunitárias ou termais. Coma, relaxe e dissolva as preocupações do mundo de acordo com seu orçamento.

tadaima: cumprimento tradicional que se diz ao chegar em casa depois de uma curta ausência. Literalmente, significa "só agora (estou de volta)".

tatame (tatami): tapetes de piso padronizados, feitos de miolo de palha de arroz e cobertos com tecido de junco macio. Nunca use sapatos – nem mesmo chinelos – no tatame. Tradicionalmente, os quartos são medidos pelo número de tatames necessários para cobrir o chão.

zashiki warashi: espírito de criança – geralmente de uns cinco ou seis anos – que habita alegremente a sala de estar ou os depósitos de antigas casas japonesas. Eles podem ajudar nas tarefas, mas também pregar peças, como impedir que as pessoas durmam. Apesar da tendência travessa, é considerado boa sorte ter um em casa. Abundam nas histórias de Aomori, Miyagi e outro municípios de Tōhoku – e há relatos na memória viva das pessoas de *zashiki warashi* brincando com crianças reais.

Agradecimentos

Acho que nunca senti uma dívida de gratidão tão grande ao escrever um livro...

Em primeiro lugar, meus sinceros agradecimentos ao povo de Odaka, Fukushima, que nos recebeu tão calorosamente e compartilhou suas experiências dolorosas, apoiando minha pesquisa de forma bastante positiva.

Em especial: obrigado a Karin Taira, do *Real Fukushima*, nosso primeiro contato, que nos guiou em um passeio inicial pela zona de evacuação de radiação com de forma tão competente e atenciosa; a Tomoko e Takenori Kobayashi, do Futabaya Ryokan, cujo espírito e determinação em tudo, desde o mapeamento da radiação até a renovação de Odaka, são verdadeiramente inspiradores; a Shuzo Sasaki e seu inspirador pai Seimei-san por conversas muito úteis; a Yuko Hirohata por nos mostrar sua rota de sobrevivência do tsunami e seu espírito poderoso; e a Kazuto Sugita pela amizade, apoio fotográfico e delicioso *curry*.

Além disso, meus agradecimentos a Bob e Tomoko Murphy – da cidade de Fukushima –, que compartilharam com tantos detalhes suas experiências de março de 2011 e seus temores quanto à radiação e tremores secundários, e também obrigado por toda sua amizade e pelos serviços de tradução ao longo dos anos. *Gassho* ao reverendo Taio Kaneta, do Café de Monku, pela troca de e-mails esclarecedores sobre tudo, desde fantasmas até terapia improvisada. (E obrigado ao dr. Chris Harding por nos apresentar.) Meus sinceros agradecimentos também a Kazuko e Nozomi Matsui. O irmão de Kazuko-san, Yoshio, era um quase-avô muito amado por nossos meninos e deixa saudades. (E provavelmente semeou essa história.)

Um enorme e sincero agradecimento à minha grande amiga Nanase Shirota. Nanase foi minha professora de japonês – e leitora sensível – mais importante, e seu trabalho de doutorado sobre a arte da escuta no Japão foi muito útil e instigante. Obrigado, Sensei, por tantas conversas interessantes e pelos bons momentos também, desde Omoide Yokocho em Tóquio até aqui no Reino Unido. E muito obrigado à professora Brigitte Steger (do meu antigo corpo docente da universidade) por nos juntar!

Estou muito grato – e imensamente aliviado! – por Bella Pearson acolher este livro na Guppy Books. Obrigado, Bella, pela curadoria deste projeto com tanto cuidado, pela habilidade e pela atenção em tempos de crise inesperada. E obrigado a todo a equipe da Guppy e a Ness Wood pelo adorável design da capa. Também sou profundamente grato a Tamsin Rosewell, extraordinária livreira e muito mais, por ser uma espécie de anjo da guarda deste projeto. E, claro, como sempre, meus agradecimentos à minha agente especial, Kirsty McLachlan.

Chie-san, 本当にありがとうございました obrigado por produzir a parte em mangá tão lindamente e por apoiar Yūki! Foi uma emoção ver o mangá ganhar vida e uma alegria trabalhar com você.

Meus agradecimentos também a Martha Stevns pelo empréstimo generoso de sua bela casa em Mosset, na França, onde o primeiro rascunho deste livro foi escrito, aos pais de Nanase, Michiko e Takafumi (e Futa!) a Flo Bull, Giuseppe Bassi, Alessandro Trapani, Will Dalziel, Holly Pullinger, Sylvia Gallagher, Rachel Blue e também aos muitos alunos meio japoneses e meio britânicos que conheci no Reino Unido em visitas escolares, agradeço pelas conversas que ajudaram a dar corpo a este livro.

E quase finalmente, agradeço aos meus filhos maravilhosos: Joe, por estimular conversas sobre xintoísmo, *kami* e lembranças; e Will, por mergulhos profundos no mangá e por desenhar o primeiro conceito do personagem Meia Onda. Seus estudos universitários estão sendo muito úteis para seu pai! (E vocês dois inspiraram partes dessa história.) Agradeço também à minha mãe – Maureen – pelo constante incentivo e amor.

E finalmente meu mais profundo, profundo agradecimento à minha esposa, Isabel. Não consigo pensar em melhor companhia para explorar zonas de desastres radioativos. Ou para a vida toda.

Julian Sedgwick

Muito obrigada a Julian, Bella e toda a equipe por essa grande oportunidade. Julian, você confiou em mim para interpretar artisticamente a sua história, o que foi o maior encorajamento que eu poderia receber. Todos na equipe foram muito pacientes e atenciosos. Agradeço profundamente por isso.

Além disso, sou grata ao meu colega de casa, que é sempre tranquilo, mesmo quando estou estressada com prazos.

Por fim, apesar de morarmos longe, sempre sou grata aos meus pais, minha família e ao meu gato no Japão. Eles são o meu combustível para seguir em frente todos os dias.

Chie Kutsuwada

Este livro foi composto com tipografia Adobe Garamond e
impresso em papel Off-White 70 g/m² na Formato Artes Gráficas.